国防科技大学"双一流"建设
文化传承创新项目系列丛书

抢占制高点

王握文 著

QIANGZHAN ZHIGAODIAN

U0756520

湖南科学技术出版社

图书在版编目（ＣＩＰ）数据

抢占制高点 / 王握文著. — 长沙 ： 湖南科学技术出版社，2022.3

ISBN 978-7-5710-0635-8

Ⅰ．①抢… Ⅱ．①王… Ⅲ．①新闻报道－作品集－中国－当代 Ⅳ．①I253

中国版本图书馆 CIP 数据核字(2020)第 125298 号

抢占制高点

著　　者：王握文
出 版 人：潘晓山
责任编辑：王　斌
出版发行：湖南科学技术出版社
社　　址：长沙市芙蓉中路一段 416 号泊富国际金融中心
网　　址：http://www.hnstp.com
湖南科学技术出版社天猫旗舰店网址：
　　　　http://hnkjcbs.tmall.com
邮购联系：0731－84375808
印　　刷：长沙市宏发印刷有限公司
　　　　（印装质量问题请直接与本厂联系）
厂　　址：长沙市开福区捞刀河大星村 343 号
邮　　编：410153
版　　次：2022 年 3 月第 1 版
印　　次：2022 年 3 月第 1 次印刷
开　　本：710 mm×1000 mm　1/16
印　　张：17
字　　数：239 千字
书　　号：ISBN 978-7-5710-0635-8
定　　价：98.00 元

目　录

第五章　　献身使命／156

后　　记／261

第一章

志在高峰

"银河"闪闪耀神州

晴朗的夜晚，当我们仰望苍穹，可以看到一条神秘的璀璨光带，那就是横贯长空的银河。

古城长沙，与千年学府岳麓书院隔江相望的国防科技大学，也有一条闪耀着科学光芒的"银河"——我国自主设计研制的"银河"系列巨型计算机。

天上银河遥远而神秘，地上"银河"却近在咫尺。走进国防科技大学计算机学院院史馆，可以看到一台由7个机柜组成的乳黄色圆柱形机器静静地矗立其中，它就是我国首台每秒运算1亿次的"银河-I"巨型计算机。

别看它早已"下岗"，却是我国高性能计算发展史上的一座重要里程碑。因为，"银河-I"的诞生，实现了我国巨型机"零"的突破，一举打破了西方国家的封锁垄断，标志着我国成为继美国、日本之后第3个能独立设计和制造巨型计算机的国家。

当今世界，高性能计算已成为理论与试验之外的第三种科学研究手段。然而，在改革开放以前，我国由于没有高性能的计算机，勘探的石油矿藏数据和资料，不得不用飞机送到国外去处理，不仅费用昂贵，而且所有数据也被别人所掌握。当我国提出向某西方国家进口一台高性能计算机时，对方却提出：必须为这台机器建一个六面不透光的"安全区"，能进入"安全区"的只能是巴黎统筹组织的工作人员。真是岂有此理！

1978年4月，我国决定自主研制巨型计算机，以解决现代化建设中的大型科学计算问题。在中央召开的一次重要会议上，改革开放总设计师邓小平同志的话掷地有声："中国要搞四个现代化，不能没有巨型机！"就是在这次会议上，小平同志代表党中央、国务院将研制任务郑重地交给了国防科技大学。

著名计算机专家、时任国防科技大学计算机研究所所长的慈云桂教授听到这消息，连声说："好，好，我们就等着这一天呀。"

年过半百的慈教授向上级立下军令状：每秒1亿次一次不少；6年时间一天不拖；预算经费一分不超。他说："就算是豁出这条老命，也要把中国的巨型机搞出来。"

研制巨型计算机，谈何容易？改革开放之初，我国技术落后，由于西方国家对我们实行技术封锁政策，能了解国外研制巨型机的情况十分有限，大家连巨型机什么样子都不知道，研制就更困难了。

国防科技大学的前生是1953年创建于北国冰城的我军第一所工程技术院校，即闻名遐迩的"哈军工"，1970年全体南迁长沙。该校虽然是我国最早开展计算机研制的单位，但此前他们为"远望号"测量船研制的"151"型计算机，运算速度只有每秒100万次。现在要研制每秒运算1亿次的机器，运算速度一下要提高100倍，技术跨度很大，研制的难度可想而知。

"但是，困难没有吓倒我们。"年近九旬的胡守仁教授回忆说，当时，大家只有一个信念，无论多大的困难也要造出中国自己的巨型机，不让外国人再卡我们的脖子，要争这口气，所以大家把它叫"争气机"。

一场没有硝烟的战斗在湘江之畔打响了！研制工作展开之后，各种复杂的技术问题随之冒了出来。走什么样的技术路线？采取什么样的体系结构？如何实现每秒1亿次的运算速度？软件怎么办？许多问题像一个个"拦路虎"，考验着研制者的信念、智慧和勇气。虽然研制工作困难重重，但是所有科研人员都憋足了一股劲，全力以赴地投入到攻关中。

曾任"银河-I"工程自动化组组长的李思昆说："那些日子里，大家吃在工厂、睡在工厂，为加快研制进度拼命地加班干活。当时的加班费是一个晚上两毛钱，我让大家登记领钱，结果没一个人愿意来领。大家心里想的是，省下每一分钱，尽快造出中国的巨型机。"

为了造出这台"争气机"，以慈云桂教授为代表的科研人员，瞄准当时世界上最先进的巨型机设计思路，扬长避短，创造性地提出了"双向量阵列"结构，构建起我国首台巨型机的"筋骨"，又自主完成了亿次机的操作系统等软件的研制开发，让巨型机有了灵敏的"大脑"。经过科研人员夜以继日地顽强拼搏，终于闯过了一个个理论、技术和工艺难关，先后攻克了数以百计的难题。

走过5年激情燃烧的岁月，科研人员终于提前一年完成了研制任务。巨型机经过12天连续运算测试，主机运行289小时无故障，系统运行稳定可靠，性能超过了预定的技术指标，而经费却只用了预算的五分之一。

1983年11月26日，这是一个载入我国科技发展史的日子。这一天，我国第一台亿次巨型计算机通过国家技术鉴定。它向全世界宣告：中国成为继美、日等少数国家之后，能独立设计和制造巨型机的国家。

时任国防科工委主任的张爱萍挥笔命名为"银河"，并题诗一首："亿万星辰汇银河，世人难知有几多。神机妙算巧安排，笑向繁星任高歌。"

消息传到北京，中央军委主席邓小平签署命令，为研制者们记集体一等功，称赞国防科技大学计算机研究所是一支"国防科研战线上敢于进取，能打硬仗的先进集体"。

1984年10月1日，在新中国成立35周年国庆大典上，我国首台"银河"巨型机模型受阅通过天安门广场，向世人展示了她那迷人的风采。

创新无止境。此后，该校高性能计算创新团队紧贴国家和军队重大战略需求，突破了大规模并行处理、可扩展共享存储体系结构等一系列关键核心技术，相继研制出"银河－Ⅱ""银河－Ⅲ"等系列巨型机，一步步将我国巨型机技术推向国际前沿。

"银河"闪闪耀神州。如今，"银河"系列巨型机已应用到中期数值天气预报、航空航天、空间大气、海洋环境、油气勘探、信息安全等国防和国民经济众多关键领域，产生了显著的经济效益和社会效益，为提升我国战略计算能力发挥了极其重要的作用。

与"银河"系列巨型计算机相媲美的，还有科研人员相继研制成功的"银河"系列仿真机、"银河玉衡"核心路由器、"银河麒麟"服务器操作系统、"银河飞腾"系列芯片……一大批以"银河"命名的标志性科研成果，宛若一颗颗璀璨夺目的星辰，闪耀在我国信息技术领域天空。

如果说，天上那浩瀚的银河是一个遥远的梦，那么地上"银河"就是中华儿女为发展我国高科技事业而铸就的一座丰碑。

"中国速度"震惊世界

2010年11月16日，美国新奥尔良市，世界超级计算机大会在这里召开。当天，从会议上传出一个重大新闻：由中国国防科技大学研制并投入应用的"天河一号"超级计算机，在国际TOP500组织发布的第36届世界超级计算机500强排行榜上位居世界第一，"中国速度"震惊了世界。

此前，在世界超算500强排行榜上，都是美国和日本占据着第一把交椅。这次，"天河一号"超级计算机犹如一匹"黑马"，以无与伦比的优秀运算速度，站上世界超算的最高峰，将五星红旗首次插上了世界超算之巅。

有人把超级计算机比作计算机领域的"珠穆朗玛峰"，前10强则被誉为"钻石俱乐部"。因为，位居前几名的机器代表着超级计算机的顶尖水平，起着引领发展方向的作用。如今，中国成功登上了超级计算机领域的"珠穆朗玛峰"，加入到"钻石俱乐部"中。

那么，"天河一号"有多快呢？它的峰值速度为每秒运算4700万亿次、实测速度每秒运算2566万亿次。如果做一个换算的话，它运算1小时，相当于全国13亿人同时计算340年；它运算1天，相当于1台双核的高档桌面电脑运算620年。它的实测速度是此前排名第一的美国"美洲虎"超级计算机的1.46倍。

"天河一号"运算速度快，存储容量也大得惊人。它的总存储容量为2PB，相当于2000万亿个字节，以1个汉字平均为2个字节计算，它可在线存储1000万亿个汉字，相当于存储篇幅为100万字的书籍10亿册，这么多书，需要4个国家图书馆才能容纳得下。

运算速度快、存储容量大，那它的功耗也一定不小吧？有业内专家曾指出，如果功耗问题不解决好，今后的超级计算机就要和核电站建在一起了。其实，"天河一号"的功耗也不大，它满负荷运行的总功耗为4.04兆瓦，也就是说，每小时耗电4040度，24小时满负荷工作耗电接近10万度。这个数字看起来很大，但它每瓦特可实现每秒635.15百万次浮点运算，其能效值仅低于能效排名世界第一的"IBM蓝色基因"超级计算机，仍处于世界领先水平。因此，"天河一号"还是一台节能的绿色超级计算机。

"天河一号"在国际上首创"CPU+GPU"相结合的异构融合计算体系结构，部分采用了该校自主研制的"飞腾-1000"芯片，在体系结构、互联通信、并行操作系统和高性能微处理器等多个领域实现了一系列关键技术突破，具有高性能、高能效、高安全和易使用等显著特点。

走进位于天津市滨海新区的国家超级计算天津中心，由140个机柜组成的"天河一号"，占地约700平方米，排列成13行，犹如列队受阅的方队，气势如虹。正在高速运算的轻微鸣声，仿佛在为胜利歌唱……

"天河一号"是我国自主设计研制的首台千万亿次级的超级计算机。为了攀登世界超算领域的"珠穆朗玛峰"，国防科技大学高性能计算创新团队超前谋划，在国际超级计算机速度还未实现千万亿次、国产超级计算机才刚刚突破十万亿次之时，他们就吹响了攻克千万亿次超级计算机系统的"集结号"。

经过多年刻苦攻关，团队相继突破了大规模可扩展共享存储体系结构等一系列技术难题，掌握了一批拥有自主知识产权的关键技术，成功的将我国首台千万亿次超级计算机系统——"天河一号"展现在世人面前，使我国成为世界上继美国之后，第二个能研制千万亿次超级计算机系统的国家。

一年后，经过优化升级的"天河一号"，以神奇的运算速度，一举跃上世界超算之巅，标志着中国超级计算机研制技术水平进入了世界领先行列。很难想象，千年前的算盘发明者穿过"时空隧道"来到当下，看到"天河一号"会发出怎样的感叹，又会是何等的欣慰。

"中国速度"，令世界惊叹不已！

时任美国总统的奥巴马，在不同场合多次提到"天河一号"，他说：现在不仅世界上速度最快的火车在中国，中国还制造出了世界上速度最快的超级计算机……

英国爱丁堡大学并行计算中心主任阿瑟·特鲁教授在接受记者采访时说："这是一个有趣的变化，许多年来美国都以拥有世界上运算最快的超级计算机而骄傲，但现在中国成为这一荣誉的拥有者。"

法国原子能委员会数字与模拟信息项目主任让·戈诺尔同样认为，"天河一号"的运算速度达到世界领先水平，其意义远远超过计算机本身。这意味着中国科研水平向前迈进了一大步，也表明中国经济竞争力的增强。

日本东京理工大学副教授平塚三好则把"天河一号"看作一个标志，"意味着中国能够开发电子学领域最尖端的关键技术"。

《华尔街日报》引用美国计算机专家的话说："这台机器毫无疑问是高性能计算领域的游戏规则改变者，这是一个转折点，标志着经济竞争力从西方转向东方。"

德国《明镜》周刊评论说，中国在技术研发方面常被西方扣上"拷贝"的帽子，但中国目前已经是一个创新国家了。

"天河一号"一举跃上世界科技之巅，在国际上产生如此强烈反响其实并不意外，就好比在奥运会上，被我们称为"国球"的乒乓球比赛项目，突然被外国人拿走了冠军，我们会感到震惊一样。因为在信息技术领域，一直是美国等西方发达国家占据绝对优势，这次的冠军却被"天河一号"捧走了。

人类为什么要研制速度如此之快的超级计算机？它能做些什么呢？

国际TOP500排行榜编撰人之一、美国田纳西大学的杰克·唐加拉教授说："全球研制运算最快超级计算机的竞争与国家荣誉密切相关。因为这种超级计算机在处理与国家利益密切相关的国防、经济、能源、财政与科学等领域发挥着巨大的作用。"

国防科技大学著名计算机专家杨灿群教授说，超级计算机被誉为人类探索自然奥秘的"天文望远镜"，又被称为"创新的发动机"，是国家创新体系的重要基础设施。科学家们可以借助它更好地理解自然世界、发现科学规律，从而推动科技进步。

　　随着人类社会的不断进步，特别是科学技术的迅猛发展，人们需要解决经济、科技、国防等领域面临的一系列复杂的挑战性问题。这些问题的解决必须依赖大规模科学与工程计算，其计算量巨大，使用普通计算机花上几十年也算不出来。这就需要计算性能超强的超级计算机系统。一般说来，计算机运算速度越快，越能帮助我们解决一些过去无法解决的挑战性问题。如石油勘探数据处理、生物医药研究、航空航天装备研制、资源勘测和卫星遥感数据处理、金融工程数据分析、气象预报、气候预测、海洋环境数值模拟、短临地震预报、新材料开发和设计、土木工程设计、基础科学理论计算等，都需要超级计算机的帮助。比如，美国波音公司60%～70%的研发工作不是靠实验而是靠计算。

　　现在，中国有了"天河一号"，也可以用它做以上事情了。比如，飞机气动外形设计，过去要花三五年时间，如果运用"天河一号"进行"数值风洞"辅助设计，几个月就可以完成。中石油东方物探公司在"天河一号"成功进行了世界领先的高密度勘探数据处理，极大提高了我国石油勘探企业生产效率，提高了"找油找气"能力；中科院上海药物研究所在"天河一号"实现了微秒尺度的大规模分子动力学模拟，有力支撑了我国药物研究和医药产业由仿制为主到创制为主的转变；北京大学牵头的研究团队运用"天河一号"进行高压、低温条件下的全量子化计算模拟，在国际上首次验证高压低温量子液态氢这一奇特物质的存在，其成果在国际顶级学术期刊《自然-通讯》杂志上发表。国家超算天津中心与有关部门合作，在"天河一号"上构建的雾霾预警业务系统，已形成了72小时雾霾预警预报能力。"天河一号"用处实在太多了。

　　"天河"问世，震惊世界，它以前无古人的异构协同创新设计，引领着世界超级计算机的发展方向，让"算盘王国"首次站到了超级计算机的世界之巅。啊！"天河"，你是中华民族的骄傲！

王者归来

世界超算领域，是一个发展迅猛、竞争激烈的领域，超级计算机速度不断刷新，超越与被超越已成为常态。

2010年11月16日，国防科技大学研制的"天河一号"一举跃上世界超算之巅，首次夺得世界超算冠军。然而，仅仅过了8个月，"天河一号"就被日本一台名为"京"的超级计算机挤下了冠军台，屈居第二。此后，美国研制的"红杉""泰坦"超级计算机又先后坐上世界第一的交椅，"天河一号"排名一路滑落至第8名。

人们在为超算技术迅猛发展而惊叹时，也将目光投向国防科技大学高性能计算创新团队——难道"天河一号"就这样昙花一现？在世界超算领域，他们还处于领先水平吗？

正当人们众说纷纭之时，"天河人"却出奇地平静，大家仍一如往常地埋头攻关。对于他们来说，相互超越已成为世界超算竞争的一种常态，唯有不断创新，才能保持领先地位。

早在"天河一号"夺得世界第一时，国防科技大学便迅速做出超前部署：在做好"天河一号"推广应用的同时，立即展开新一代超级计算机关键技术攻关，再次打响了一场攀登世界超算高峰的战斗。

2013年6月17日。在德国东部城市莱比锡召开的2013国际超级计算大会上，世界超算领域的专家们又一次为"中国速度"惊叹不已：峰值计算速度每秒5.49亿亿次、持续计算速度每秒3.39亿亿次。由国防科技大学研制的"天河二号"超级计算机，在国际TOP500组织发布的第41届世界超算500强名单上位居榜首。

中国超算，王者归来。它向世界宣告：中国在世界超算领域继续处于世界领先行列。

从"天河一号"首次夺冠，到"天河二号"王者归来，仅仅过了不到3年时间，在信息技术迅猛发展、世界超算竞争激烈的今天，国防科技大学的科研人员是如何突出重围、再创佳绩的呢？

"天河一号"问世，科研人员并没有为取得成绩而满足，他们把荣誉转化为攻关的动力，马不停蹄地投入到"天河二号"的研制工作中。为了创造新的"中国速度"，他们根据国际高性能计算发展趋势，成立多个课题小组，组织精干的技术力量，瞄准亿亿次级超级计算机展开新的攻关。

在先期技术攻关基础上，团队成功申报了国家科技部"十二五""863"计划"高效能计算机研制"重大项目，向着新的世界超算高峰奋力攀登。

攻关几多难。世界超算发展表明，计算能力每提高一个量级，都需要体系结构的创新和一系列关键技术的新突破。超算要突破亿亿次级绝不是量的简单叠加，而是全系统质的跨越。"天河二号"的研制面临着体系结构、稳定性、能效比等一系列技术挑战。

体系结构是高性能计算机的"筋骨"。研制人员在总结"天河一号"成功经验的基础上，自主创新了新型异构多态体系结构，实现了多类型计算资源、输入输出资源和服务资源的灵活配置，在强化科学工程计算的同时，可高效支持大数据处理、高吞吐率和高安全信息服务等多类应用，显著扩大了"天河二号"的应用领域。设计实现了微异构计算阵列和新型并行编程模型和框架，提升了应用软件的兼容性、适用性和易用性。

在国家重大专项支持下，他们自主研制出当前国内主频最高的新一代高性能通用"飞腾－1500"CPU。"天河二号"服务阵列基于"飞腾－1500"CPU构建，可用于支撑高吞吐率和高安全的信息服务类应用。

通过采用综合化的能耗控制，"天河二号"设计实现了面向高效能计算的层次式优化框架、自适应能耗控制算法及低损耗、高效率的电源设计，有效提高了系统的能效比，达到了世界先进水平。

与"天河一号"相比，"天河二号"计算性能和计算密度均提升10倍以上，能效比提升了2倍。此前排名世界第一的是美国研制的"泰坦"超级计算机，而"天河二号"计算速度，是"泰坦"的2倍，计算密度是"泰坦"的2.5倍，能效比则旗鼓相当。

也许，这样的对比有些抽象，那么，我们通过下列一组数字来看看"天河二号"到底有多牛吧！它运算1小时，相当于13亿人同时用计算器计算一千年。存储总容量相当于可存储600亿册每册10万字的图书。最大运行功耗为17.8兆瓦，执行相同计算任务的耗电量只有"天河一号"的三分之一，计算性能和计算密度则是"天河一号"的10倍以上。

由此可见，"天河二号"作为当今世界上运算速度最快的超级计算机，具有高性能、低能耗、应用广、易使用、性价比高等特点，综合技术处于国际领先水平。

国际超算领域专家对"天河二号"更是赞赏有加。世界TOP500排行榜编撰人之一、美国田纳西大学杰克·唐加拉教授说："这是一台令人印象深刻的系统，制造这样强大的系统需要很强的技术。"

德国尤利希科学中心的塞巴斯第安·施密特教授说："'天河二号'是世界最好的计算机之一，它有着非常出色的表现，我十分肯定它可以解决科学领域的很多问题。"

日本筑波大学参加过"京"系统研制的大介博库教授说："这是一部非常紧凑的机器，具有巅峰的性能表现，它真的是技术上的很大进步。"

在超越与被超越成为常态的国际超算领域，"天河二号"却连续6次位居世界超算500强之首，获得"六连冠"殊荣。这一现象让西方发达国家感到了压力，产生了焦虑。他们一边加快研制步伐，希望能够尽快超越"天河二号"，一边宣布对国防科技大学等4家中国研制单位实施芯片限售，想以此阻挡我们的前进步伐。

其实，西方发达国家的限售伎俩也产生不了什么作用。因为，我国芯片研制生产已获得了重大突破，"天河二号"已部分使用了国防科技大学自主研制的"飞腾"芯片。2017年底，"天河二号"升级系统已实现了芯片国产化替代，性能更是提高到每秒10亿亿次。

说到"天河二号"有多牛，它的推广应用更有说服力。它在国家超算广州中心投入运行后，已构建的材料科学与工程计算、生物计算与个性化医疗、装备全数字设计与制造、能源及相关技术数字化设计、天文地球科学与环境工程、智慧城市大数据和云计算等6个应用服务平台，为国内外1000多家用户提供高性能计算和云计算服务。在基因分析与测序、新药制备、气象与环境、大型飞机和高速列车气动数值计算、汽车和船舶等大型装备结构设计仿真、电子政务及智慧城市等领域获得一系列应用，取得了显著的经济效益和社会效益。

过去，一个型号飞机的研发，一般需要耗时十几年甚至几十年的时间。中国商飞北京民用飞机技术研究中心，利用"天河二号"进行大型客机全参数气动优化设计计算，仅用6天时间就完成了过去需要两年才能完成的计算量，极大地提高了工作效率，缩短了研发周期。我国正在研制的C919大型飞机，其气动设计就使用了该技术。运用"天河二号"进行埃博拉病毒、癌症治疗的虚拟药物筛选，一天时间内就可以完成对世界上已知结构的4000万种化合物分子的筛选工作，为寻找应对未知突发性病毒的药物提供了快速有效的虚拟筛选手段。

再比如，与百姓生活息息相关的天气预报，也是由超级计算机通过数值计算提供基础支撑的，目前中期数值天气预报已经可以准确预测8天的天气情况。现在，"天河二号"全系统利用率达84.5%，其应用水平也达到了国际领先水平。

随着"天河二号"应用领域的不断扩展，我国超级计算机已日益显示出作为国家重要基础设施的强大支撑作用，成为推动国家科技创新和经济社会发展的强劲引擎。

2018年7月，国防科技大学的E级计算原型机系统研制成功，标志着我国高性能计算已开始向百亿亿次级的"E级"超算迈进，并将实现所有元器件的国产化。未来，"中国速度"必将越来越精彩！

逐梦"北斗"

苍茫夜空,由七颗星星排列成"勺子"型的耀眼星座,给人以无限的遐想。自古以来,中国人就是赋予了它一个非常诗意的名字——北斗。

你也许还记得小时候哼唱过的这首童谣:"月光光,照窗口,抬起头来看北斗,一把勺子天上挂,七颗星星手拉手!"

今天,我们要说的北斗,是我国自主建设的北斗卫星导航定位系统。2018年12月27日,我国"北斗三号"基本系统完成建设,开始提供全球服务,标志着北斗卫星导航定位系统正式迈入全球时代。2020年7月31日,知道"北斗三号"全球卫星导航系统建成并正式开通。

每当北斗导航卫星发射升空,目睹火箭拖着尾焰划过夜空的壮观场面,你是否知道,在托举北斗卫星高挂苍穹的芸芸力量中,有一支敢打硬仗的年轻团队功不可没。他们就是国防科技大学导航与时空技术工程研究中心的研究团队。

20世纪80年代,我国决定发展自主卫星导航定位技术,以打破国外的封锁垄断。然而,卫星快上天了,地面关键设备却10年未能突破,成为制约我国自主卫星导航定位工程实施的一大技术瓶颈。

1995年初冬,国防科技大学王飞雪、雍少为、欧钢3名年轻博士生了解这一情况后,急国家之所急,凭着所学的专业知识,加班加点拿出一套"全数字化快速捕获信号与传输技术方案",又乘火车赶到北京,"冒昧"地敲开了"两弹一星"元勋、中国科学院空间系统工程专家陈芳允院士办公室的门,请缨承担攻关任务。

陈芳允院士喜出望外,可看了他们的研制方案后,刚刚舒展的眉头又收紧了。这一方法,国际上尚无先例,即使早已拥有卫星导航系统的美国和俄罗斯,对这种技术也还停留在学术探讨的层面上,风险极大,曾有专家断言

"不可能实现"。

陈芳允院士对3名年轻人说："你们的方案我先留下，仔细研究后再答复你们。"

20天后，陈芳允院士请来各路"诸侯"，组织专题听证会，专门听取3名年轻人的汇报。会上，专家们各抒己见、畅所欲言，有人表示赞成，有人提出质疑，一番探讨、争论，最后逐步达成一致意见，支持他们大胆地去试、去闯。

然而，有关部门对于一所高校能否独立完成如此高难度攻关任务却无把握，便拿出"激将法"，提出前期研制风险共担，也就是说，如果不能完成研制任务，他们则要承担一半的研制费用。

风险共担，经费可不是一笔小数目。干还是不干？在困难与压力面前，他们没有退缩。俗话说："初生牛犊不怕虎"，他们以舍我其谁的紧迫感和责任感，决心拿下这个制约我国自主卫星导航工程的"拦路虎"。

从此，3名年轻人在庄钊文教授率领下，组成了一个平均年龄不到29岁的课题组，以"急行军"速度，向"北斗卫星导航系统"这一科技新高地发起了顽强冲刺。

这是一条从未有人走过的路，看得见远方的灯塔，却不知道要迈过多少沟坎才能抵达。

3年后，第一次星地对接在北京进行。显示器上脉冲闪闪，参试系统接近理论极限的速度令所有的在场专家大吃一惊。看着显示器上显示的信号捕获和处理数字，在场一些专家甚至不敢相信自己的眼睛。陈芳允院士激动万分，十几年的风雨探求，中国的卫星导航工程定位系统终于跨过了核心技术瓶颈，进入了应用阶段！在场的20多位专家起身鼓掌，向国防科技大学创新团队表示祝贺。

这是一段激情燃烧的岁月！课题组经历了从基础理论与建模仿真研究、原理样机研制、系统联调、正样研制与生产等8个阶段的科研攻关，完成了按常规需要10年才能完成的任务。

2001年11月20日，该系统顺利通过国家技术鉴定，鉴定委员会认为该系统整体技术达到当前国际先进水平，其中接收技术处于国际领先地位，一举打破国外在这一核心技术上的封锁与垄断。

2003年12月15日，"北斗一号"卫星定位系统开通运行，我国成为世界上继美国、俄罗斯之后第三个拥有独立卫星导航定位系统的国家。该成果先后获得军队科技进步一等奖、国家科技进步二等奖。

成功的喜悦没有阻止他们创新的脚步。地面关键设备虽已研制成功，但用户机研制存在体积大、重量大等诸多问题，只能用背包背在身上，使用、行动极其不方便。于是，他们再次主动请缨，大胆提出研制小型化的手持式用户机。

有关部门再次为他们的创新精神所打动，同意重新立项招标。结果他们在招标中脱颖而出。短短两年时间，团队啃下了这块"硬骨头"，相继攻克了设备小型化、模块化、一体化、整机电磁兼容等一系列关键技术难题，成功研制出我国第一款装备定型的小型化手持式北斗用户机，为实现科研成果有效转化为生产力和战斗力发挥了重要作用。

现在，无论是在抢险救灾第一线，还是在千里边防巡逻线，或是翱翔在万里高空的飞行器，抑或是驰骋在波涛汹涌中的舰艇……只要打开集卫星定位、短信报文、精度授时于一体的"北斗"卫星定位导航用户机，就能知道"我在哪里""你在哪儿"，高效快捷地实现"我"和"你"之间的精确定位和信息传递。

一项项关键技术的突破，造就出一支高水平人才队伍。如今，这支平均年龄仅32岁的卫星导航定位技术创新团队，成为我国自主卫星导航与定位系统关键技术攻关与装备研制的"国家队"。

2007年4月，我国"北斗二号"第一颗卫星发射升空后，遭遇强烈电磁信号干扰，无法进行正常通信。问题如果不能尽快解决，即将组网的10多颗卫星发射将无限期推迟，已发射的卫星也无法实现预期目标。

当时的解决方案有两种：一是"躲"，二是"抗"。前者技术难度小，但前期已经建成的地面系统需要重建，国家将蒙受数十亿元资金损失，且电磁环境一旦改变，卫星还要"躲"个没完。后者耗费资金少，但技术难度大，风险高，时间紧迫，能否实现，胜败难料。面对这一情况，团队迎难而上，经过3个月连续奋战，研制出具有超强抗干扰能力的卫星载荷，将我国北斗卫星抗干扰能力提高了1000倍，打造出卫星电磁防护盾牌。我国卫星导航工程首任总设计师孙家栋院士称赞他们是"李云龙式"的科研团队。

创新无止境。2015年3月，我国北斗全球系统首颗试验卫星成功发射。在轨测试表明，该团队研制的卫星载荷，其抗干扰能力在原来基础上又提高了100倍，采用数字光纤技术的试验注入站系统，信号时延稳定性比第一代系统提高2倍，时频信号远距离传输能力提高了60多倍。此外，他们研制的地面监测接收机和卫星有效载荷集成测试与评估系统，在北斗全球系统首颗试验卫星工程获得成功应用，为北斗全球系统提供了强有力的技术支持。

在"北斗三号"全球导航系统建设中，团队一举中标11个重点项目，科研人员继续发扬勇于拼搏、敢打硬仗的攻关精神，常年加班加点，天天"白+黑"、周周"5+2"成了工作常态。4年来，他们承担完成了体制设计、卫星抗干扰、星间链路、卫星自主完好性等30余项课题攻关，研制并安装卫星载荷、注入站、信号收发分系统、时频统一系统、监测接收机等数百套核心装备，成为国内唯一同时承担技术攻关、装备研制和工程建设的单位。

20多年来，团队在北斗全球系统体制设计、信号设计及实现、星上载荷研制、地面运控及测试评估设备等方面，承担了近百项关键技术攻关和核心装备研制任务。在高精度、抗干扰、抗辐照等技术性能上实现了新的突破，有效提高了导航系统在复杂电磁环境下的稳定运行和高精度测量性能，为北斗卫星导航系统形成全球覆盖能力做出了突出贡献。

如今，这支伴随着北斗事业成长起来的团队，已成为北斗卫星导航定位系统总体设计、关键技术攻关和工程建设的主要依托单位之一，也是国内唯一同时承担系统核心体制、卫星关键载荷、运控主体、测试设备研制任务的单位。

强军之"光"

一个手掌般大小的模块，看上去像一个玻璃工艺品。别看它体形小，内涵却十分"高大上"。它集成了光、机、电、算等众多高技术，生产制造更是涉及超高精度抛光、极低损耗镀膜、光电转换、装配总成等尖端工艺。

它从诞生到现在，虽已过去半个世纪，但目前世界上仍只有美、中、法、俄等少数国家掌握其研制和生产的核心技术。

它，就是有着惯性导航系统"CPU"之誉的"激光陀螺"。作为导航、制导、定位、定向和姿态控制的核心器件：

有了它，飞机、舰船、火箭、导弹等运动载体不依赖外部导航信息，就能实现精确定位、精确控制以及精确打击。

为了它，国防科技大学激光陀螺技术创新团队40多年连续作战，三代人接力攻关，谱写了一曲志在高峰、矢志强军的时代乐章。

"激光陀螺研制最初是源于两张小纸片。"已年过古稀的高级工程师丁金星回忆说，1971年，我国著名科学家钱学森以他的远见卓识，建议国防科技大学开展激光陀螺技术研究，他将激光陀螺的大致原理写在两张小纸片上，交给了该校一位领导。

钱老的建议，源于20世纪60年代，美国研制出了世界上第一台激光陀螺仪，引发了世界导航领域的一场革命。激光陀螺在航空航天导航与制导领域应用的美好前景，促使许多国家的科研机构纷纷开始研制工作。

然而，激光陀螺热又很快冷了下来。因为，这不仅是一个全新的领域，更是一个世界性难题。国内外许多研制单位受困于当时难以企及的工艺水平和精度要求，纷纷中止了研制工作。

面对重重困难，以高伯龙院士为代表的科研团队迎难而上，毅然向这个世界性难题发起挑战。这位建国初期毕业于清华大学的高才生，从此便与激光陀螺结下了不解之缘。

对于研制激光陀螺的难度，高伯龙是清楚的。他自信在理论上绝不比外国人逊色，但研制涉及的镀膜等尖端工艺，却让他心有余而力不足。然而，"不干就可能给国家留下空白，将来必定受制于人。"面对国家和军队未来发展需求，高伯龙毅然冲向了攻关的前沿阵地。

凭着深厚的理论功底、非凡的数学物理分析能力，高伯龙通过理论推导和计算，很快弄清了激光陀螺的原理，并根据当时我国的工艺水平，提出了与美国不同的技术路线。

1976年，国防科技大学与国内几家单位达成合作协议，共同开展攻关。然而，研制工作开始不久，这几家单位又因各种原因选择了退出。

"别人不干了，我们却不能放弃。"作为当时国内唯一坚持研制的单位，课题组的每个人都清楚，如果就此放弃，我国激光陀螺就将面临夭折。

在困难面前退缩，绝不是军队科技工作者的性格。课题组以咬定青山不放松的韧劲，在这个寂寞的领域里继续战斗，奋力前行。3年后，我国第一代激光陀螺实验室原理样机诞生了。

实验室原理样机的研制成功，无疑是一个重大突破，但它仅仅是一个简单的激光陀螺雏形。研制工作遇到的各种困难，像喜马拉雅山一样，横亘在课题组面前。

一些人产生了望而却步的想法："工艺上不去，我们干也白干，不如趁早体面地收场，报个奖了事。"高伯龙却说："开弓哪有回头箭？不管困难多大，一定要搞出中国的激光陀螺！"

可是，要突破工艺难关，谈何容易？一批批膜片被加工出来，又一批批地报废，研制工作再次陷入困境。

高伯龙没有退缩，他暂时放下多年的理论研究，转入到激光陀螺全闭环工艺研究中。在经历了无数次挫折与失败后，他与团队成员用6年时间将前进道路上的"绊脚石"——搬开：研制成功我国第一台激光高精度测量设备——"DF透反仪"，解决了多层介质膜的检测问题；提出了一套全新的镀膜方案，攻克了低损耗镀膜的关键技术……1984年，他们研制成功了激光陀螺实验室样机，为研制工程化样机奠定了基础。

从实验室样机过渡到实用的工程化样机，看似只有一步之遥，对于这种高技术项目来说，却好比在高原上攀高峰，每前进一步都极其困难。

到底有多难呢？激光技术专家龙兴武教授说："一两句话说不清楚，只知道这一阶段我们用了整整10年时间，还多亏有国家863计划的支持"。

直到1994年，我国第一台激光陀螺工程化样机才冲破重重迷雾，正式露出她的芳容，我国从此成为世界上第4个掌握这种制造技术的国家。

激光陀螺工程化样机研制成功后，各种荣誉纷至沓来：1996年4月，成果在国家863高技术发展计划十周年成果展览中展出，受到党和国家领导人的称赞。同年，成果获得国家科技进步二等奖，高伯龙获得"全军专业技术重大贡献奖"，第二年当选中国工程院院士。

然而，战斗未有穷期。紧接着，团队又打响了第二场战役：将成果转化为战斗力。为此，他们深入国防工业部门和有关部队进行调研，根据武器装备发展需求，优化设计，改进工艺，实现小型化，进一步提高了激光陀螺的精度和可靠性，激光陀螺实际应用又往前推进了一大步。

1998年，他们带着科研成果来到广州军区某炮兵部队，将激光陀螺应用于某型火炮的自动操瞄系统，使传统火炮的作战技术性能获得极大提升。在21世纪之初举行的全军科技大练兵成果交流现场会上，安装了激光陀螺自动操瞄系统的火炮，创造了百发百中的喜人成绩，受到了军委首长的高度赞誉。有关部门提出尽快定型列装，国防工业部门和部队更是翘首以待。

国产激光陀螺第一次应用于我军武器装备的成功，让团队成员倍受鼓舞，立即准备投入生产。然而，他们找遍全国，也没有一家单位能够承担生产加工任务，因为工艺要求极高，没有金刚钻，揽不了瓷器活啊！

面对国防和军队建设的紧迫需求，团队成员只得利用实验室现有条件，自己动手加工生产。实验室变成了"生产车间"，科技专家当"蓝领"，那段时间，大家像"陀螺"一样高速运转。

　　为改变产品供不应求的局面，新世纪之初，团队先后与3家企业签订了技术转让协议，建成了我国首批激光陀螺生产线，最终形成了两大系列多种型号批量生产能力，有力推动了先进武器装备发展，走出了一条军民结合、寓军于民的武器装备科研生产新路子，有效地满足了我国航空、航天、航海和部队信息化建设的紧迫需求。

　　为确保装备质量，团队自行开发设计了测试平台和相关软件，制订了一系列行之有效的质量管理规章制度，对装备型号研制实行从设计、研发、生产、试验、维修等全过程监控。他们研制的每一个型号产品，性能都必须比合同规定的指标要高出一个量级，对型号产品的质量检测，不是进行抽检，而是一个一个地检测，为的是确保部队打胜仗。

　　10多年来，他们为国防工业部门和部队提供了多种型号的激光陀螺及惯导系统，没有出现过任何质量问题，其精度和可靠性达到世界先进水平。部队官兵说："有了国防科大提供的这种实用、管用的好装备，我们打胜仗的信心更足了！"

　　从当初的两张小纸片，到我国唯一能全闭环研制生产激光陀螺的单位；从实验室"小作坊"式加工，到形成多种型号批量生产能力，一批批绽放着强军之光的激光陀螺，见证了这个团队40多年志在高峰、矢志打赢的坚定信念和赤胆忠心。

超精加工的"纳米精度"

诺贝尔奖得主罗勒曾说："未来的技术将属于那些以纳米作为精度标准，并首先学习和使用它的国家。"为什么这样说呢？因为纳米精度，是集成电路、精密光学仪器、尖端信息化装备制造的关键技术。

那么，1 纳米是多少？告诉你吧：1 纳米是一根头发丝的1/80000，小于1 纳米称为亚纳米。纳米、亚纳米，就是国防科技大学精密工程创新团队创造的"中国精度"，环顾世界，举世无双。

2014 年年底，他们自主研制的新一代超精密光学零件加工设备通过国家有关部门组织的工艺考核。结果表明，该套设备加工精度实现亚纳米级重大突破，其典型试验件的光学零件面形精度RMS（均方根）值达到0.361 纳米，标志着我国超精密光学零件加工技术跨入世界领先行列。

超精密加工技术是先进装备制造的关键性瓶颈技术。纳米精度被誉为超精密光学加工"皇冠上的明珠"。过去，由于我国光学零件加工技术落后，无法进行大口径、高精度、复杂面形的光学零件加工，到20 世纪90 年代，我国光学零件加工还处于"手工+ 机械抛光"的传统工艺水平阶段，这严重制约了相关领域的技术进步，许多关键领域的技术突破也常常受困于此，而西方国家则对我国进行严密技术封锁。

面对这一窘境，从事精密加工技术研究的国防科技大学智能科学学院的李圣怡教授十分着急。怎样才能追赶西方发达国家在超精密加工领域的创新步伐呢？

如果跟在别人后面亦步亦趋，那只能永远仰人鼻息。必须依靠自主创新，实现跨越式发展。经过深入分析研究论证，他们决定跳过一、二代光学零件制造加工技术，直接瞄准基于可控柔体制造的第三代光学加工技术展开攻关。

然而，想法很好，攻关却异常艰难。李教授将其比喻为"既没吃过猪肉，又没见过猪跑。"一切都需从"零"起步，不断探索着前行。期间，李教授了解到美国一所大学正在研制一种磁流变的超精加工设备。他意识到，磁流变技术是一种很有发展前景的超精密加工方向。

当时，李教授知道的信息就是别人在搞，其他则无从知晓。"磁流变加工技术是否能够进行光学零件的高精度修形？""是否可以实现无损加工？"很多从事光学研究的专家对此提出质疑。面对同行的质疑和行进道路上的重重困难，李教授毅然将攻关的目标锁定世界上最先进的超精密加工技术，带领团队进行不懈攻关。

研制抛光轮，全部可借鉴的资料就是国外杂志中的一幅插图。负责设计的彭博士为此绞尽脑汁。一天在家中吃饭，冒着热气的高压锅让他顿生灵感：国外资料里抛光轮的插图和高压锅不仅长得像，两者工作原理也相似。他不顾家人"先吃饭"地督促，抱着高压锅飞快跑向加工厂，国内首个抛光轮就这样诞生了。

这是一种巧合吗？不，这是肩负使命的探索者日有所思、夜有所梦的结果。这其中，饱含着太多的汗水和艰辛，付出的是生命和热血。

起步晚了，却跑出了比别人更快的速度。经过长期坚韧不拔的顽强拼搏与自主创新，李教授率领团队先后突破高精度机床精密运动机构设计、高效磁流变抛光液配制、光学元件亚纳米全频段误差控制等核心关键技术，不仅研制出拥有自主知识产权的磁流变抛光设备，还突破了离子束稳定控制等瓶颈技术，研制出了离子束抛光设备。

在世界光学精密加工领域，磁流变加工和离子束抛光技术，就好比名剑"干将"和"莫邪"，得其一便可"称霸武林"。如今，双"剑"却在国防科技大学实验室里合璧了，这意味着我国打破了发达国家对超精密加工设备的技术封锁，成为继美、德之后全面掌握磁流变和离子束抛光装备两种高精度光学零件加工技术的国家。

我国超精密加工跨入"纳米精度"时代，为推动我国现代光学制造技术的跨越式发展和高端光学产业的升级换代奠定了基础。当我国某重大专项研究需要加工超高精度的光刻物镜时，有关部门便将超高精度光学零件制造装备与工艺的研究任务，交给了国防科技大学超精密加工技术团队。他们不负众望，在短短一年半的时间里完成了研制任务。

"能否将光学零件面形精度的峰谷值控制在5纳米以内？"当团队圆满完成超高精度光学零件制造装备与工艺任务时，有关部门又向他们提出了一个更高的标准。

5纳米以内，这就意味着哪怕一个细菌就会导致整个面形崩溃，只能逐层分子、逐层分子地进行去除加工。作为一种"磨洋工"式的细活，高精度光学零件的加工周期一般都是以月作为计算单位，大型光学零件更是以年为计算单位；两周的加工时间必须进行非常精密的规划，才有可能进行高精度光学修形方面的尝试。

为了攻克这一难题，李圣怡教授、戴一帆教授对研究任务、时间节点进行了合理规划，团队成员不分日夜地刻苦钻研，心无旁骛进行攻关。一次，大家在去食堂吃午饭的路上还在讨论相关技术问题，到了饭堂，围坐之后又开始了激烈争论，经过半小时后的讨论，终于取得大家都比较认可的方案。为了验证方案的可行性，大家径直回到实验室做起了实验。直到实验结果证明方案可行后，大家才松了一口气。这时，他们才想起还没有吃饭。

2010年12月12日，"冲高"进入到关键时刻。晚上11点钟，样件送到科技大楼进行检测。到了凌晨两点钟，人们期待的电话铃声终于响起，检测人员用颤抖的声音向李教授汇报："峰谷值突破5纳米"。5纳米，已经接近了光刻物镜制造的极限。证明了他们研制的装备和工艺方法具有重复性、稳定性和快速性。

攻关无止境。紧接着，精密工程创新团队又在"极大规模集成电路制造装备与成套工艺"国家重大科技专项二期项目和国家自然科学基金重大项目支持下，研制成功新一代离子束抛光机床与数控光顺抛光机床，其最小可控材料去除量达到0.1纳米。这一自主创新成果为国家重大科技专项提供了有力技术保障和装备支撑，直接促进相关领域关键技术突破。

李圣怡教授说："精密加工，最能体现精益求精的科学精神。"当人们惊叹于他们创造的"中国精度"时，团队成员津津乐道的则是在长期科研中孕育形成的"尽善尽美，精益求精，追求卓越"的"超精文化"和"琢玉成大器，磨砺亮人生"的"超精人格言"。

创新事业孕育创新文化，国防科技大学精密工程创新团队在科研实践中不仅创新了"中国精度"，更孕育了薪火相传的"超精文化"，实现了成果与精神的双丰收。

列车展翅

"什么车没有轮？"这是一个谜语，谜底是"风车"。

猜中这个谜语，需要来一次"脑筋急转弯"，因为它偷换了"车"的概念。自古以来，车与轮是密不可分的，是车必有轮，轮是车的依托，没有轮子怎能称其为车呢？

这个谜语，其实寄托着人类的一种梦想，希望车也能摆脱轮与地面或轨道的接触摩擦，减少阻力，提高速度。

如今，人类的这个梦想经过科学家们的不懈努力，已经成为现实，这就是有着"零高度飞行器"美誉的磁浮列车。

2016年5月6日，我国首条拥有完全自主知识产权的中低速磁浮交通运营线——连接长沙火车南站与黄花机场的长沙磁浮快线投入运行。2017年12月30日，我国最早启动建设的中低速磁浮交通示范线——北京S1线也正式开通运营。

一南一北两条磁浮交通运营线带着"中国智造"的荣耀"贴地飞行"，向世人展示着新型绿色交通工具的方便、舒适、快捷，开启了中国磁浮交通的新时代。

"让国产磁浮列车驰骋华夏大地，这是我一生最大的梦想。"已过80岁高龄的国防科技大学磁浮技术专家常文森教授，率领团队为此拼搏奋斗了36年。

20世纪70年代，当常文森教授刚刚接触"磁浮列车"并着手开展研究时，这个梦想是那样的遥远，甚至是"痴人说梦"。

不用轮子，让几十吨重的载客列车"悬浮"在轨道上行驶，这怎么可能呢？

20世纪70年代末，当国防科技大学常文森教授提出研制"磁浮列车"时，一些人对此嗤之以鼻。

当时，世界上最早开展此项研究的日本和德国，也还处于探索和实验阶段。我国普通百姓连"绿皮"轮轨火车还难得坐上一回。

常文森的这个想法，似乎"异想天开"脱离实际。然而，这个梦想自从在他心里"萌芽"，就始终有一种"生长"的力量，驱使着他率领团队不断向前奔跑。

1980年初，春寒料峭。在国防科技大学一间简陋的实验室里，常文森带着几个人，开始捣鼓起来。他们要捣鼓的，是连他们自己心里也还没谱的新鲜"玩意儿"：是列车，却不用轮子；不是飞机，但要能"贴地飞行"。有人给它取了个诗意的名字——"零高度飞行器"。

"磁铁、线圈都是从废旧仓库中找出来的……"第一次做试验的场景，至今清晰地印在常教授脑海里。

梦想一旦启航，生活就充满了创造的激情，再难的事也阻挡不住探索和创新的步伐。几年后，常文森与同事终于捣鼓出一个小型磁悬浮实验装置，大家为弄清了磁浮系统的一些基本原理而高兴。但在旁人眼里，这新鲜"玩意儿"，只不过是新鲜"玩具"而已。

1985年春，常教授东渡日本，参加在筑波举行的国际科技博览会。在这里，他第一次见到了在头脑中无数遍想象过的磁浮列车。其实，这里展示的还只是一列试验样车，轨道仅300米长。

"先生，你想体验一下吗？"常文森点点头。"请在那边购票。"常文森一看，心里"咯噔"一下：500日元，这体验价真不便宜呀。他犹豫片刻，还是狠心地掏钱购票上车，第一次体验了磁浮列车"贴地飞行"的感觉。

500日元的体验票，虽然让常教授有些耿耿于怀，但别人的磁浮列车毕竟可以载客进行试验运行了。我国是一个人口众多、交通问题突出的国家，必须跟上科技发展潮流，发展国产磁浮交通，他对自己说："必须迎头赶上，否则，就会被甩在后边了。"

回国后，常教授向上级报告了在日本的见闻，提出加快研制国产磁浮列车的一些想法，学校领导当即同意给予科研基金支持，设立课题组开展研究。

还有什么可说呢？撸起袖子加油干吧。经过 4 年紧张攻关，我国第一辆小型磁浮实验样车研制出来了，别看它外形上仍像个"大玩具"，80 千克重磁浮实验样车，却具备了悬浮、牵引等基本功能，能在小型轨道上平稳移动。

这一突破引起了国家有关部门的重视，磁浮列车研制被列入国家"八五"科技攻关计划。走过 10 年艰难探索历程之后，磁浮列车研制终于有了"名正言顺"的项目背景，创新步伐再次提速。1995 年 5 月，我国第一台载人单转向架磁悬浮列车在国防科技大学诞生了。

试验那天，随着常文森一声令下，数吨重的列车从轨道上轻轻浮起，搭载着 30 个人的敞篷列车，悬浮着在 10 米长轨道上平稳地向前"漂移"。

试验获得圆满成功，表明我国初步解决了悬浮、转向、牵引控制等磁浮列车技术难题。该成果获得部委级科技进步一等奖，并入选"1995 中国十大科技新闻"。

作为一种新型交通工具，磁浮列车具有噪声低、振动小、转弯半径小、爬坡能力强、无污染等优点。但是，它能不能走出实验室？能否像轮轨列车一样载客运行？

这些问题在很长一段时间里争议不断，倍受质疑。有人甚至断言：磁浮列车就是一个"大玩具"。

有梦想的人，从不拘泥于别人怎么看。外界争论、质疑不断，常文森和团队却干得火热朝天。在常教授看来，掌握属于自己的核心关键技术才是硬道理。

列车的稳定悬浮控制，是首先要解决的问题。磁浮技术专家李杰教授介绍，磁浮列车是利用电磁力抵消地球引力，使列车悬浮在轨道上运行。而乘客在车厢内分布并不均衡，上下车时承载重量随时发生变化；列车在上下坡和拐弯的时候，车辆的负载时刻都在变化之中。

如何保证列车与轨道之间始终保持 1 厘米左右的悬浮间隙平稳运行呢？这就要求列车具有负载动态调节能力。

从技术原理上看，这个问题似乎很好理解，但实现起来却非常难。然而，困难没有阻挡住他们的创新步伐。科研人员从建立车辆系统动力学模型入手，综合考虑影响负载变化和系统稳定性等多种因素，创造性设计出一种悬浮控制算法理论，搬走了前进道路上的"拦路虎"。

"我们在每节列车下面设计了20个悬浮点，就好比给列车安装了20个智能化的轮子，其悬浮控制器及传感器，能根据列车的负载变化自动调节，保持列车的稳定悬浮运行。"常教授说，经反复测试，其动态调节与有效承载两项技术指标均达到世界领先水平。

创新路上，难题总是相伴相随。一个难题解决了，另一个更大的难题就在前面等着，时刻考验着科研人员的韧劲和智慧。2001年，工程样车在试验线上运行时，又产生了"车轨共振"现象：运行时，列车带动轨道一齐震动，轻则颠簸，重则"趴窝"，它像"幽灵"一样驱之不散。

车轨共振是一个世界公认的技术难题，美国曾出现过刚建好的线路因车轨共振而无法运行，不得不返回实验室重新研究解决。我国引进德国高速磁浮交通技术建造的上海浦东机场磁浮交通线，为防止车辆在水泥梁上产生振动，只得采取加大水泥梁单位长度质量、加固改造轨道的方法来解决，这就使系统造价高了很多。

"国产磁浮交通一定要解决好这个问题，既要解决问题，又不能增加成本。"常教授的话，说出了团队的共同心声。为寻找车轨共振产生的原因和解决办法，团队派人到国外振动控制实验室学习深造。然而，对方却对相关原理守口如瓶，相关实验只许看，不能动也不能问，这算什么事啊！技术封锁嘛。

然而，中国人的智慧是封锁不住的。求人不如求己，一场新的攻关战斗随即打响。一天，周丹峰博士的鼻炎犯了，他想快点好起来以免影响了攻关进程，就擅自加大了服药剂量，鼻炎是很快治好了，医生却提醒他这样会对身体产生副作用。周博士马上想到，解决车轨共振难题也得来一剂"猛药"，但既要有好的疗效，又不能伤了身体的"元气"。他提出对悬浮控制系统来一次彻底的"大手术"。

常文森教授等听了周博士的想法后，觉得有几分道理。他们打破"头疼医头、脚疼医脚"的惯性思维，运用系统工程理念，对悬浮控制系统及算法进行全面"解剖"，先切除"病灶"，然后加入抑制振动算法慢慢"调理"，彻底消除磁浮列车身上的"细菌"。

如此这般，"手术"加"调理"的效果产生了。经过反复试验和优化，"车轨共振"这个"幽灵"，就像遇到了"真神"一样，消失得无影无踪了。常教授和团队又拿下磁浮列车实现载客运行的关键一役。

10多年来，他们依靠自主创新，先后在悬浮导向控制、牵引控制、总体设计与系统集成等方面实现了一系列核心关键技术突破。

如果说，核心关键技术攻关，常文森和团队成员可以关起门在实验室完成，那么，将磁浮交通技术转化为方便快捷的绿色交通工具，绝非专家们所能独立承担。

1999年，国防科技大学与北京控股集团联姻，双方合力推进中低速磁浮交通技术工程化和产业化，联合国内航空、铁路、汽车等相关领域最具优势的17家科研院所和企业共同攻关，打造中低速磁浮交通研发平台。

两年后，我国第一条中低速磁浮列车试验线在国防科技大学校园内建成，多家单位联合研制的第一辆试验样车下线，开始在试验线上运行。

这条204米长线路，对于磁浮技术专家李杰教授来说，是世界上最难走、问号最多的路，他和团队成员整整走了3年！

3年里，树叶绿了又黄，黄了又绿。冬去春来，随着一系列问题在他们手中一一解决，验证了国产磁浮交通系统制造、运行的可行性，"中低速磁浮交通技术及工程化应用研究"项目，成功列入"十一五"期间国家科技支撑计划重点项目。

2008年，在唐山轨道客车有限公司厂区内，一条设计有70%的坡度、50米弯道半径，全长1.5千米长的试验示范线建成了，研制的实用型磁浮列车，经过6万千米的运行测试，列车、轨道及相关装备完全达到了运营线要求。人们关心的电磁辐射问题，经严格检测，与一般家电产生的磁场相当，完全满足相关标准要求。

军民融合产生聚变。在此过程中，我国磁浮交通解决了列车轻量化、轨道梁优化、F 型导轨轧制、道岔系统、运行控制等一系列工程化难题，实现了所有装备国产化，共获得授权专利36项，其中发明专利18项。着眼产业化要求，编制形成中低速磁浮交通系列企业标准12项，其中6项已被列为国家行业标准。

2010 年 3 月，"中低速磁浮交通技术及工程化应用研究"通过专家评审验收，同时建议有关方面尽快研究建设运营示范线，推进该项技术持续进步，促进我国城市轨道交通的发展，形成我国具有自主知识产权的中低速磁浮交通产业。

万事俱备，东方风来。2013 年 9 月 16 日，北京市决定采用该校中低速磁浮交通技术，建设北京首条中低速磁浮运营示范线，国产磁浮交通应用从此迎来曙光。

2014 年 5 月，湖南省后来居上，迅速启动长沙黄花机场至长沙火车南站的长沙磁浮快线建设。该校主动请缨，承担部分列车悬浮控制系统研制任务，仅用4个多月时间，就高标准、高质量完成了悬浮系统的静态调试和全线动态运行，创造了长沙磁浮快线建设的"科大速度"，为我国首条中低速磁浮交通运营线建成通车立下汗马功劳。

"长沙磁浮快线的建设运营，国防科大提供了核心技术支撑，堪称军民融合、省校合作的典范。"湖南省领导如此评价。

2016 年 5 月 6 日，全长18.55 千米的长沙磁浮快线正式投入运行，成为我国首条拥有完全自主知识产权的中低速磁浮交通运营线，成为湖南的"中国智造"新名片。

正式通车的那天，当看到一列列国产磁浮列车来回奔驰时，常文森竟不敢相信自己的眼睛，仿佛在梦中。然而，眼前的现实告诉他：曾经遥远的梦想，今天已经变成了眼前的现实！

据介绍，目前世界上只有少数国家掌握磁浮交通技术。德国虽然最早开展磁浮交通研究，却没有在国内建设运营线路。2003年，我国引进德国高速磁浮交通技术，在上海建成了30千米的高速磁浮交通商业运营线，这是该国技术首次用于运营线路建设。2005年，日本建设了世界上第一条低速磁浮运营线，长度为8.9千米。此后，韩国在仁川修建了一条6.1千米的中低速磁浮交通线，仅提供免费乘坐体验，没有投入商业运营。

我国建造的长沙磁浮快线长度达18.55千米，是目前世界上线路最长的中低速磁浮交通运营线。采用10列6辆编组的北京S1线则成为目前世界上运能最大的中低速磁浮交通运营线。未来，我国将有更多城市和地区拥有自己的磁浮交通运营线。

放眼世界磁浮交通，风景这边独好。

单板纳星翱翔太空

浩瀚宇宙，茫茫太空，它显得如此微小：重量不足10千克，体积只相当于一只手提箱。太空中的这个"小不点"，就是国防科技大学空天科学学院自主设计研制的世界首颗单板纳星——"天拓一号"微小卫星。

进入新世纪，卫星研制正加速向低成本、批量化、可存储的微小卫星方向发展。微小卫星的研制与应用，就成为当今世界空天领域一个新的重要发展方向。

面对航天领域的严峻挑战，国防科技大学空天科学学院大胆创新，积极开展微小卫星及相关技术研究，建立了全国第一个"纳星研究生创新基地"，形成了一支以中青年骨干教师为核心、在读研究生为主体的微小卫星研究团队。2010年9月，"天拓一号"微小卫星经上级批准正式立项，一场研制微小卫星的攻坚战由此打响。

微小卫星，关键在于"小"。俗话说："麻雀虽小，五脏俱全。"大卫星有的功能部件，微小卫星一样不能少。传统的大卫星研制，各单机组件都是使用金属盒单独封装，相互之间通过电缆连接，体系结构等方面虽然已有成熟技术，但微小卫星研制显然不能"照葫芦画瓢"，必须通过自主创新，走高度集成化之路。

怎样才能使卫星小下来呢？科研人员通过前期技术探索，他们在国际上首次提出采用单板纳星体系结构的设想，就是将卫星的所有核心功能部件，集成在单块电路板上，叫作"单板纳星"。这是一种全新的卫星体系结构，此前没有人尝试过。

设计研制世界上首颗单板纳星，没有任何资料可供借鉴，技术难度大，要求高，他们能成功吗？

你可别小瞧了这支年轻团队，在矢志强军、勇于创新的信念驱动下，没有什么不可能，更没有什么做不到。在近2年夜以继日的攻关中，他们通过采用综合电子一体化设计、机/电/热一体化设计，架起了一座座通向彼岸的桥梁，将许多"不可能"变成了"可能"。最终实现了将电源控制、星务管理、姿态确定与控制和测控数传等核心功能部件全部集成在单块电路板上，大大降低了整星结构质量，提高了功能密度和技术性能，走出了一条新概念、新技术、低成本的单板纳星研制创新之路。

飞天之梦固然浪漫，可卫星能否上天？上天能"活"多久？为确保万无一失，必须把所有问题在地面解决好。

为了确保"天拓一号"顺利邀游太空，按预计划开展科学试验，研制过程中，共进行了20多次评审，专家们一共提出了600多个问题，而每个问题都必须在下一次评审前予以解决，有一个问题不过关评审就通不过。这些问题和相应的解决方案装订起来竟有厚厚3本。

俗话说："不怕一万，就怕万一"。面对太空诸多"不可测性"，需要做大量的模拟实验和测试。为此，科研人员对关键部件、关键环节严格把关，不放过任何一个可能出现问题的地方。卫星弹射分离试验是一个十分关键的环节，在地面进行的50次试验中，仅出现一次异常情况。然而，就是这一次异常现象，科研人员也没有放过，在现场分析、回溯查证、专家会审等基础上，又反复进行了300多次非火工弹射分离试验、6次带火工品弹射分离试验，最终将影响卫星弹射分离的隐患排除。

2012年5月10日15时06分，"天拓一号"在太原卫星发射中心发射升空，卫星解锁分离角速度达到0.8度/秒，仅为允许误差的十五分之一，以近乎完美的身姿从火箭中分离，准确进入预定轨道。

"天拓一号"入轨后，成功开展了星载AIS（船舶自动识别系统）侦收、空间原子氧通量测量、光学成像等多项科学试验。

星载AIS系统侦收是我国首次开展此项试验。该系统能快速完成大范围海域内的船舶位置、航向、航速等信息的侦收，覆盖直径达到3000千米以上，实现了对我国现有岸基AIS系统的有效补充。

据统计，在轨试验的一个月内，共侦收了4万余条AIS报文，绘出了我国第一张全球船舶AIS海图。有关部门专门召开"天拓一号"AIS数据推介研讨会，向全国10余家单位推荐并发布了"天拓一号"卫星星载AIS侦收数据，从此，我国AIS发展及数据应用有了一个新平台。

不久，我国"神舟九号"载人飞船即将发射，为了防止发射出现意外，有关部门制定了飞船应急搜救预案。这是在载人航天发射中，为确保航天员生命安全必不可少的应急措施。苏联和美国在首次进行载人发射时，都动用了上百架飞机和数十万人组成应急搜救队伍，美国甚至动用了两艘航空母舰。

在"神舟九号"飞船应急搜救预案中，应急落区中包括3个搜救海域，最窄宽约100千米，最长跨度约4500千米。在如此大的搜救范围内，很难确保搜救船只第一时间到达并进行搜救，必须迅速通知在落点附近航行的船只及时提供搜救支援。

有关部门得知"天拓一号"拥有星载AIS系统后，决定由"天拓一号"星载AIS系统来承担"神舟九号"飞船应急搜救任务。接到任务后，科研人员在"神舟九号"飞船发射前后的3天时间内，每天24小时从"天拓一号"接收应急搜救海域的AIS报文，并及时将侦收的AIS数据传送给有关部门，以确保万一发生意外紧急情况时，进行迅速、及时、准确地搜救。

"神舟九号"飞船成功发射后，国家交通部救捞局给国防科技大学发来感谢信，感谢"天拓一号"为"神舟九号"飞船应急搜救提供的实时信息服务和技术支持。

此外，"天拓一号"开展的空间原子氧通量测量、光学成像等一系列试验也取得成功，被有关专家认为是我国"最具实用价值的微纳卫星。"

值得一提的是，"天拓一号"90%以上的元器件为工业级元器件，这大大降低了整星费用，而传统大卫星一般采用宇航级元器件，虽然性能没得说，但费用十分高昂。"天拓一号"为降低卫星研制成本探索了一条新路子，为未来发展新的卫星奠定了坚实基础。

2013年，国际宇航联合大会第64届年会在北京召开，国防科技大学将

"天拓一号"带到会场，连续展览了7天，引起国际航天界专家学者的极大兴趣，其中不乏国家航天领域的权威、泰斗，一些发展中国家的官员和专家看了"天拓一号"后说，"天拓一号"探索的新体系、新技术、低成本微纳卫星研制之路，使他们也有信心向航天领域迈进了。

担任此次讲解的女研究生唐宇每天接待大批参观者，虽然感觉很辛苦，但累并快乐着。她说："我们研制的'天拓一号'性能优越，在国际航天界引起极大关注，我担任讲解感到十分自豪。"

追逐伽利略的梦想

300多年前，伽利略从望远镜中仰望苍穹，宣示了一个科学家的远大梦想和抱负："有必要测量一切可测的，并努力使那些尚不可测的成为可测。"

如今，这句话被镌刻在国防科技大学"空天图像测量与视觉导航研究中心"的正墙上。中国科学院院士于起峰和他率领的光测图像处理技术创新团队，以此作为从事实验力学与光测图像研究的追求目标。

20世纪90年代中期，在数字化已成为科技进步和军事变革巨大推力的时候，我国靶场光测水平却还停留在胶片记录、人工判读的阶段，严重制约了我军武器装备的发展。

面对这一现状，刚从国外留学归来的于起峰决定：将靶场光测设备的数字化改造和新装备、新方法研究，作为回国后的首要任务。为此，他跑遍了全国所有武器装备试验靶场，调研应用需求，寻求用武之地。

然而，当于起峰与有关靶场介绍自己的设想时，对方却将信将疑，并不看好。

用户对他的光测新理论了解不多，都不敢吃于起峰送上门的"第一只螃蟹"。

屡撞南墙的于起峰不思回头。一个月跑三四个靶场，一年在机关、靶场、学校往返数十次，不厌其烦地讲解、演示，宣传新光测理论和技术。

这天，他终于把"南墙"撞开了一条"缝"：一名靶场领导表示"可以试试"。

几天后，正在北京出差的于起峰，得知这名靶场领导也到了北京，并准备搭乘当日航班返回基地，他立刻买了一张同一航班的机票。候机和飞行时间里，他"大快朵颐"地继续向靶场领导宣传推广光测新技术。

飞机平稳降落，于起峰的第一个技术开发合同也敲定了。

合同签字那天，双方签下名字后，基地领导紧握着于起峰的手说："我之所以与你合作，一是被你锲而不舍的精神感动；二是一个做事如此锲而不舍的人，值得我信任；三是我的要求不高，只要你们把原理样机拿出来，我这笔钱就花得值。"

打开一个应用需求的突破口后，于起峰针对靶场现有装备特点，经过夜以继日地奋力攻关，很快研制出一套工程实用的数字图像判读分析系统，发明了一套提高靶场光测效率的新办法，从此使我国靶场光测图像处理进入数字化时代。该系统验收鉴定后交付部队使用，判读速度达到每秒 1 帧，比人工判读速度提高一倍多，为提高我军武器装备性能和部队战斗力发挥了重要作用。

不久，于起峰又来到该基地调研，基地领导对他为部队研制的科研成果大加赞赏，共进晚餐时，一位基地领导问他："判读仪速度还可以提高吗？"

于起峰回答："理论上应该还有提升的空间。"返回学校后，他立刻带领团队进行技术改造，使判读仪速度提高5倍，达到每秒5帧。

当于起峰把改进后的判读仪送到靶场时，靶场领导感动地说："我无意间说的一句话，就换回这么一台先进仪器，真是没想到。"

在于起峰看来，军队的科技工作者就要为部队战斗力服务，成果被推广应用，才能体现其价值。随后，于起峰结合靶场光测条件和目标特性，率领课题组发明了一系列三维姿态测量方法和装备，实现了我国靶场光测由三自由度到六自由度测量的技术跨越，被誉为"国内靶场40年来判读系统的新变革。"因为这一成果问世前，导弹试验的光测手段，只能把目标作为一个点来测量，仅能掌控其运动轨迹而无法得到三维姿态参数。最终，该成果获得国家技术发明二等奖。

坚持走自己的路，才能出原创性成果。于起峰曾对团队成员说："我在德国留学期间，发现德国人搞科研从来不跟美国人跑，坚持用自己的思路考虑问题，形成自己的研究体系。用德国人自己的话说叫'feeling by hands（亲手去感受问题）'。"他从德国人的科学研究风格中得到启示：要在科研领域独树一帜，必须想大家想不到的，做别人做不到的，从原始创新开始，形成自己的体系，走自己的路。

走自己的路，注定是一条寂寞艰辛的路。每当攻关遇到难题时，于起峰常常把自己关在办公室里苦思冥想，"亲手去感受问题"，把问题想通悟透、形成自己的方法后，再去查阅相关论文，补充完善。他认为，只有经历这样一个过程，才能有"意想不到"的收获，才能有原创成果出现。

唯有创新果满枝。20多年来，于起峰率领团队在实验力学、精密光测领域取得一系列原创性成果，承担完成国家自然科学基金、国家"863"计划、重点武器型号工程等科研项目百余项，先后取得8项核心关键技术突破，形成6个研究系列，开辟了13个应用领域，一步步将我国与光测图像处理研究推向学科国际前沿，为国防和军队信息化建设做出了突出贡献。他个人也因此获得"首届全军杰出专业技术人才奖"，被聘为教育部长江学者特聘教授。2009年，于起峰当选为中国科学院院士。

航天"人才森林"

黑格尔说:"一个民族有一些关注天空的人,他们才有希望;一个民族只是关心脚下的事情,那是没有未来的。"

聚焦我国航天领域,从湘江之畔走出的航天科技帅才灿若星辰。据统计,在中国载人航天工程、"嫦娥"探月工程中,国防科技大学毕业学员有20多人先后担任正副总指挥、总设计师。

该校一位老教授自豪地说:"从运载火箭到航天器研制,从测试发射到回收着陆,从测控通讯到空间实验,在我国航天领域的许多关键岗位上,到处都有科大学子的身影,形成了航天领域一个亮丽的'人才森林'现象。"

一位教育界权威人士指出:一所大学为一个领域输送如此多的科技帅才,十分罕见。

如此人才辈出,令人惊叹,也令人思索。在航天领域这片"人才森林"的背后,蕴藏着怎样的人才培养奥秘呢?

国防科技大学是从1953年创建于哈尔滨的军事工程学院(即"哈军工")发展而来的。作为新中国第一所高等军事工程学院,"哈军工"在艰难困苦中奋起、在艰辛探索中前进,为我国培养高级军事技术人才、发展先进武器装备发挥了开创性作用。

1956年"哈军工"设立的我国第一个导弹工程专业,开创了新中国培养导弹工程技术人才的先河,为我国导弹和航天事业发展奠定了坚实的学科基础。

1970年,"哈军工"南迁长沙,学校的教学科研工作受到"文革"的严重冲击。但该系以曹鹤荪、周明鸂为代表的专家教授敏锐地意识到,一场科技革命正悄然兴起,苏联和美国先后发射了人造地球卫星,不久又将宇航员送上了太空。

落后就要挨打,深刻的历史教训让专家们将目光投向了太空:开展高超声速空气动力学及航天器的科学研究与教学工作。从那时起，他们围绕导弹技术与航天器开始了艰苦探索，半个世纪的传承与开拓创新，不断将我国火箭推进技术推向国际先进行列。

20世纪中期，世界航天技术迅猛发展，美国运用一种变推力液体火箭发动机将"阿波罗11号"宇宙飞船送上了月球，而我国研制的固定推力液体火箭发动机，却无法实现对航天器姿态的有效控制。1976年，陈启智教授率领课题组从零起步，率先开展"变推力液体火箭发动机"的研制。他一边搞研究，一边开办讲座、带队伍，将一批年轻教学科研骨干带入变推力液体火箭发动机研制这个全新领域。

6年之后，当我国第一台"多次起动、双组元、变推力液体火箭发动机"研制成功时，陈教授给课题组讲课的讲义也修订形成了《液体火箭发动机控制与动态特性理论》专著，填补了国内空白，获得中国航天总公司优秀教材一等奖。

关注太空学科建设与人才培养不断向航天聚焦。此后10多年间，学校在导弹总体设计、结构强度及火箭发动机等专业的基础上，发展建设了飞行器总体、飞行器结构强度、液体火箭发动机、固体火箭发动机和固体火箭推进剂等5个专业，同时建成了一批先进实验室，教学大纲与课程体系经过多轮调整改革后，不断得到优化。

"治无古今，育才是急"。我国恢复高考制度后，该校以较为完善的航天技术学科专业体系和前瞻性的课程设置，开始成规模地培养航天技术人才，并成为全国最早恢复研究生教育的单位之一。1981年我国实行学位制度后，学校空气动力学、固体力学在全国首批获得博士学位授予权。

改革开放之初，尽管当时我国还未启动载人航天工程，学校领导专家教授意识到，随着改革开放的深入，我国将迎来航天技术发展的春天，必须为此进行人才与技术储备。正是基于这一超前思维，该系于1985年正式改建为航天技术系。

世纪之交，他们抓住我国实施载人航天工程的发展机遇，围绕出人才、出成果，进一步凝练学科结构，调整学科方向，将火箭发动机专业拓展为"空间工程"，将空气动力学专业拓展为"飞行器系统与工程"，并新增了飞行器测试发射工程本科专业。研究生则按照航空宇航科学与技术、力学和材料科学与工程一级学科实施培养，逐步形成了特色鲜明、优势突出的航天专业学科体系与课程体系。1999年，逐步建设形成了涉及7个一级学科、16个二级学科的航天学科群，拥有1个国家重点学科和1个国家重点（培育）学科，27个博士、硕士学位授权学科，陆续取得国家科技进步二等奖、国家发明二等奖等大批高水平科研成果。

超前的战略眼光，前瞻的学科布局，为"人才森林"成长开辟了一方天地。当我国实施载人航天工程和"嫦娥"探月工程时，该校培养的一大批人才源源不断地进入前沿阵地，担当重任，形成了航天领域一道亮丽的人才景观。

其实，不仅是航天领域，在国防和军队建设的各条战线上，这所大学培养造就的一大批高素质人才，如今已成为推进国防科技创新和中国特色军事变革的中坚力量。数据显示：该校毕业学员中有30人当选两院院士，先后有50多人担任国家重大工程和重点型号装备研制的总指挥、总设计师。2010年，在评选的"全军十大学习成才标兵"中，有5人毕业于该校。

聚焦三军演兵场，放眼我军装备研制、科研试验与维修保障主战场，到处活跃着该校毕业学员的身影。该校毕业学员先后涌现出"全军优秀指挥军官"白雪、"全军爱军精武标兵"王力臣、"全军特等射手"贺源，以及带出"军事训练一级连"的陆松等一大批耀眼的"军事明星"。

在长期办学实践中，该校提出了"科学文化素质走在全国高校前列，军政基础素质走在全军院校前列"的人才质量标准，形成了"培养驾驭国防科技的工程师、科学家、战略家，培养驾驭未来战争的设计师、指挥家、军事家"的人才特色定位，构建的高层次、多类型人才培养体系，有效满足了部队建设对不同层次、不同类型人才的需求。

"惟楚有材，于斯为盛"。长沙岳麓书院的这副名联，而今也成了国防科技大学人才培养成果的真实写照。

"小鸭"游进"天河"

安徒生在著名童话《丑小鸭》里，向人们讲述了"丑小鸭"如何发现自己成了天鹅的故事："丑小鸭"一直以为自己就是鸭子。直到有一天晚上，它看见"一群漂亮的大鸟从灌木丛里飞出来……他们飞得那么高！"

"我也要飞向他们！"当那些天鹅在它身边游泳，用嘴来亲它的时候，它无意中看到了自己在水面上的倒影——原来，自己就是一只天鹅！

在国防科技大学，有一个"小鸭"游进"天河"的故事。一批"90后"高年级本科生，进入"天河"高性能计算创新团队，在导师指导下从事"天河二号"超级计算机系统的研制工作。

在国际超算领域，国防科技大学研制的"天河"系列超级计算机系统，代表着世界高性能计算技术的领先水平。"天河二号"在国际TOP500组织正式发布的世界超级计算机500强排名榜上，曾6次位居世界第一，获得"六连冠"殊荣，"中国速度"震惊世界。

在一般人看来，研制世界上速度最快的超级计算机的人，肯定都是优秀的计算机专家，团队里一定是高手云集，个个身怀绝技。让人感到意外的是，这个世界顶尖的创新团队里，不仅有堪称大师的院士、知名专家，崭露头角的博士、硕士研究生，更有一批90后的高年级本科生。

也许你会问：研制这样"高大上"的国家科技工程，本科生能做什么呢？仅仅是帮着老师查查资料，打打下手么？

如果你这样想象他们从事的工作，那就错了。其实，这批本科生每个人都有一个课题，结合毕业设计开展新一代超级计算机技术攻关。这是学院着眼未来超算发展，超前培养优秀创新拔尖人才的一项超常举措。

事实上，这批进入"天河"团队的本科生，是经过严格考核选拔出来的，有着很强的创新潜力。下面，就介绍其中的几位代表性人物吧。

在"天河"大楼的一间实验室里，大四本科生罗玉川从事的研究课题，是"高性能计算机展示系统设计与实现"，经过一段时间历练，他在导师指导下，迅速进入了角色，独立完成的后端数据处理程序，在超级计算机上进行了测试运行，其可行性和可靠性得到验证。他的这一创新成果，能直观显示超级计算机的资源使用和程序运行情况，方便用户使用，促进超级计算机的推广应用。

"90 后"女生王伟也是一名大四本科生，曾获得国际数学建模竞赛一等奖。她的导师为她确立了"众核宽向量处理器算法优化"这样一个全新课题。因为，"天河一号"采用的是"CPU+GPU"的异构体系结构，才使系统具有了无比优越的运算速度，而未来处理器将向"众核宽向量"方向发展，这样可进一步提高系统的运算速度。所以，导师给她明确了一个很有潜力的创新方向。

新的研究方向肯定是别人还没有做过的，自然没有现成的经验可供借鉴。王伟却不畏艰难，凭着勤奋与执着，她在算法实现与优化方面已取得可喜的突破，得到了专家的肯定。

来自新疆的邬会军身高 1.81 米，在科技创新方面同样有着过人之处，他撰写的《自安全便携式移动存储设备的设计与实现》论文，被"国际网络与信息安全国际学术会议"录用，并被 IE 检索收录。在"天河"团队中，他做的是一个分布式数据库的课题，经过一段时间攻关，很快完成了单节点数据库的设计，虽然只是阶段性的成果，但他却很有信心，因为，这里有很好的团队协作精神与创新环境，有问题随时可以向老师请教，进步自然要快很多。

据"天河"团队负责人介绍，这批本科生的研究课题与未来高性能计算技术发展密切相关，对发展高性能计算技术具有积极推动作用，更重要的是，此举将为未来超级计算机的研制培养和储备一批优秀创新人才。

其实，"小鸭"游进"天河"的人才培养举措，最初是源于为解决"天河一号"安装调试人手紧缺的一个无奈之举。

在此之前的2010 年7 月，团队研制的"天河一号"二期系统在国家超级计算天津中心安装时，面临着时间紧、任务重、人手少的突出矛盾。情急之下，他们将120多名准备参加暑假社会实践的本科生派往天津，参与"天河一号"机柜的搬运、组装、布线工作。

让专家们没有想到的是，这批初出茅庐的"小将"，对超级计算机安装部署表现出极大兴趣和热情，其创新意识和质量意识也让人刮目相看。

安装布线是一项非常麻烦且容易出错的活儿，为提高布线效率，周侗等几名本科生将晾衣竿与滑轮组合起来，发明了一种被他们称为"天河钩"的布线工具，使效率提高了3倍。本科生董旋在"天河一号"通信网络互联过程中，发现并成功排除了两处电源系统的安全隐患。

正是这次为了解决装机调试人手紧缺的"权宜之计"，使团队领导看到了本科生的创新潜力，于是决定将工程实践前移到本科教学阶段。为此，他们出台了"优秀人才个性化培养方案""计算机应用能力特长提升计划"等一系列创新人才培养措施，让高年级本科生进入科技创新的前沿阵地。

与此前不同的是，本科生进入"天河"团队，不再是干那些搬机柜、布网线、拧螺丝的简单技术活，而是参与到高性能计算技术的研究与攻关中。

人才培养，确实需要打破一些成规和定势，让"小鸭"伴着"天鹅"一起飞翔，"小鸭"不仅能成为"天鹅"，而且一定会飞得更高、更远。

决胜尼罗河畔

盛夏的开罗，骄阳似火。在美丽的尼罗河畔，一场创新智慧与汗水的较量更是如火如荼。

2018年7月31日，由埃及国防部主办的"第三届国际无人系统创新挑战赛"，经过4天紧张角逐决出胜负，代表中国军队出征的国防科技大学代表队在竞争中脱颖而出，一举夺得无人地面平台系统竞赛冠军，在国际赛场上展示了中国军校学子的风采。

在强手如林的国际赛场上，他们是如何出奇制胜、摘得桂冠的呢？现在，让我们把视线投向4天紧张激烈的比赛中。

"开始！"2018年7月29日下午2时，正是当地气温最高的时刻，设在埃及军事技术学院内的无人地面系统竞赛场，气温高达45摄氏度。随着裁判一声令下，国防科技大学代表队自主设计研制的"麒麟"地面无人车迅速前出，它先是以轮式驱动快速规避多个障碍，遇到坎坷路段、沙石地面时，随即改为履带驱动，如履平地似地向前奔驰。爬45度斜坡、下1米高台阶，它又像变形金刚一样，伸出两只鳍一样的长臂支撑车体，与轮履密切配合，爬坡过坎，一路所向披靡。

一系列堪称完美的复杂地形穿越，赢得看台上观众的一阵阵热烈掌声。

"太棒了！"担任此项目现场裁判的阿卜杜拉上校说，这是今天表现最出色的无人车。在此之前，一些代表队的无人车在穿越复杂地形时或多或少出现了一些失误，有的未能完成高难度的穿越任务。

首战告捷！指导老师徐晓红副教授悬着的心总算放下来了。由于当时天气炎热，她一直担心无人车上设备能否经受住高温考验。

远视距遥控穿越复杂地形，是这次地面无人系统竞赛的3个项目之一。根据竞赛规则，遥控操作手只能在场地边的帐篷里，通过无人车前后摄像头传回的实时画面实施遥控操作。该项目在考核无人车穿越复杂地形能力的同时，更检验其实时态势感知、信息传输和远程遥控能力。

如果说遥控操作还存在"人在回路"的话，那复杂地形自主穿越竞赛，则是对无人车自主导航、目标识别、路径规划等能力的又一次考验。在第二天该项目竞赛中，"麒麟"地面无人车再次登场。找寻目标点、规避障碍，真可谓如入无人之境，一路有惊无险，顺利到达终点，再次拿下这个项目的最高分。

该项目第 3 项竞赛是遥控执行装备操作，根据竞赛要求，地面无人车要遥控行进接近一台模拟装备，自主执行按压动作启动装备、拧开油箱盖等操作。

这天，该校代表队学员给"麒麟"地面无人车安装上一个带摄像头的机械臂。队长韩长林告诉记者，别看它外形颇像挖掘机，其实它具有像人一样的手腕、手指和视觉功能。这项竞赛是3项竞赛内容中技术含量最高也最具观赏性的项目。该校的"麒麟"地面无人车能否拔得头筹，关键在此一战。

竞赛现场，观众席上挤满了前来观摩的专家和其他代表队选手，他们要看看这辆已成为本次竞赛"明星"的无人车，能否"笑到最后"，在关键项目竞赛有何高招？

竞赛开始，主操作手郭子睿按下启动开关，只见"麒麟"地面无人车一路快速前进，接近模拟装备后，伸出机械臂，稍微停顿了一会，就找准了按钮，迅速完成按压动作。之后，又张开手指，握住一个油箱盖将其打开，一系列动作前后连贯，一气呵成。观众席上又一次响起热烈掌声，有人情不自禁地竖起大拇指，高声说："China，Top1！"

3 项竞赛，3 次获得最高分，"麒麟"地面无人车一举夺冠，可谓实至名归。

"成绩来之不易。"担任领队的该校智能科学学院副院长吴美平教授说，这项竞赛要求参赛队必须是自主设计和研制地面无人系统，技术要求高，竞赛规则严、难度大，像攀爬上45度陡坡、跃下1米高的台阶、自主避障、执行装备操作等，对无人车提出了很高的技术要求，都是他们之前没有遇到过的。

2018年3月，该校获得参赛邀请后，离竞赛只有4个月时间了。能否在这么短时间内组织参赛队伍、设计并研制达到竞赛规则要求的无人车，大家对此信心不足，有人甚至认为这是不可能完成的任务。

勇于挑战才能打胜仗。承担组队参赛的该校智能科学学院认为，参加该项赛事是促进军事智能领域人才培养、提高学员创新能力的有效途径，必须树立敢打必胜的信心，不仅要参加，而且要争取夺冠军。

在学校支持下，他们迅速选拔了17名本科生和研究生组成参赛代表队，并由来自控制、机械、仪器三个重点学科的老师组成指导团队。在参赛动员誓师大会上，大家纷纷表示，要以最快速度、最高标准、最严要求完成无人车的设计研制，在国际赛场上展示中国军校学子的创新风采。

军人生来为战胜！一场创新攻坚战随即打响。在老师指导下，学员们综合运用先进控制理论、机器视觉、车载电子和移动平台知识，很快完成了地面无人平台设计，然后按照学员所学专业分成机械、导航、控制、电气、通信等5个小组分头进行研制，在完成车体结构自主设计后，立刻联系工厂进行各部件加工。

行走结构是地面无人车的基础，负责此项研制任务的路阔、刘家玮两名学员根据穿越复杂地形需要，提出轮履结合的创新设想，加班加点率先完成理论测试和部件加工组装；负责导航的呼晓畅、孙晓磊边学边干，实现了惯性导航、卫星导航与激光雷达相融合的组合导航技术突破；许铜华发挥专业特长，领衔完成了算法与代码编写；韩长林作为遥控操作手，率领徐玉伟等控制组成员进行技术攻关，解决了复杂地形穿越的遥控与通信、自主路径规划等难题……

将创新进行到底，短短4个月时间，年轻学子们依靠自主创新，先后在轮履结合行走机构、组合导航、目标识别、路径自主规划等方面取得一系列突破，研制出性能高于竞赛要求的"麒麟"地面无人车，最终在本届竞赛中技压群芳，一举夺冠。

"创新成了赛场制胜的法宝！"指导老师曾志文说，以竞赛促创新，学员们的自主创新能力在创新实践中得到了提高，也在竞赛中得到了检验。

2018年7月31日，竞赛结束。竞赛组织方并没有立即举行颁奖仪式，而是把28支参赛队携带的参赛设备集中起来进行展示，最后将竞赛办成了一次无人系统创新成果博览会。埃及国防部、教育部、有关高校领导和本领域专家也特意赶来观摩，听取各代表队介绍各自设备的性能和创新点，围绕无人系统技术创新和未来发展进行交流、探讨。

当竞赛奖项尘埃落定，大家似乎已忘记了竞赛场上的争夺，大家关注的是无人系统的军事应用与未来发展。事实上，由埃及国防部创办的高水平竞赛，并不是让大家在赛场上一争高低，而是旨在为全球高校打造一个无人系统创新实践平台，培养大学生的工程创新实践能力，促进智能载具及相关技术发展。

"这次竞赛环境紧贴实战条件，突出实战要求，说明竞赛不是唯一目的，更多是要面向战场，面向实战，这是今后无人系统研制的方向，也是检验创新的标准。"学员徐玉伟说。

这届竞赛还特别安排了一个技术答辩环节，并纳入竞赛内容打分。来自智能控制领域的8名专家，像进行研究生毕业论文答辩一样提出问题，让学员们回答并给予建议。学员闫恩齐说："现场答辩专家对无人系统及军事智能发展都有深入思考，提出的问题对我们今后的创新有许多启示，提供了更加广阔的思路。"

"参加国际性创新挑战赛，为学员提供一个展示创新能力的机会，也打开了一个了解世界的窗口，这对他们今后的学习与研究将大有裨益。"指导老师张礼廉说，我军要全面建成世界一流军队，必须拓展学员国际视野，瞄准世界一流开展创新实践。

一场竞赛，几多收获。载誉归来的年轻学子们，又投入到加快军事智能化发展的创新实践中。

向着自主创新高地冲锋

2020 年 7 月 31 日，北斗三号全球卫星导航系统建成暨开通仪式在北京举行，习主席出席仪式，并宣布北斗三号全球卫星导航系统正式开通。千里之外的国防科技大学北斗科研楼内，爆发出阵阵欢呼。

从攻克北斗一号地面关键设备和手持用户机、突破北斗二号"卫星抗干扰""系统高精度测量"重大技术瓶颈，到完成北斗三号"全体制、全系统、全链路"关键技术攻关和核心装备研制，该校导航与时空技术工程研究中心投身北斗事业 26 年，先后攻克近百项关键技术，研制出两千多台（套）核心装备，用智慧与汗水助力"北斗"闪耀全球，成为了我国卫星导航技术创新主要引领者和系统建设的主力军。先后获国家科技进步特等奖 1 项、二等奖 1 项，军队和省部级科技进步一等奖 7 项，获国家发明专利授权 78 项，在我国北斗卫星导航系统建设中书写出浓墨重彩的一笔。

在国防科技大学，卫星导航技术的团队只是其中的一个代表。长期以来，该校一个个自主创新团队，牢记习主席嘱托，坚持以我为主，自主创新，不断向着世界科学之巅冲锋！

走进计算机学院"天河"大楼，这里呈现的是一片紧张攻关场景。刚刚出差归来的肖立权研究员，带着最新得出的实验数据，拎着行李箱就进了实验室。"只有不断创新超越，才能让'中国速度'越来越快。"肖立权说，"天河"高性能计算创新团队，正向着每秒百亿亿次计算的目标迈进。

2013 年 6 月 17 日，"天河二号"以每秒 5.49 亿亿次的峰值计算速度和每秒 3.39 亿亿次持续计算速度，登上全球超级计算机 500 强榜首。习主席作出重要批示，勉励大家总结经验，再接再厉，坚持以我为主，勇于自主创新，不断强化前沿技术研究，为推动我国科技进步、建设创新型国家作出更大贡献。

如今，以"天河"为业务主机，已建成天津、广州、长沙三大超算中心，构建起材料科学与工程计算、生物计算与个性化医疗、装备全数字设计与制造、能源及相关技术数字化设计、天文地球科学与环境工程、智慧城市大数据与云计算等7个应用服务平台，为国内外近3000家用户提供高性能计算和云计算服务，支撑2000多项重点课题研究。

向着未来战场冲锋！

浪花翻涌，一辆无人战车破浪而行，车轮迅速转换为履带模式，从泥泞的滩涂中快速通过。这是该校"无人作战系统"创新团队的最新成果——某型两栖无人平台。不久前，团队成员徐小军教授带着该成果，前往多个战区部队演训一线展开水上试验。

"近年来，世界主要国家各种无人作战平台大量出现，我们必须跟上这一未来作战新趋势。"徐小军说，"跑"是他所在团队的真实写照——跑部队做试验、跑厂家做样机、跑评审会鉴定项目。"跑"更是大家心中强烈的紧迫感——发展机遇稍纵即逝，只有全力以赴冲刺，才能不负重托，在军事高科技的竞速中夺得先机。

研究员孙振平在无人作战领域深耕20多年，积累的笔记本有厚厚一摞。然而每次换新的笔记本，他都会把一页泛黄的笔记小心地放在最前面。上面记录的是习主席当年参观学校科研成果展示时所作的重要指示。每当团队新成员加入，这页泛黄的笔记就是最生动的教材。

肩负嘱托前行，团队把无人作战领域研究的"无人区"跑成了"丰产田"。几年间，团队瞄准无人作战领域前沿技术聚力攻关，研发出一批具有完全自主知识产权的无人作战装备，猛士无人驾驶系统、班组战斗支援无人车、某型自动化武器站等成果已投入应用。

向着部队急需冲锋！

"武器装备搭载了激光陀螺，犹如在迷雾中，有了一盏永不熄灭的指路明灯。"该校"激光陀螺"创新团队成员杨开勇教授告诉记者，激光陀螺被誉为惯性导航系统皇冠上的"明珠"，有了它，飞机、舰艇、火箭、导弹等运动载体，就可以不依赖外部导航信息，自主进行导航、定位、定向和姿态控制。

多年来，"激光陀螺"创新团队取得的一系列创新成果，使我国跻身世界上极少数能独立研制生产高精度激光陀螺的国家行列。如今，他们着眼科研成果向战斗力生成转化，不断发起新的冲锋。

"小一寸，难万分。"为了更好地适配某新型装备系统，突破小型化、高精度难关，张斌教授扎在一人多高的数据纸堆中，一干就是9个月。他回忆说："整个人像着了魔，睡觉都在想方案，深夜想出来了，穿上衣服就往实验室跑。"为了做好某新型激光陀螺产品的定型海试，大病初愈的龙兴武教授，坚持跟随舰艇从渤海湾到南海收集和掌握第一手数据。

伴随着一次次奋力冲锋、一项项技术突破赶超，一件件国之利器横空出世。在国庆70周年阅兵中，搭载了"某型自动化武器站"的新式装备米秒不差地通过天安门，接受统帅检阅；在新冠肺炎疫情防控阻击战中，北斗导航系统为建设火神山医院、雷神山医院提供精确标绘，为车队运送物资提供精确导航；在某型导弹试射中，搭载了激光陀螺的某型导弹，实现了"点穴式"打击……

冲锋，是一种状态，更是国防科技大学一代又一代创新人才的接续与传承。伴随着一系列科研成果的诞生，一个个青年创新团体迅速崛起。

2020年8月，由该校青年教员和研究生自主研制的"天拓五号"卫星，在酒泉卫星发射中心发射升空。研发创新团队成员平均年龄不到35岁。团队成员以在读硕士、博士研究生为主，这些年轻人已经成为我国"天拓"系列微纳卫星设计研制的骨干力量，被誉为航天领域的一支"新军"。

无独有偶，在"天河"大楼里，一张张青春面孔随处可见——从2012年开始，一些创新能力强的高年级本科生，就在导师指导下参与"天河"超级计算机研制。在整个"天河"创新团队中，在读研究生占了近60%。

"如果没有实践平台的锻炼，我不可能有今天的成绩。"刚满30岁的团队技术骨干陈照云，本科阶段两次参加国际大学生超级计算机竞赛，两次获得"最高计算性能奖"。仍在攻读博士学位的袁木子，在新一代超级计算机研制中崭露头角……

　　超常举措，超前培养。几年来，在习主席"更新教育理念，创新培养模式"思想引领下，学校先后实施了"高层次科技创新人才工程""青年拔尖人才培养计划""一流团队建设计划"等一系列加强人才建设的新举措，探索有利于高素质新型军事人才成长的新路。2019年，年仅34岁的该校电子科学学院青年科技专家陈思伟，被第39届IEEE国际地球科学与遥感大会授予年度青年成就奖。由此，他成为亚洲第4位获此殊荣的科学家。在光学领域取得一系列创新成果的青年科技骨干周朴，29岁晋升正高级专业技术职务，34岁又入选国家"万人计划"科技领军人才。全校承担国家和军队重点课题的项目负责人和主要完成人，85%为40岁左右的年轻专家，担任国家级专家的平均年龄为44岁。

　　到中流击水，浪遏飞舟。如今，国防科大自主创新团队正用面向战场、面向世界、面向未来的冲锋，站上一个又一个国防科技自主创新高地，书写"问苍茫大地，谁主沉浮"的壮志豪情。

第二章

突破经典

一个数学公式改变一支部队执勤模式

春节即将来临，地处西部大山深处的某测控雷达站突然来了一批不速之客：国防科技大学朱炬波、易东云等4位教授。

"这些教授是干什么的呀？"

"都是搞数学的。"

"大冷天的，快过年了，这些数学教授怎么跑到雷达站来呢？"官兵们有些不解。更让他们纳闷的是，这几名教授似乎不懂雷达。要不，怎么会问"雷达站为什么要建在大山上"这样的外行话。

这个雷达站担负着飞行器测控定位任务，运用"测距＋测速"这一国际通用的测控方法，将雷达站建在山上正是因为"测距"的需要。

"如果抛开测距，只通过测速来测控定位行不行呢？"朱教授的这一问题，虽不属于外行话，却无异于痴人说梦，异想天开。

为什么这么说？因为"测距＋测速"定位理论建立了几十年，已成为测控经典理论。没有测距参数，仅凭测速数据是计算不出飞行器的具体位置的，这也早有定论。

或许，他是看到山上交通不便，条件艰苦，官兵生活枯燥，想象着雷达站不建在大山上，官兵们不就可以走出大山、不用这样辛苦值守了么？

官兵们也许不知道，4名教授这次到雷达站实地考察调研，就是应他们的上级单位邀请，来帮助进行导弹弹道数据分析的。运用数学专长为部队建设服务，一直是教授们的一个强军梦想。

不管怎么说，大学教授深入大山深处的雷达站考察，能体谅官兵的艰辛，官兵们还是很感动，但谁也没把他们的话当真。

如果这事就这么过去了，那么，就没有下面的故事了。

离开雷达站后，朱炬波教授、易东云教授等人仍围绕着"测距＋测速"

在思考：如果能突破这一经典理论，就可以改变部队的传统测控方法，何止让官兵走出大山，关键是能极大提高部队战斗力啊！

说来也巧。不久，这个部队又将一次导弹试验的雷达测控数据交给教授们请求帮助分析处理。数据很齐：测距、测速各 3 组共 6 个数据。有了这些已知数，建立 3 个方程，求解得出未知数，就可得出弹道精度，对于堂堂国防科技大学的数学教授来说，简直就是"小菜一碟"。

意想不到的问题来了：朱教授和同事们算来算去，就是得不到最佳精度。

回头一查，原来一个测距雷达并未测到应该测到的数据。经典理论再怎么好，少了一个已知数，方程是解不出来的，自然无法算出真实的结果。更要命的是，这个测距数据已无法弥补。

就在大家一筹莫展之际，当初"抛开测距，只通过测速测控定位"的想法，再次被提出了出来。

"试试吧。""对，赶快算！"原本有些气馁的两位教授，这时反而来了兴致。他们尝试性地将一个相应的测速参数，替代这个测距参数，再用方程求解，经过几天的计算，奇迹产生了——竟然得出了准确的弹道精度。真是踏破铁鞋无觅处，得来全不费功夫。

是偶然，还是必然？教授们莫衷一是，刚刚激起的兴奋劲儿立马跌落下来，难道是偶然中的巧合？

搞数学的一向思维缜密、做事严谨，教授们经过讨论，认为一个参数的替代，并不说明可以完全抛开测距，现在结果虽然准确，还是因为采用了两个测距参数。再说，这个传统经典理论国内外用了几十年，要是这么容易突破，别人早就这么做了。

如果此事至此为止，他们把算出的结果交给部队也就完事了，然后，也就没有然后了。最多提醒雷达站官兵下次可得把数据测准啰。

然而，这次偶然的成功，激发出朱教授的创新热情。他们说，创新，就是要勇于挑战经典，站到巨人的肩膀上去，用数学为提高部队战斗力服务，转变战斗力生成模式。

一场挑战经典的攻关战斗打响了。建立方程、计算求解、仿真验证、再推导、优化、完善。这期间，他们不知经历了多少曲折和失败，也不知熬过多少不眠之夜，但"幸运女神"像跟教授们捉迷藏似的，始终不肯露面，攻关接连受挫。

然而，开弓没有回头箭，教授们用"衣带渐宽终不悔"的韧劲，"众里寻它千百度"，终于发现"那人却在灯火阑珊处"——一个不曾被人注意的关键因素：时间。

导弹飞行，速度和时间构成了飞行距离。导弹飞行和时间一样，具有连续性。于是，教授们把时间转换为相应的空间信息，再转换为数学方法，如此这般地计算、建模、仿真，又反复进行推导验证，最终通过了数学证明，建立了一个全测速定位的核心数学公式，提出了一套全新的全测速定位理论。他们把这一突破写成论文，发表在一家数学权威刊物上，得到了相关专家认可。

当初的异想天开，如今在教授们的一套数学公式里变成了现实。也就是说，抛开测距雷达，只用测速雷达从理论上是可以实现的，可直接带来整个测控体系的变革。

到底行不行啊？上级主管部门得知此事喜出望外，却不敢贸然下结论。因为要撤掉大山上的测距雷达站，按照教授们新的全测速定位理论建立新的测控体系，可不是"拍脑袋"那么简单。

经相关专家多次研究、商讨，可行性论证报告出来了：国防科技大学数学教授们的这套理论，可行！

经过两个阶段整整10年改造建设，建于20世纪60年代的传统测控体系终于被时代淘汰了，新的测速定位测控系统投入使用。当初教授们考察的那个雷达站官兵，终于走出了大山。如今，他们执行任务时只需出动一台车载测速雷达，到达任务地点就可以完成测控任务。

一个数学公式，改变了一支部队的执勤模式，由此节约的人力、物力、财力不可估量，这就是数学的威力。

打破无人驾驶汽车的速度"神话"

"时速 100 千米，行驶正常。"

长沙绕城高速，一辆"红旗"轿车欢快地一路向前奔驰，转向、变道、超车……如行云流水。

坐在副驾驶座位上的孙振平副研究员一脸兴奋，不时向后排座位上的贺汉根教授报告着情况。

不就是跑个高速吗？有啥好高兴的。

且慢，话可不能这么说。如果你发现这辆高速行驶的"红旗"，驾驶座上无人操作，你是不是感到很神奇呢？说不定你会"哇"的一声，吓出一身冷汗来。

此车非彼车。这是国防科技大学贺汉根教授领衔的无人驾驶技术创新团队，在"红旗 HQ3"轿车平台上自主研发的最新一代无人驾驶汽车；跑这趟高速，也并非一次普通出行，而是经有关部门批准同意，我国无人驾驶汽车在复杂和不确定环境下开展的高速公路自主驾驶试验。你说他们能不高兴么？

"即将进入梅溪湖隧道。"

"车辆自动减速，综合感知系统正常。"

"红旗"车在高速公路上一路飞奔。74 岁高龄的贺汉根教授的思绪，穿越时空，回到了 20 多年前。

那年，贺汉根教授正在某西方国家做访问学者，得知该国准备与其他国家合作开展某无人驾驶汽车项目研制，他兴趣盎然，很想代表中国参与到这个项目中来。

"你们的车能跑多快？"

"我们的车……"贺汉根一下"噎"住了。他知道，对方所说的"车"，是德国、日本等国家引以为傲而中国还没有的无人驾驶汽车。

"你们还没做过无人驾驶汽车，怎么能参加呢？"这位明知故问的某国专家，是想以此阻止中国人参加，言语中带着偏见和傲慢。

那一刻，贺汉根沉默了。他在心里发誓：中国，一定要有自己的无人驾驶汽车，否则，在国际上没有平等对话的权利。

"天行健，君子以自强不息。"回国后，贺教授以5万元人民币的经费起家，开始了中国的无人驾驶汽车研制。

起步晚了，必须跑出比别人更快的速度。经过6年夜以继日的艰苦探索和奋力攻关，贺教授率领团队突破了一系列关键技术，在一辆老式北京吉普车平台上，研制出了中国第一辆无人驾驶汽车。2001年，该车进行公路无人驾驶试验，达到时速76千米的国际先进水平。

有意思的是，当中国无人驾驶汽车研制取得突破时，国外的研制却并不顺利。西方一位权威专家由此推论：无人驾驶汽车的最高时速很难突破70千米，因为无人控制系统有200毫秒左右的延时，突破这一速度，车辆就像喝醉了酒的人一样，走路东摇西晃，很难控制。

"这么说，我国的无人驾驶汽车的最高时速已经达到极限了？"贺教授将信将疑：这个推论从理论上看是成立的，但人的反应速度并不比机器高，为什么却能驾驶时速100多千米的汽车，世界一级方程式赛车时速不是还能突破300千米吗？

经过长期研究与分析，贺教授发现：人对道路环境的感知总是实时的，能够观测到前方数十米范围内的情况并做出预先反应。如果在车上加载一个智能控制系统，让无人驾驶系统能像人类一样思考，问题不就可以解决了吗？

顺着这个思路，贺教授改变国外将无人驾驶汽车作为控制系统的传统思维，创造地将控制系统和感知分析系统融合起来，让它能进行多任务处理，从而解决无人驾驶汽车"反应迟钝"的问题。

大胆创新带来了技术上的重大跨越。两年后，贺教授带领的团队在"红旗旗舰"轿车平台上，研发成功我国一辆无人驾驶轿车系统，在高速公路上竟然跑出了时速170千米的世界第一速度，一举打破了外国专家的推论。

2003 年，在中国第一汽车制造厂成立 50 周年庆典大会上，这辆"红旗旗舰"无人驾驶轿车，为应邀前来参加庆典的国内外嘉宾进行了一次完美的无人驾驶表演。国外同行和世界汽车厂商观看后，一个个惊叹不已，十分羡慕，好像中国的无人驾驶汽车是凭空从天上掉下来一样，突然呈现在了世人面前。他们当然不知道，贺教授率领团队成员为此付出了多少艰辛。

面对各方赞誉，贺教授和团队成员并不满足。他们清楚，我国的无人驾驶汽车虽然在技术取得重大突破，但离真正的自主还有不小差距。比如，无人驾驶汽车在变道、超车、避险、合理速度控制等方面，尚不能根据复杂路况自主决策，对环境的综合感知和自主判断不能像有人驾驶那样游刃有余。

此后，贺教授率领团队与中国一汽集团合作，开展军民融合式自主创新研究，围绕无人驾驶汽车智能环境感知、智能自动控制等进行集智攻关。尽管前进道路上困难重重，贺教授和团队成员从未停止创新步伐，跌倒，爬起来；失败，从头再来。历经 5 年夜以继日的探索、攻关与试验，他们终于取得一系列核心关键技术突破，在"红旗 HQ3"轿车平台上自主研发出更加先进的无人驾驶系统。

2011 年 7 月 14 日，贺教授率领团队在"红旗 HQ3"轿车平台上自主研发无人驾驶轿车，获准进入京珠高速长沙至武汉段，开展我国首次无人驾驶汽车高速公路长途自主驾驶试验。

"开始！"这天上午 9 时许，随着项目负责人贺教授一声令下，"红旗"车从长沙杨梓冲收费站出发，按照 110 千米设定时速，在车流密集的京珠高速，向着武汉方向一路奔驰北上。

老天爷好像要考验这辆无人驾驶的"红旗"车。出发不久，前方道路漫过一簇簇薄雾，进入咸宁路段，天空又下起一阵暴雨。视线不佳，车道模糊，这让组织这次试验的戴斌教授等人提心吊胆，生怕有什么闪失。

然而，对安装有环境传感器、智能行为决策与控制等系统的"红旗"无人驾驶轿车，这些考验全都不在话下，一切应付自如。据统计，在长沙至武汉的 286 千米的长途行驶中，"红旗"无人驾驶汽车自主超车 67 次，被其他车辆超越 148 次，实测自主驾驶平均时速为 87 千米。在遭遇其他车辆违规行驶等紧急情况时，实施人工干预 10 次，干预行驶距离约为 2.24 千米，占自主驾驶总里程的 0.78%，远低于国外无人驾驶汽车 3% 的人工干预比例。

这次试验，创造了我国无人驾驶汽车在复杂交通状况下自主驾驶的新纪录，表明我国无人驾驶汽车在复杂环境识别、智能行为决策等方面实现了新的技术突破，综合技术性能达到国际先进水平。试验获得圆满成功！

创新无止境。2013 年，贺教授和团队又申报承担了国家自然科学基金重大研究计划——视听觉信息的认知计算集成项目，以期突破复杂行车环境感知与识别、不确定条件下驾驶行为规划与决策、动态环境下无人驾驶汽车优化控制、机器学习等关键技术。

近 3 年来，年过古稀的贺教授率领团队中的一批年轻专家瞄准国际前沿，心无旁骛，围绕人工智能与优化决策等核心关键技术攻关不止，在新的更高起点上，推动着我国无人驾驶技术的发展进步。2017 年初，新一代无人驾驶系统在"红旗 HQ3"轿车平台上研发成功。3 月 6 日，经有关部门批准同意，新一代"红旗"无人驾驶汽车获准在长沙绕城高速公路开展试验。

与上次高速公路长途自主驾驶试验不同的是，这次试验增加了进出隧道和上下匝道两项试验项目。负责组织这次试验的安向京教授介绍，这是国内首次开展上述两项试验，也是团队在无人驾驶技术领域突破掌握的两项"绝活"。

两项"绝活"到底如何？必须由试验做出回答。这天，"红旗"无人驾驶轿车从新港收费站驶入长沙绕城高速公路。出发不久，道路前方就是长达 3320 米的梅溪湖隧道。接近隧道时，汽车提前自动减速，按照时速 80 千米驶入隧道。在隧道内，因为接收不到卫星导航信息，"红旗"无人驾驶轿车只能依靠激光雷达等综合感知系统十分规范地匀速行驶。几分钟后，驶出隧道的"红旗"车自动加速，恢复到 100 千米时速。

按照事先规定的试验路线，"红旗"无人驾驶轿车要在坪塘收费站驶出，再返回继续试验。接近目的地时，汽车自动减速，以 40 千米时速向右边匝道驶去，随后，再次减速缓慢通过收费站。

反复多次试验表明，新一代"红旗"无人驾驶汽车在此次高速公路自主驾驶试验中，各项性能表现优异，对道路的辨识精准，行车、变道、超车规范，过隧道、上下匝道完全自主决策控制，没有出现需要实施人工干预的情况，两项"绝活"名不虚传。

2017年7月，团队圆满完成"视听觉信息的认知计算"国家自然科学基金重大研究计划集成项目研究，使我国无人驾驶技术达到了一个新高度。

"红旗"无人驾驶轿车在高速公路实现全程自主驾驶，这项成果令人惊叹。可是，军队科技工作者整天围着汽车转，是否偏离军人"备战打仗"的本职？有人对团队取得的成果表示赞赏的同时，也不免产生这样的疑问。"其实呢，一点都没有偏离。"贺教授说，突破无人驾驶关键技术在于推进无人作战系统发展，随着人工智能技术发展，武器装备发展呈现出从信息化向智能化方向发展的新趋势，军事智能已成为决定未来战争胜负的关键要素。

据介绍，10多年来，团队先后承担了国家"973"、国家自然科学基金和武器装备预研等科研项目，相关科研成果为部队信息化建设和先进武器装备发展提供了重要科技支撑，同时获得多项国家和省部级科技奖励。

"红旗"无人驾驶汽车一路飞奔，它承载着团队的强军梦想，正驶向科技兴军的新高地。

奔跑吧！中国无人驾驶汽车。

数学的威力有多大

在许多人看来，数学是个传统学科，无非是计算求解，公式推导，与军事斗争特别是部队战斗力似乎关系不大。

然而，在国防科技大学却不是这样，一批数学教授瞄准军事需求，运用数学破解制约部队战斗力提升的现实问题，在加快转变战斗生成模式中发挥出巨大的几何效应，让数学显威军事领域，让人啧啧称奇。下面，就说两个具体的事例。

卫星翱翔太空，进行对地观测时必须有一双明察秋毫的慧眼。过去，我国遥感卫星的图像质量却不尽如人意。由于受噪声干扰，图像就像电视机信号不好一样，画面布满了"雪花"。有关部门为此伤透了脑筋，也想了许多办法，但问题仍然没有得到有效解决。

一个偶然的机会，该校数学专家了解到这一情况后，试图运用数学方法来解决这一问题，提高卫星图像质量，但又感到无从下手。因为，要解决图像质量问题，首先要了解成像原理。这些数学专家虽然是分式证明、推导方面的高手，但在卫星图像传输、成像原理方面却是十足的"门外汉"。

怎么办呢？是望而却步，还是迎难而上？决心运用数学方法服务国防和军事现代化建设的专家们，毅然选择了后者。

卫星如何进行图像传输？又怎么实现成像？团队成员先从学习入手。他们从图书馆借来一大摞这方面的书籍学习，借不到的就到书店买，在系统学习做足功课后，又到卫星研制单位、用户单位及各相关部队进行实地调研。

功夫不负有心人。渐渐地，他们掌握了遥感成像的原理和特点，也找到了影响图像质量的原因。但这仅仅是开始，要解决问题，中间还要有一座通往彼岸的桥梁。

如何架起这座"桥梁"呢？简单地说，就是要把卫星图像质量不高的问题,描述成数学语言,并将误差扩散过程转换为一个二维函数方程,然后对这个函数进行求解,从而使受到噪声斑点污染的图像恢复本来面目。

这个思路看上去绝对是没有问题的。然而,科学研究总会出现这样的情况——理论上看似乎行得通,实践中却不一定做得到。在攻关中,数学专家们发现:这个二维函数方程求解,只适用于处理光学图像,对处理雷达图像随机噪声斑点问题,则完全无效。

攻关虽然陷入困境,但他们没有轻言放弃。专家们经过反复分析发现,光学图像处理方法是将噪声斑点抹掉,而雷达图像的噪声斑点抹掉后,图像信息的保真度不高,质量自然也就不清晰,传统的二维函数方程也就无法求解。

啊!原因就在这里。问题找到了,攻关就难不倒这些有着强烈使命感的专家们了。

又一场创新战斗打响了。数学专家们先是对二维函数方程进行改造,再将图像目标特征信息放到方程中去求解,如此这般,反复推导证明,连续多年的攻关终于取得突破性进展,他们建立起一个全新的偏微分方程,然后运用这个方程求解,一举将图像质量提高了30%,其技术指标达到国内领先、国际先进水平。

一位部队领导感慨地对数学专家说:"你们的这个方程能值一个亿。"

一个方程将卫星图像质量提高30%。这就是数学的威力。再讲一个类似的故事:一个算法挽救了一台武器装备。

2008年,某型号装备在演示验证中,目标测量数据出现严重误差,使该型号装备研制陷入困境,严重影响到该装备的定型。不定型就不能交付部队,更谈不上形成战斗力了。

测量数据有误。提起"数据"这个词,研制单位立即想到了该院数据分析技术创新团队,一个紧急求援电话打过去。

接到电话,3名数学教授犹如战士接到了出征的命令,立即动身赶赴试验现场。

了解情况后,他们发现,这是一个十分棘手的问题:目标测量数据误差很大，装备对数据预报精度要求却很高。国内研究单位攻关十余年未能取得突破，国际上也没有现成方法可供参考。现在要通过数据分析处理解决，专家们一时也难住了。

这个问题有多难呢？好比只给你一百个已知数，却要求在很短时间内，准确解算出一万个未知参数，传统计算理论及方法根本无能为力。

面对装备研制人员焦急而充满期待的目光，3名数学专家决定背水一战。他们深知，如果问题得不到解决，装备研制人员多年攻关的成果将功亏一篑，我军武器装备发展和信息化建设也将受到影响。

攻关只为打胜仗。于是，他们在条件艰苦的试验场安营扎寨，定下了"不解决问题不回家"的决心。

接下来的日子里，这3名数学专家每天工作到深夜，饿了吃方便面；困了，就在临时搭起的试验场和衣而睡。失败了，重来；跌倒了，再爬起来。在两个多月时间里，他们经历数不清的挫折和失败，最终从纷繁复杂的数据中，锁定了影响目标测量预报的关键参数，找到了解决问题的突破口。

之后，这3名数学专家抛弃传统计算理论和方法，通过自主创新，将动力学模型与数学模型结合起来，创造性地提出了一个新的算法。这个算法的好处就是，既能大大减少需要运算的参数，又兼顾到速度和精度要求。试验表明，他们创造的这一全新算法，彻底解决了数据预报误差问题，精度获得大幅提升。

一个算法让一台装备重获"新生"。这个故事再次印证了马克思的一个观点—一门科学只有当它充分利用了数学之后，才能成为一门精确的科学。

巧妙的异构体系结构

提到"天河"超级计算机，人们的第一感觉，就是它快得惊人的运算速度。那么，它强大的运算能力从何而来？

国防科技大学的计算机专家说："其奥秘就在于'天河'在国际上首创了'CPU+GPU'相融合的体系结构，走了一条世界上全新的技术路线。

体系结构是高性能计算机的"筋骨"，20 世纪 90 年代以来，大规模并行一直是超级计算机的主流技术路线。简单地说，就是把成百上千个 CPU 联结起来，从而实现高速运算的目的。但是，当超级计算机速度达到万亿次并向千万亿次级发展时，问题就出来了：运算速度不是随着 CPU 数量的增加而提高，反而带来一系列无法解决的技术瓶颈。

科研人员将这些问题称之为"墙"。那么，都有哪些"墙"在阻挡超级计算机技术的提升呢？

——"内存墙"，CPU 多了，而内存带宽有限，严重影响 CPU 读取数据的速度，就像一条 4 车道的高速公路上挤满了汽车，根本跑不快。

——"功耗墙"，超级计算机规模越来越大，用电量随之大增，一台千万亿次超级计算机的用电量将与一个中等城市的用电量相当，曾有西方学者预言：如果不能解决能耗问题，那么今后的超级计算机只有与核电站建在一起。

——"造价墙"，国外研制一台高速度的计算机往往要斥资 10 亿美元以上，投入巨大。

进入 21 世纪，计算机专家为了翻过这些"墙"，一直在进行不懈探索，虽然有人曾提出过"异构"概念，但很多专家并不看好，设计者们也没有十分的把握，在国际高性能计算领域也存在着不同的观点。

2007 年盛夏，大洋彼岸的美国圣地亚哥。第 34 届"国际计算机体系结构年会"在此召开，"天河一号"总设计师杨学军教授一篇题为《64位流处理器体系结构研究》的论文，引起与会专家学者的高度关注。

究其原因，并不在于这是10多年来中国内地学者首次独立在该会议上发表学术成果，而在于该领域的专家学者从这篇论文中，看到了突破更高性能计算机的希望——采用"异构协同计算技术"来设计千万亿次超级计算机系统。

按常理，CPU是用来计算的，GPU是用来进行图形和视频处理的，如果将GPU用来计算，不仅编程很难，计算效率也很低。但GPU也拥有自身的许多优点，就是擅长浮点运算、并行度高、功耗低，且价格便宜。如果能使GPU在科学计算上发挥作用，将具有十分突出的优势。这也正应了"尺有所短，寸有所长"的老话。

在现实生活中，理论上看似可行的东西，在实际中却不一定行得通，这中间还隔着一条通向彼岸的桥梁。

当科研人员尝试构建"CPU+GPU"异构体系结构时，问题接踵而至。碰到的第一个难题——如何提高GPU性能，当时GPU的计算效率只能发挥20%，而这个计算效率已是国际公认的最高值了。

原因很简单，就好像两个人要去同一个地方合作干同样一件事情，但两人的跑步速度不一样，跑得快的人就要等跑得慢的人赶上来，才能一起执行任务，效率肯定低了。

怎么办呢？科研人员想出的一个办法就是，对CPU和GPU进行合理分工，将擅长复杂逻辑运算的CPU，与适合处理结构规整批量数据的GPU进行合理的任务分配，让它们分别干自己适合的事情，不要求它们步调一致，让它们各显其能，这样不就可以大幅提高效率了吗？

然而，这一想法看似合理，但要让CPU和GPU做到既分工又合作，就决不像我们布置工作那样简单。它涉及硬件和软件等一系列技术问题。

怎样解决这个问题呢？科研人员采取的方法是反复进行实验，认真观察和分析实验结果，不断进行优化验证。科学研究中的突破，往往都是说起来容易，做起来难。

这项工作有多难呢？为了找到突破口，科研人员平均要进行上百次的实验，往往是一干一整天，晚上睡觉一闭上眼睛，屏幕上的数据还在脑海里滚动，一旦有了灵感，又从床上爬起来，跑到机房继续攻关。在4个月的封闭攻关中，他们共进行了8万多次实验，在一次次的反复实验和改进中，发现了GPU的内在规律，使GPU的计算效率一步步获得提高，最终实现了CPU和GPU的高效异构协同运算。

据专家介绍，采用CPU和GPU相融合的体系结构，它保证"天河一号"在有限场地、有限资金、有限电源容量的情况下实现每秒4701万亿次的高效计算。"天河一号"总共投资6个亿的经费，如果不采取这个结构，而是全部用CPU来做，可能要超过20个亿才能做出来。

在"天河一号"诞生后的短短一年里，CPU与GPU相融合异构体系结构，已成为国际千万亿次超级计算机的主流结构，而生产GPU的美国厂商英伟达公司也因此身价大涨。

"天河一号"系统研制成功后，美国斯坦福大学计算机系主任比尔·戴利教授说："中国的'天河'计算机采取CPU与GPU相融合的结构，代表了未来高性能计算机的发展趋势。随着计算机规模的不断拓展，这种结构虽然不是唯一的解决方法，但目前看来是最好的。"

在"天河二号"研制中，科研人员总结了"天河一号"采取"CPU+GPU"相融合的体系结构的成功经验，自主创新了新型异构多态体系结构，设计了微异构计算阵列和新型并行编程模型和框架，并在高速互连、新型层次式加速存储架构、容错设计与故障管理、高密度高精度结构工艺等方面取得了一系列技术创新和进步，使"天河二号"在强化科学工程计算的同时，还能高效支持大数据处理、高吞吐率和高安全信息服务等多类应用，应用领域更加广泛。

巧妙的结构设计，让"天河"一次次登上了世界超算之巅，为中华民族赢得了令世人瞩目的荣耀。

挑战经典

1992 年，国际著名雷达极化信息处理专家 W·M·伯纳应邀来华讲学，在谈到雷达极化目标识别问题时，他说："雷达极化是一个世界性的难题，几十年的研究虽有一些进展，但问题远未解决，尤其在极化目标识别方面，要想取得突破，估计还需要经历一个相当长的时期。"

这位国际著名雷达极化信息处理专家的话并非危言耸听，而是基于当前研究现状做出的判断。因为，该问题在过去 50 年的研究中多次出现低谷，处于徘徊不前的局面。

彼时，在国防科技大学，从事雷达技术研究的庄钊文教授，却将雷达极化信息处理确定为王雪松的博士课题研究方向。真是"明知山有虎，偏向虎山行"，人家国际权威都说了，这是一个世界性的难题，短期内很难取得突破，王雪松还是一名博士生，在攻读博士学位的短短几年中，能取得突破性进展吗？

难怪有人劝王雪松慎重考虑：弄不好连博士学位都拿不到。庄钊文却鼓励王雪松：解决目标精确识别问题，极化信息的利用是很有潜力的研究方向。再说，雷达目标自动识别研究，与打赢未来信息化战争关系紧密，军队科技工作就要把打赢作为研究方向，再难的课题也要有人去攻克它，创新就是要勇于挑战权威，敢于啃"硬骨头"。

庄钊文教授了解自己的学生，王雪松学习勤奋，基础扎实，创新能力强，在科研中有着一股不服输的韧劲，相信他一定能行。

面对导师信任的目光，王雪松默默应承下来。他坚信：世上没有越不过的高山。虽然，他清楚这一课题的难度，却没有想到研究是那样的艰难，在接下来的日子里，王雪松的攻关屡屡受挫。

千百次从杂乱的电磁波中捕捉极化参数，再进行记录、分析……课题研究越深入，越是陷入重重困境。实验室里想不通，就回到家里想，家里想不通，就跑到校园外的公路上边走边想，一次次从早晨走到天黑。巨大的压力，使刚 20 岁出头的王雪松精神几近崩溃……

王雪松是一个极富挑战性格的人，困难并没有吓倒他：既然传统的极化理论体系难有进展，那么，是否理论本身有缺陷呢？导师不是说过，创新要勇于挑战权威么？此刻，他头脑中忽然闪现出创新的"火花"——从寻找传统经典极化理论局限性入手，也许可以找到创新的突破口。

此后，王雪松的研究没有沿袭传统的经典理论，开始用一种挑剔的目光来审视被认为是经典的极化基础理论，在传承中辩证分析，在质疑中进行创新。

艰苦的探索从一开始就注定要付出巨大的代价。从此，没有了节假日，没有了花前月下的浪漫，有的只是家常便饭般的挑灯夜战和寒暑假的留校攻关。第一个暑假，系里的大楼进行电路改造，实验室热得像个蒸笼，王雪松汗如雨下，却始终"坚守阵地"。第二个暑假，他仍没有回去，夜以继日地攻关不止。

长时间的劳累，使王雪松病倒了，他患了严重的心肌炎，心跳每分钟只有 48 次，躺在病床上，王雪松仍没有停止他的学习与思考。住院 20 多天，他瞒着医生，偷偷读完了托人从图书馆借来的两本经典译著，慢慢形成了一些可行的研究思路。

经过艰苦探索，王雪松逐渐发现了传统电磁波极化理论存在的许多局限性，这些局限性一直被称之为经典而被人掩盖了，因此很少有人提出质疑。

于是，王雪松大胆突破经典电磁波极化概念，在深入研究的基础上，创造性地提出了"瞬态极化"这一全新的概念。他像盖房子一样，先从绘制图纸、挖地基开始，再找来各种建筑材料，然后，用一砖一瓦建造，将其装饰得漂漂亮亮。

整整 5 年时间，王雪松从"瞬态极化"这一全新的概念入手，开辟出了一条前人未走过的新路，建立起一个全新的极化信息处理理论体系。与导师合作出版了国内第一部有关雷达极化问题的专著《雷达极化信息处理及其应用》，其博士学位论文《宽带极化信息处理的研究》被专家认为是雷达极化史上的重大创新和突破，并入选"2001年度全国百篇优秀博士学位论文"。

创新需要突破传统思维。如果人云亦云，亦步亦趋，那么，创新意识便会湮没在"框框"之中，止步于"经典"之外。这是王雪松从突破传统的经典极化理论，获得的重要创新启示。

有了这段经历，王雪松治学更加严谨，特别是对于一些长期被人们认可的传统经典理论，不再是高山仰止，而是以科学的眼光审视一番，提出自己的见解。他说：敢于质疑，勇于挑战，既需要创新思维，更要有创新的勇气和智慧。如果没有哥白尼对地心说提出的挑战，我们对宇宙的认识很难改变；没有爱因斯坦对牛顿的质疑，我们现在还不能利用原子能。科学研究的艰难险阻无处不在，而科技的进步就在于不断挑战经典，走自主创新之路。这样，才能掌握拥有自主知识产权的核心关键技术。

是的，正如马克思指出的："在科学上没有平坦的大道，只有不畏劳苦艰险、沿着陡峭崎岖山路攀登的人，才有希望到达光辉的顶点。"成功永远属于那些崇尚科学、勇于创造、不畏艰险的人。

沿着陡峭崎岖山路攀登，走自主创新之路，王雪松以其突出的创新业绩，迅速成为了雷达极化领域的青年专家，32岁晋升为教授、34岁遴选为博士生导师，多项成果获得军队科技进步一等奖等奖励，荣立二等功一次。

逆向思维突破技术瓶颈

在攻占国防科技制高点的战斗中，一个个的技术难题，无时无刻不在考验着科研人员的战斗精神和创新智慧。

国防科技大学数据分析技术创新团队王正明教授，通过逆向思维和知识类比，突破并创建一套"弹道节省参数建模与数据自校准方法"，为我国导弹数据处理系统和系列卫星导航定位提供了重要的方法手段，填补了国内空白，获得军队科技进步一等奖。这个故事告诉我们，探寻科学奥秘、突破技术难题，既需要有锲而不舍、坚忍不拔的顽强作风，也需要出奇制胜的创新思维，探寻科学方法，找准创新的突破口，这样就可以少走弯路，直达目标。

这一技术瓶颈是如何突破呢？在数学中，线是点的集合，将点连起来就成了线，这是一个几何常识。导弹在飞行过程中，根据测量数据，解算出弹道上的多个点，再连点成线，就是弹道，这也是导弹定轨的一个基本常识。如果要提高弹道精度，必须解算出更多的弹道上的点，美国等发达国家通过GPS 等先进的跟踪测量定位设备，使这一问题得到成功解决。然而，我国却不行，因为测量硬件水平相对落后，无法满足定位要求，成为提高弹道精度的一大技术瓶颈。

20 世纪 90 年代，在进行弹道跟踪测量中，数据分析技术创新团队的吴翊教授曾摈弃传统的无偏估计方法，采用有偏估计方法，大幅提高弹道解算精度，为我国某导弹成功定型提供了有力的技术支撑。

随着武器装备技术发展，对弹道的解算精度要求也水涨船高，面对新的需求，必须探索新的数据分析技术等软技术手段解决外弹道解算精度的问题。如果继续采用以前的方法，因各类试验数据的数量太少，远远不能达到精度计算的要求。

怎么办呢？专家们引入积分、建模等多种数学方法，根据弹道几个起始点，试图再用数学方法来推导邻近的相关点。但是，却往往因为原始数据的一个微小偏差，经过计算积累在结果中会被放大，解算精度还是达不到要求，研究一时陷入了困境。

一天，王教授又坐在计算机前调试解算结果，百思不得其解的时候，忽然产生了新的灵感，既然运用传统的数学理论不行，何不突破传统思维惯性，反其道而行之，运用逆向思维方法来解决呢？

当看到电脑屏幕上原本光滑的弹道曲线，因为解算误差在屏幕上跳变剧烈，王教授通过逆向思维想到一个问题：弹道不仅可以分解为成千上万个点，它同时还具有光滑的属性，可以分解为若干条光滑的曲线。如果数据有限，能够解算的参数自然很少，如果直接解算曲线的话，那么，需要解算的参数不就可以大大减少了吗？

想到这里，王教授思维突然豁然开朗起来。对！通过直接解算曲线来解算弹道精度。可是，弹道曲线该怎么描绘呢？这时，知识的联想与类比，让他眼前一亮：在工程制图中，造船工程师曾经不知道该如何画出船身连接点之间的曲线，于是，他们就找来木条固定在各点之间，木条固定后自然弯曲形成的曲线就成为制图的样条。

王教授从中受到启发，他进而想到：在数学中，要绘制一条光滑的曲线时，可以通过这条曲线上已知的三到四个点，计算出一个表现为光滑曲线的函数来模拟，这个函数就可以称之为"样条函数"。既然弹道可以分解为一段段光滑的曲线，那么如果运用样条理论来解算外弹道，则只需解出曲线函数中的三到四个参数，这样，需要用的数据也可以大大减少。

沿着这个创新的思路，王教授率领课题组通过不断完善弹道表示模型、测量误差模型、测量数据模型，终于把一个复杂的工程问题，精确转化为一个节省参数的非线性模型描述的数学问题，创建出一整套完全依赖数学技术革新的"弹道节省参数建模与数据自校准方法"，不仅大大提高了测量精度，同时为导弹、卫星等精度定轨方面提供了一个通用方法。

一次，某单位在进行某型武器装备试验中，设备出现故障，导致弹道试验部分数据丢失，这让主管部门和科研试验人员十分着急，正当他们不知所措时，王教授创新发明的"弹道节省参数建模与数据自校准方法"派上了用场。他们运用节省参数建模原理，并综合采用不完全测量数据融合方法，计算出了完全满足精度要求的弹道，这个方法不仅消除解决了因试验设备故障导致试验部分数据丢失的窘境，而且使他们的创新成果得到了一次实际应用。

后来，经过反复试验和验证，王教授创新发明的"弹道节省参数建模与数据自校准方法"，不仅能精确解算弹道，还能解决弹道跟踪设备的系统误差，这一不可多得的创新成果获得军队科技进步一等奖也是理所当然。

临危受命

"卫星体制不能变、信号频率不能变、下颗星发射计划更不能变，卫星抗干扰指标很明确，你们能不能做？"

"没问题，只是时间……"欧钢教授话没说完，上级有关部门负责人以不容置疑的口气打断他："时间只有 3 个月，这是根据卫星发射计划决定的，你们敢不敢立军令状？"对方使出的激将法，让欧钢即刻全身热血沸腾：行！我们一定 3 个月完成任务。

"真是无知者无畏。"一位业内同行听说国防科技大学卫星导航定位技术工程研究中心接下了这个任务，随口冒出这样一句话来。他知道，此前已有单位认为这是短时间内"不可能完成的任务"，早已知难而退。

这是一项什么样的任务呢？

2007 年 4 月，我国"北斗二号"首颗试验卫星进入轨道后，在某一区域遭遇大功率复杂电磁干扰，信号接收成功率不足 50%。经多次故障归零，问题始终无法解决，有关部门心急如焚：这个问题如果不能及时解决，即将组网的 10 多颗卫星发射计划将无限期推迟。

怎么办？各路诸侯多次协商、会诊,认为方案有两种: 一是"躲",二是"抗"。"躲"就是改变卫星信号频率，躲到没有电磁干扰的频率上去。这个容易做到，技术难度也小。但问题是前期建成的地面系统需要重建，国家将蒙受数十亿元资金损失。俗语说"躲得过初一，躲不过十五"，若电磁环境一旦改变，卫星还要"躲"个没完。

"抗"即提高卫星抗干扰能力，一劳永逸，让"北斗"卫星拥有功能强大的电磁防护盾牌。这样资金投入少、安全性高，但技术难度大，风险高，时间紧迫。能否实现，胜败难料。当时谁也不愿接这个"烫手山芋"。

"他们或许能行。"有关部门一位领导指的"他们"，就是曾主动请缨并一举拿下"北斗一号"地面关键设备、手持用户机等研制任务的国防科技大学卫星导航定位技术创新团队。

"速派专家前来北京进行技术专题会商。"2008年1月中旬的一天，接到"北斗办"的紧急电话通知，团队带头人庄钊文、王飞雪教授等几位专家立刻意识到，肯定是让我们去解决卫星抗干扰问题。他们迅速形成一致意见：现在"北斗二号"试验卫星遭遇强电磁干扰难题，团队有多年抗干扰研究的技术积累，我们要急国家之所急，勇敢地把任务接下来，只是要多争取点时间。

进了会场，欧钢打开电脑，准备先汇报一下团队的技术思路和解决方案，没想到会议根本没安排这个环节，直接亮出条件，使出了激将法。欧钢有些措手不及，也来不及多想便立刻接招，一口应承下来。至于多争取点攻关时间，他一看没有回旋的余地，也不再多说，"二楞子"似地立下了军令状。也难怪有人说"无知者无畏。"

说无知，虽不准确但也不无道理。此前他们主要做北斗地面系统，星载设备很少涉及，工程规范也不了解，技术难度极大，何况又是这种"火烧眉毛"的紧急任务，容不得有半点闪失。谁接这样的任务都得掂量掂量，欧钢竟像"喝稀饭"似地说没问题。

说无畏，那是千真万确。此时已是2008年寒假，马上要过春节了，3个月完成任务，意味着假期是不能正常过了，假期加班倒不是问题，问题是万一拿不下来，就成了大笑话，团队多年来在北斗工程中能打胜仗的形象将毁于一旦。

团队名誉扫地事小，影响国家工程事大啊！事后，有人问欧钢当时想过这些问题没有？"当时没想这么多，想的就是有任务就应该往前冲，把难题'拉下马'，这就是我们团队的性格。"

真是"勇者不惧"。立下军令状的那一刻，欧钢想的是如何赶回学校汇报情况，迅速组织队伍开展攻关。他当晚就和同事登上从北京到长沙的T1次特快列车，心早已飞回了实验室。

老天也是有意捉弄人，你越是着急，它越是给你出难题。此时，我国南方百年不遇的冰冻灾害越来越严重。列车走走停停，到达武昌，竟走不了了。等一天，换乘南边开来接应的一列慢车，速度犹如马车。

欧钢那个急呀，就别提了。"这么急，你怎么不坐飞机？"同车遇到的一位学校老师说。"我就是因天气原因怕坐飞机晚点，才坐火车的，哪知道会这样。"欧钢无奈地回答。

事实上，因为冰冻灾害，长沙黄花机场航班已不能正常起降。当然，"活人还能被尿憋死？"在车上，欧钢不停地与在家的王飞雪、孙广富教授沟通协商，调兵遣将，排兵布阵，立即组织攻关：陈华明研究员当晚启程飞往西安，负责硬件设计与生产；李峥嵘、唐小妹、黄仰博、聂俊伟等立即展开算法攻关，开发软件，孟繁智等提出测试解决方案，其他人根据分工各负其责，一个20多人的团队随即打响了一场没有退路的攻坚战。

从北京到长沙，换了两次车，走了3天，欧钢终于回到长沙，室外天寒地冻，室内攻关却是热火朝天。见此情景，欧刚感到很欣慰。他向大家提出要求：每个环节、每个人的工作不许出错，必须环环相扣，万无一失，因为时间是倒排出来的，一天的富余量都没有。出现差错就要反复，任务就无法按时完成。

"你当我们个个是神仙啊！不允许出错，谁能保证，也不太可能？"有人向欧钢抱怨。"关键时刻，就是要把'不可能'变为'可能'！"他回答也很决断。

逐梦北斗10多年，这支队伍已成为我国卫星导航工程的"国家队"，敢于攻坚，能打硬仗。科研中的严谨细致，对他们来说并不是什么事，也能做到，最难的还是技术突破与实现。

到底有多难呢？

"好比要把大象装进冰箱里。"欧钢形象地比喻。在卫星上，就那么一块地方放抗干扰设备，体积不能大，功耗不能高，既要有超强的抗干扰能力，又要稳定可靠，确实是个天大的难题。

团队成员清楚：临危受命，只能背水一战。他们把实验室当战场，饿了，吃盒饭；困了，在沙发上躺一下，爬起来就接着干。每个人必须按时间节点完成任务，攻关犹如打仗。

春节很快就到了，王飞雪说："年三十到初二，3天可不来加班。"这话说得很有艺术，他不说放假，只说可以不来加班，实际上是让大家看着办。

"即便放假也没心思休息。"陈华明说。大年三十那天，他把工作带回家。晚上，家人在看春晚，他继续琢磨着如何布线，爱人有些不解：就你忙，平时都干什么去了？

其实，陈华明平时也这么干。期间，妻子出国进修一年多，她并不知道自己走后，陈华明悄悄搬进实验室附近的一间单身宿舍，一住也是一年多。

对于军人来说，立了军令状，那是拼了命也要做到的。国防科技大学这支团队做得怎么样呢？

欧钢说："3个月时间，实际上给我们的时间只有两个月，最后一个月要让有关部门对我们的抗干扰系统进行严格测试。"

令人惊叹的是，经严格反复测试，他们研制的抗干扰卫星载荷，其抗干扰能力比原来提高了1000倍，我国北斗卫星从此有了坚强的电磁防护盾牌。

2008年5月12日，成果验收会上，时任"北斗"卫星导航工程总设计师的孙家栋院士说，你们临危受命，关键时刻敢于亮剑，又打了一个漂亮的攻坚战，不愧是"李云龙式"的科研团队。从此，"李云龙式"的科研团队便成了卫星导航定位技术创新团队的代名词。

把"不可能"变成"可能"

在我国首台千万亿次超级计算机系统——"天河一号"研制中，科研人员创造性地提出了一项大胆的技术路线，在国际上首次提出采用"异构协同计算技术"，构建千万亿次超级计算机系统。

这种"异构协同计算技术"，就是"CPU+GPU"的异构融合体系结构，这是一条前人没有走过的路，国际高性能计算领域一些专家对此并不看好。

此前，国际上曾提出过"异构"概念，但是行不通，因为，GPU 是用来进行图形和视频处理的，它的计算效率很低，只有 20%，这是国际所公认的。

如此低的计算效率，怎么可以用来构建运算速度极快的超级计算机呢。问题是，过去采用的大规模并行结构，来构建千万亿次级的超级计算机系统，已经遇到许多的技术瓶颈，机器越来越大的体积，越来越高的功耗，已成为超级计算机不能承受之重。

在这种情况下，异构融合体系结构，就成为新技术路线的一种选择。为此，国防科技大学的计算机专家进行了长期的研究和探索。2007 年夏天，在大洋彼岸的美国圣地亚哥召开的第 34 届"国际计算机体系结构年会"上，"天河一号"总设计师杨学军教授发表了一篇题为《64 位流处理器体系结构研究》论文，这是他们长期研究取得的一个高性能计算创新成果，引起与会专家学者的高度关注。

在"天河一号"的研制中，科研人员认为，GPU 虽然计算效率低，编程难，但它并行度高、功耗低、价格便宜。采用"CPU+GPU"的异构融合体系结构，就是要发挥它 GPU 的这些长处，降低功耗，节省成本。

发挥 GPU 的长处，短处如何弥补呢？计算效率是一道"坎"，只有把这道"坎"迈过去，才能实现研制的预期目的。

可是，GPU 只有 20% 的计算效率，这在国际上早有定论。如何充分挖掘

GPU 的计算潜力，怎么把"不可能"变成"可能"呢？研制者们决心大胆去闯一闯，走全新的技术路线，为超级计算机的研制闯出一条新路来。

在科学研究中，其研究方法主要有理论、实验和计算 3 种手段。发挥 GPU 的计算效率，在理论上，《64 位流处理器体系结构研究》已在这方面取得了突破，于是，"天河一号"研制者又采用了第二种办法，开展实验，通过反复实验来优化 GPU 的性能，挖掘它的计算潜力。

这个办法很繁重也很复杂，科研人员要在反复实验中，通过细致地观察、分析，进行优化验证，以便从中寻找一些"蛛丝马迹"。

为此，科研人员每天重复着同样的工作，实验、分析、优化，循环往复，以至有所发现。一天要进行上百次的实验，脑海里尽是屏幕上那些滚动的实验数据，晚上躺下了，还要过一遍"电影"，生怕哪个地方疏忽了。一次，杨灿群突然想起白天的一组数据可能有问题，他连忙从床上爬起来，打开连接到服务器的笔记本电脑，查看试验数据，果然有了惊人发现——CPU 的部分计算资源被忽略了。当晚，他就构思好了程序优化方法，第二天接着进行代码改进。

为了排除干扰，集中精力，科研人员主动把自己封闭起来攻关，这一"封闭式攻关"，还真有效果，在整整干了 4 个多月，进行了 8 万多次实验后，他们终于在一次次地反复实验和改进中，发现了 GPU 的内在规律，计算效率在一点点提升。这种效果让科研人员十分兴奋，国际所公认的 20% 计算效率被他们打破了。

在此基础上，他们集中各路"诸侯"，集智攻关，通过采用混合语言编程技术，融合多种计算资源并对其灵活配置，又将 GPU 并行计算能力提高到了一个新的高度。

2009 年 10 月，"天河一号"一期系统研制成功，实现了每秒 2566 亿次的运算速度，GPU 计算效率达到 54.6%。一年后，经过升级优化的"天河一号"二期系统安装在国家超算天津中心。科研人员在进行系统调试优化中，决心使运算性能再上一个台阶，冲击国际超算之巅。

科研人员越战越勇，通过对系统的计算效能的进一步优化，又排除了因内存故障、GPU 故障所可能导致计算效能的问题，"天河一号"计算效能提升到了每秒 1890 万亿次。接着，他们又对应用软件和通信软件进行优化，系统性能达到了每秒 2339 万亿次。

当时排名世界第一的美国"美洲虎"超级计算机，计算效能是每秒 1767 亿次，"天河一号"已将它远远地甩在后面了。也就是说，国际 TOP500 组织以计算效能进行排名，此时的"天河一号"可以是稳居世界第一了。

这是一个很了不起的成果了。但科研人员仍然不满足，他们针对网络路径进行调试和优化，进一步挖掘 GPU 的并行计算能力。

真是功夫不负有心人。经过全力攻关，GPU 的计算效率由 20% 逐步提升到 70%，实现了 CPU 和 GPU 的高效异构协同运算，创造了一个世界奇迹。

最终，"天河一号"以峰值速度每秒运算 4700 万亿次、实测速度每秒运算 2566 万亿次的优越性能，位居国际超算 500 强榜首，第一次把五星红旗插上了世界超算之巅。

驱散随机振动"幽灵"

在国防科技大学一号院西南角，一条204米长的轨道静卧其间，这就是2001年5月建成的我国首条中低速磁浮列车试验线。

204米，或许是世界上最短的列车轨道线了吧。但是，对于国防科技大学磁浮交通技术创新团队李杰教授来说，这是世界上问号最多、最难走的路。这条路，他整整走了3年！

一条204米长试验线为何一走就是3年，需要经历无数遍的往返？这是因为他们遇到了一个技术难题——车辆的随机振动，它像"幽灵"一样，纠缠着李杰与团队成员。

这个"幽灵"一直让人捉摸不透。试验运行中，列车转向架时不时产生振动，特别是在爬坡或转弯时，更是振动频发，并伴随着异响声，时隐时现，这一趟运行时出现，下一趟又没有；有时在这里出现，再试又消失；你将这里调试好，不经意间又在另一地方出现，这就是专家们所说的"随机性"故障，毫无规律，最难捉摸，也最难解决。

这个问题让科研人员伤透了脑筋。优化悬浮导向控制、检查车辆结构、重新测量轨道、调整轨道线形、排查技术细节问题、改进二次悬挂系统、重新研究不同转向架的防滚解耦刚度，甚至提出了"空气弹簧均压的理论"……该想的办法都想了，该优化的都改进了，该测试的都无数遍地测试过了，但是，随机振动问题依旧，"幽灵"始终与大家"捉迷藏"。

大家百思不得其解，莫衷一是，争论也就开始了：搞车辆的说轨道有问题；搞轨道的说悬浮控制有问题；搞车辆结构的认为问题出在转向架；搞转向架的则认为轨道不合要求……公说公有理、婆说婆有理。总之，自己负责的工作经过反复多次测试、改进，已经没有问题了，那问题不就出在其他人负责的工作中吗？

那段时间，大家讨论、攻关、测试、改进、试验，忙得不亦乐乎，争论、争吵，也成了家常便饭，谁也说服不了谁。争完了再改进，改进完测试。无论你怎么改进、测试，也不管大家如何争吵，"幽灵"一直躲藏在暗处，好像要看大家的笑话似的，考验着科研人员的智慧与耐心。

这个时候，从香港科技大学进修回来的李杰教授，提出用非线性解耦算法对悬浮控制系统进行数字化改造，筹划着用"DSP+FPGA"数字计算结构替换模拟控制器。在曹承侃高工及研究生孙秋明、张锟等人的协助下，顺利完成了单点和单转向架的稳定数字悬浮。可是，当他们全系统替换试验列车的模拟控制器时，随机振动出现了，"幽灵"又纠缠上李杰，成了控制器替换工作的一大难题。

真是遇到"鬼"了。李杰就思考："幽灵"漂浮不定，决不能简单地对待，应该在数字化替换模拟控制器的过程中，一并将随机振动问题解决，搬开前进道路的"绊脚石"。

这个"幽灵"是客观存在的，它是一只"狡猾的狐狸"。于是，李杰带领博士生洪华杰、王洪坡等人开始了"捉狐狸"的工作。研究、探索、试验，替换不同刚度的防滚吊杆弹簧、调整横向拉杆和纵向牵引拉杆长度、改变空气弹簧高度、修改悬浮控制参数……在一系列的试验、测试对比中，"幽灵"出现的次数在减少，但仍在与他们玩"捉迷藏"的游戏，有时让你防不胜防。

所谓"魔高一尺、道高一丈"。"狐狸"躲藏得再好，也有露出"尾巴"的时候。在调整横向拉杆长度、在车辆静止悬浮条件下改变振动状态试验时，李杰发现了过去在机器人控制中"传感器与执行器的分离"的振动及稳定性的问题。知识的类比性，让李杰若隐若现地看到了"狐狸的尾巴"。

"抓住它。"团队领头人常文森教授听了李杰的汇报后，鼓励他顺着这个思路赶快将问题解决。接着，李杰率领几个人查找执行器和传感器的问题。磁浮列车的执行器，即悬浮电磁铁是无法改变的，那么，传感器就是最大的"嫌犯"！

此后，李杰在这条204米试验线上与"嫌犯"斗智斗勇。3年时间里，试验线旁边的树叶绿了又黄，黄了又绿，他在试验线上的时间比在办公室还多，来回跑了多少遍，记录数据问题的笔记本用完了一个又一个……

在夜以继日地检查、筛查、测试与试验中，李杰终于抓住了"狐狸的尾巴"，找到"嫌犯"的"证据"。他从机器人"传感器与执行器的分离问题"中，发现了造成正反馈振动的信号通路，然后通过技术手段解决了让传感器与执行器有机融合、相互配合的问题，形成了"一体化传感器"的概念。按照这一技术改造方案，最终将随机振动问题解决了，从此车辆运行再也没有出现随机振动现象了。

驱散随机振动这个"幽灵"，就排除了对轨道、车辆、转向架、二次系和悬浮控制等的"嫌疑"，大家终于松了一口气，该问题的解决使磁浮交通技术前进了一大步！

"创新就好比举重比赛，到了最后如果不坚韧，就是增加 0.5 千克，你也很难举起来。"李杰说。

在 20 多年致力于我国中低速磁浮列车交通研究的峥嵘岁月里，李杰先后承担国家自然科学基金、霍英东教育基金、国家科技支撑计划、国家 863 等项目近 20 项，承担磁浮交通悬浮控制技术和系统集成技术攻关，在国内率先实现了数字化的悬浮控制，主持研制了磁浮试验样车、工程化样车、实用型列车和 S1 线磁浮车的悬浮控制器，负责研制了 3 代磁浮试验车，作为技术负责人指导了 F 型钢轨轧制和唐山 1.5 千米试验线的建设和系统调试工作，相继解决了磁浮交通技术从中试到工程化应用中的一系列关键技术问题，相关成果获湖南省科技进步一等奖，主编和参编国家磁浮行业标准 5 项，授权发明专利 20 余项，发表学术论文 120 余篇，其中 SCI 检索 30 余篇。2007 年，36 岁的李杰晋升为教授，两年后，遴选为博士生导师。2014 年 7 月，40 出头的李杰，被任命为北京 S1 线中低速磁浮交通运营线的总设计师。

用系统工程思维解决空中防撞难题

当地时间 2015 年 11 月 9 日下午，英国伦敦。

在英国机械工程师学会一年一度的颁奖仪式上，一位年轻中国学者吸引了大家的目光。他，就是本年度"威廉史密斯科学奖"（William Sweet Smith Prize）获得者、国防科技大学系统工程学院 27 岁的博士生汤俊。

这是该奖设立 30 年来，中国学者第一次获此殊荣，汤俊也是迄今为止最年轻的获奖者。

英国机械工程师学会拥有 168 年历史，1984 年设立的威廉史密斯科学奖，是该学会航空航天领域最高奖，有着极为严格的评审标准，每年只授予 1 人，可空缺。30 多年来，仅有美国肯尼迪航天中心主任伍德罗·惠特洛金、荷兰航天航空实验室首席科学家凡·图伦等 21 名科学家获得该奖项。

荣誉来之不易，汤俊是如何获得国际上这一享有盛誉的大奖的呢？

2006 年 8 月，汤俊怀着参军报国的梦想考入国防科技大学。2010 年本科毕业后，被保送攻读军事运筹学专业硕士研究生。因学习成绩优异提前毕业，被选派到西班牙排名第一的巴塞罗那自治大学留学攻读博士学位。

汤俊十分珍惜这次难得的学习机会，他像一只辛勤的蜜蜂，在百花园里如饥似渴地采集知识的花蜜，成为导师眼中"最勤奋"的学生。

一次偶然的机会，汤俊听人说起 2002 年在德国南部，发生了一次飞机碰撞事故，造成 2 架飞机坠毁，71 人丧生的严重后果。其原因是空中防撞系统与地面空管指示产生了冲突，导致了悲剧的发生。

说者无意，听者有心。虽然这场空难已过去很多年，汤俊却难以释怀。他查阅资料后发现，飞机的空中防撞系统已发展到第二代，技术也相对成熟，但随着航空业的迅速发展和无人机的大量使用，空域变得越来越拥挤，空中碰撞仍是威胁航空安全的重要因素。改进空中防撞系统是航空航天领域一个重要的研究课题。

汤俊进而了解到，国际上研究空中防撞系统，大多是从技术上进行研究改进，其实，它的涉及面和影响因素相当广。此时，学习系统工程专业的他，头脑中忽然产生了思想的火花：如果跳出传统思维理念，运用系统工程理论研究改进空中防撞系统，也许能找到更好的办法。

此后，运用系统工程理论研究改进空中防撞系统，就成为汤俊学习研究的攻关方向。他认为，导致飞行器空中碰撞的因素十分复杂，改进防撞系统不能单纯从技术出发，而应考虑各种可能导致空中碰撞的自然与人为等综合因素，包括国际组织间的"公共政策"问题，进行建模分析。因为，系统工程学科的特点，就在于设计和管理复杂的工程专案，以达到最优设计、最优控制和最优管理的目标。这对解决多机态势下的空中防撞问题，不是可以开辟一个新的途径吗？

汤俊将这一创新思路向导师米克尔·彼拉教授汇报后，得到导师的肯定。他的国内导师老松杨教授则提出建议，让汤俊结合指挥控制与决策分析技术，运用到改进空中防撞系统研究中。

得到两位导师的肯定和指导，汤俊决定将改进空中防撞系统作为自己的研究课题。然而，让他颇感意外的是，用系统工程理论研究改进空中防撞系统，此前还无人涉足，也没有任何资料可供参考借鉴。

走别人没有走过的路，必然困难重重。对繁忙空域多机态势进行建模，既要考虑多机自身飞行的经纬度、高度、速度、性能等，又要兼顾影响飞行的天气因素、该空域的飞行器密度，乃至飞行员在危机情况下的可能反应与反应时间等，系统构建的难度非常大。

研究越深入，汤俊发现构建模型的难度越大，研究进入进退维谷的艰难境地。

"只要坚忍不拔、百折不挠，成功就一定在前方等你。"说来也巧。恰在这时，汤俊所在学院通过电子邮件给他发来了时事政治学习资料，内容是习主席在北京大学师生座谈会上的讲话。习主席的这段话给了他极大鼓舞。

一种不达目的不罢休的创新激情油然而生。他下定决心，一定要啃下这块"硬骨头"。

面对一系列"剪不断、理还乱"的问题，他沉下心来，运用在学校几年培养起来的系统思维方法，对空中防撞系统的构成要素、组织结构、信息交换和自动控制等功能作了细致分析研究。接着，又应用现代数学和计算机等工具，将攻关中遇到的难题化整为零，各个击破。然后再优化统筹，有机融合。

经过艰苦的努力，汤俊终于在避免空中碰撞模型构建、分布式防撞航迹协调、最优化防撞策略和空管决策支持系统等方面实现一系列创新，有效提高了空中防撞系统在多机环境下的安全性和可靠性，先后在国际 SCI 期刊上发表了 7 篇论文。

2015 年 7 月，汤俊凭着在改进空中防撞系统方面的成果，提前一年半完成博士阶段学习。最早研究空中防撞系统的美国麻省理工学院林肯实验室和欧洲航空安全管理机构，委派专家组成答辩委员会，对汤俊的博士学位论文《多机态势下的空中防撞系统分析与改进》进行了考核评审。他们认为，汤俊的这一创新成果，可有效降低多机态势下的碰撞风险，提升了拥挤空域里的航空管理能力，为飞行员提供了更完善的预警信息，对空中防撞系统研究与改进具有重要作用，并一致认为应将其应用于全球新一代空中防撞系统改进规划中。

之后，经欧洲航空安全管理委员会推荐、英国机械工程师学会的严格评审，将本年度"威廉史密斯科学奖"授予了汤俊，他也因此成为巴塞罗那自治大学本年度 10 名优秀毕业生之一。

"没想到一个 27 岁的博士生，竟然获得了国际大奖。"许多人为此感慨不已。汤俊说："创新既要有敢为人先的勇气，更要有志在必得的信心，让自己飞得更高。"

2016 年春暖花开之时，汤俊如期回到祖国。如今，汤俊早已将成绩和荣誉抛在身后，先后申请承担了 3 个科研项目研究，在国际核心期刊发表了 2 篇论文，出版英文专著一部，申请了 4 项发明专利。

从"海归"博士到军队科研项目负责人，汤俊现在想得最多的是肩上的责任。他说："荣誉是暂时的，创新无止境，作为年轻科技工作者，必须承担科技兴军的历史重任，用创新成果为提高部队战斗力服务。"

"青春是用来奋斗的"，习主席对青年的殷切勉励，成为汤俊的座右铭。

用静脉特征唯一性提升安防等级

"有了静脉特征识别系统，谍战片中特工轻易破解安防系统的场景将不会在现实中上演。"

有这么厉害吗？回答是肯定的。因为人的静脉特征具有唯一性，不可能伪造、复制，更不会遗失，也不会像指纹一样出现磨损，静脉特征识别系统还具有速度快、精度高、稳定性好、安全清洁等特点。它是国防科技大学科研人员研发的第三代识别技术。

据专家介绍，静脉特征识别系统是采用基于非可见光、非接触的温和成像技术，通过专用独立处理电路和高强度的加密方式，研发出的新一代生物特征识别技术，填补了国内高级安保系统的空白，能有效防止各种破解手段，是目前安防级别最高的生物特征识别系统，已获得 7 项专利授权。

对于生物特征识别技术，大家比较熟悉的是指纹识别，也是应用最广泛的第一代生物特征识别技术，常见的是一些单位用它对人员进行考勤。其优点是设备价格便宜，体积小，特征采集方便。缺点是对于过于干燥、潮湿和较脏的手指识别率比较低，指纹容易复制和盗取，因而安全等级较低。同时部分人由于指纹磨损或没有有效指纹，这也一定程度限制了指纹识别技术的应用。

虹膜识别和面部识别，则属于第二代生物特征识别技术，虽然它比指纹识别向前发展了一大步，但虹膜识别设备成本较高，识别距离和位置要求严格，在强光照射下容易对人的眼睛造成损害，对眼睛太小或戴眼镜的人，识别效果较差。而面部识别，对双胞胎和面貌相似者又难以区分，还容易受识别对象发型、饰物的干扰，造成识别率降低。

怎么解决上述生物特征识别技术不足的问题，提高识别率和安防等级呢？科研人员想到人体的静脉特征。早在 2002 年，美国将生物特征识别技术与本土安全联系在一起，开发出静脉特征识别技术。此后，日本和新加坡相关研究机构也研制成功了静脉认证系统、手背静脉认证系统，将其视为一项安防领域的核心技术，对外实施严格技术保密。

随着经济社会发展和日益严峻的安防形势，我国对高等级安防技术需求日趋紧迫，特别是大多数门禁系统使用的指纹产品，已不适应高等级安防需求，虹膜识别和面部识别又受到成本和对人体健康影响等因素影响，难以广泛推广应用。为突破高等级代安防技术，国防科技大学科研人员以强烈的紧迫感和责任感，以静脉特征识别作为攻关突破口，打响了一场赶超与跨越的创新战斗。

经过几年刻苦攻关，科研人员通过采用基于非可见光的非侵入性和非接触式成像技术，通过专用独立处理电路和高强度的加密方式，能有效防止各种破解手段，提高整个系统的保密性和安全性，成功研制出安防等级高、使用方便、成本低廉的静脉特征识别系统，有效避免虹膜识别和面部识别存在的诸多不足，实现了生物特征识别技术新的突破。

该系统内部采用高速 DSP 芯片和大容量存储器，每台识别设备就是一个完整独立的处理系统，不需要外接电脑进行处理。特别是该系统可使静脉视频更为清晰的专利处理技术、选出静脉图形的自主算法，配合高精度图像采集设备，极大提高了识别精确度，其"误认率"和"拒认率"均优于传统的生物特征识别技术。使用时，识别对象只需将手指放进类似门禁系统上的一个小孔中，不到 1 秒就能扫描出静脉特征图像并匹配完毕，识别误差率低于0.01%，安装和操作十分简单。

有专家分析，静脉特征识别系统的生物识别唯一性、稳定性以及成本低廉、使用方便等特点，极大提高了安防等级，有望取代第一、二代生物识别技术。特别是基于静脉识别的高安全门禁系统的市场需求非常旺盛，不仅可用于军队的军械仓库、弹药库等场所，而且在金融、宾馆、商场、机房、财务室、展室、智能家居等领域拥有广泛需求，可广泛应用于安全、金融和国防等领域，也可用于港口及机场安检、医院及疾病管制区、停车场、重要监控中心等重要场所，对于提高我国安保水平、维护国家安全和人民生命财产安全具有重要意义。

　　静脉特征识别系统研制成功后，立即受到相关企业的青睐，他们与成果所在单位签署合作开发协议，开始批量生产投入市场，该系统的普及，将使我国在金融、仓库等重要场所的安防水平提升到一个新的水平。

打开"量子自旋霍尔效应"探索之门

"80后"科技专家张超凡，有着令人羡慕的求学历程：2008年从国防科技大学本科毕业后，凭着优异学业，直接进入瑞典乌普萨拉大学攻读博士学位。又因为在原子分子物理研究方面的突出成果，获得赴美国斯坦福大学做博士后研究的机会。

2017年5月，学成回国的张超凡，以共同第一作者完成的"量子自旋霍尔效应"的论文，被国际物理界顶尖期刊《自然·物理》接收录用。他在该领域的多项原创性基础研究成果，让人羡慕不已。

提起"霍尔效应"，大家或许并不陌生。2013年，由清华大学薛其坤院士领衔完成的"量子反常霍尔效应"研究报告，在《科学》杂志发表，这是发现反常霍尔效应130多年后，首次实现的反常霍尔效应的量子化。被视为"世界基础研究领域的一项重要科学发现"。

如今，张超凡和研究小组在0.6纳米单层薄膜上发现的"量子自旋霍尔效应"，是以中国学者为主的研究人员，在该领域的又一次重要科学发现，未来有望实现电子设备速度与精度的数量级提升，带来材料和信息领域的一次革命性突破。

习主席说："青春是用来奋斗的。"张超凡的青春打开方式充满了奋斗的创新激情。

1986年出生的张超凡，从小就是一个"军事迷"。2004年，怀着参军报国的梦想，他实现了考入国防科技大学的"小目标"，他的"大目标"则是成为一名军事科学家。高远的志向养成了张超凡爱琢磨、肯钻研的习惯。读本科时，学习光电技术的他，琢磨出一种图像加密技术，凭着这一成果，他获得"挑战杯"全国大学生课外学术科技作品竞赛一等奖。

2008年本科毕业时，张超凡被免试推荐攻读硕士学位，同时向瑞典乌普萨拉大学递交留学申请，对方看了他的资料后，竟同意让他直接攻读原子分子物理专业博士学位，但国外导师给张超凡确定了一个十分"冷门"的研究方向——"气相团簇"。

第一次听到这个专业名词，张超凡不明就里。有人劝他：这个方向的基础研究很难"出彩"，搞不好博士学位都拿不到，还是慎重考虑考虑吧。张超凡更关心的是，这项研究对军队科技发展是否有用？

"那还用说，没有物理学的突破，哪有武器装备的发展进步？"国内导师许晓军教授的一句话，让张超凡下定决心：只要将来军队用得上，就要把"难出彩"的基础研究做"出彩"来。

来到异国他乡，张超凡像一只辛勤的蜜蜂，如饥似渴地采集知识的"花蜜"。导师斯温松教授对这位勤奋好学的中国学生十分满意，特别为他申请了瑞典对外交流委员会奖学金，以此作为对张超凡的鼓励。

张超凡果然不负众望，在接下来的研究中，他凭着一股子韧劲和顽强作风，以超出别人几倍的实验量，在盐团簇结构、水团簇散射等基础研究方面，不断取得新的突破。4年中，以第一作者先后在《物理化学学报》《物理评论B》等期刊发表了6篇高水平论文。

在瑞典，有两篇这样的论文即可毕业，张超凡的突出成绩，使他成为当年瑞典仅有的两名"瓦伦堡基金会奖学金"获得者之一。瑞典诺贝尔物理学奖评委会主席莫特松教授认为张超凡"在非常有挑战性的工作中取得了非常好的成果，展现了高效的、独立的工作能力"。瑞典皇家科学院院士琳道教授主动推荐他到美国斯坦福大学做博士后研究。琳道教授在推荐信中称张超凡是"新研究领域的开拓者""有理由相信他将是一个一流的科学家"。

2014年7月，凭着琳道教授的介绍，张超凡来到美国斯坦福大学，从事更加"高冷"的"凝聚态物理"研究。在这个高手云集的高水平研究环境中，张超凡很快找到了感觉和自信，迅速开始了新的研究工作。

把"难出彩"的基础研究做"出彩"，张超凡有一种不达目的不罢休的拼劲。为完成一项实验，他一连5天待在实验室夜以继日攻关；为获取一组可靠的实验数据，他连续进行成百上千次反复实验；单层原子薄膜生长难以控制，他把生长时间控制精确到秒。

坚忍不拔、锲而不舍地探寻科学奥秘，科学之光也格外眷顾执着追求科学的人。两年半时间里，张超凡的研究成果在《自然·通讯》《物理评论快报》《纳米快报》等顶级期刊接连发表，特别是他与研究小组在0.6纳米单层薄膜上发现的"量子自旋霍尔效应"，他们生长出了高质量的单层薄膜，在世界上首次确认了二维材料量子自旋霍尔效应的存在。

这一重要科学发现，为深入研究量子自旋霍尔效应开启了一个崭新途径，该领域多个国际研究小组已开始跟进。不久，该研究成果在国际物理界顶尖期刊《自然·物理》刊登，张超凡以共同第一作者的身份，将中国人的名字写进了量子自旋霍尔效应发现者名录中。

异邦采花，中华酿蜜。2016年底，张超凡结束在斯坦福大学的博士后研究，提前一年回国，投身到科技兴军的宏伟事业中。如今，已经融入创新团队的张超凡，在国防科技大学量子信息学科交叉中心参与承担了3项课题研究，结合在基础研究方面的多年积淀，已开辟出新的研究方向。他说："推进先进武器装备发展，必须要以基础研究为支撑，才能进一步提升国防科技自主创新能力。"

奋斗的青春最精彩。建设世界一流军队的宏伟事业，将是张超凡科技创新的又一个宽阔舞台。

第三章

奇思妙想

逐梦空天掀起"头脑风暴"

会飞会钻会爬墙的"蜘蛛侠"、能在空中悬停的扑翼"大昆虫"、超长续航的炮射无人机"闪电鸟"、瞬间洞察秋毫的"智慧眼"……2019 年 8 月下旬，在湖南长沙举办的第二届"空天杯"全国创新创意大赛决赛现场，来自全国 29 所高校和科研机构提交的 50 件决赛作品，一一展现在评审专家和参会者面前。异想天开的创新思路、奇特巧妙的结构设计、颠覆传统的技术探索，掀起了一场逐梦空天的"头脑风暴"。

由国防科技工业空天防御创新中心、中国宇航学会和国防科技大学电子科学学院联合主办的这届大赛，共设置"飞行器创新创意设计""探测识别算法挑战""防御体系创新构想"等 3 个专题，吸引了全国相关高校和科研机构的 215 支代表队近千名选手报名参赛。经 3 名"两院"院士、近 40 名资深专家对入围决赛的 50 件作品进行严格评审，共有 18 件作品分别获得一、二、三等奖。

无人机在飞行途中撞到墙壁，会产生什么结果？不用说，肯定是机毁墙损，甚至酿成事故。

现在，这一传统认知需要改变了。在第二届"空天杯"全国创新创意大赛上，北京航空航天大学潘佳义等 3 名参赛选手带来的"跨维度飞行机器人"，则不会出现这种情况。它在飞行途中一旦遇到墙体，即可自动减速、贴近墙面，转换为爬行模式。

这款能飞又能爬的飞行机器人，其奥秘就在于它具有"跨维度运动"的特殊功能。大家知道，普通的飞行器只能在空中飞行，不能在墙面等不同空间表面运动，执行多样化任务能力受到限制。突破无人飞行器的运动维度，其关键是让无人飞行器能在不同维度环境中，实现运动模态的自动转换和自动控制。在竞赛中，潘佳义等参赛者自主研发出一种基于矢量推力的运动控制算法，围绕该算法设计出了完整的硬件控制平台、软件系统、机械结构和远程控制终端，最终完成了这款"跨维度飞行机器人"的研制，赋予它跨维度运动功能，有效拓展了无人飞行器的应用领域。

与"跨维度飞行机器人"有着异曲同工之妙的，还有南京航空航天大学刘坤等5名参赛选手设计的"仿昆虫可悬停扑翼飞行器"。这款像昆虫一样通过扑翼运动飞行的飞行器，其最大特点是具有一般昆虫不具备的空中悬停功能。

据有关专家介绍，扑翼飞行器空中悬停是公认的一大技术难题，迄今为止，全球能研制出可悬停扑翼飞行器的研究团队屈指可数。然而，参加这次大赛的5名年轻人通过在动力、结构和控制等方面的一系列创新设计，实现了飞行器垂直、偏航、俯仰、滚转、悬停的灵活控制与自主飞行，还能搭载各种机载设备，展现出广泛的应用前景。

"没有做不到，只有想不到。"在这次大赛中，一系列新颖独特的飞行器创新创意设计，彻底打破了人们对无人飞行器的传统认知，令人"脑洞大开"。

"探测识别算法挑战"是本届大赛新增的一项竞赛内容。命题面向低空无人机探测难点问题，要求参赛者围绕目标检测、跟踪与识别算法进行创新设计。这个技术难度大、挑战性强的竞赛项目，一共吸引了90支队伍报名参赛，在没有硝烟的战场上展开了一场智力大比拼。

在精彩纷呈的创新作品中，由国防科技大学宋永坤等5名参赛选手完成的"雷达弱小目标检测跟踪"，受到评审专家的格外青睐。因为，低空弱小目标检测跟踪一直是雷达信号处理的一大技术难点和研究热点。在现代化战争中，武装直升机、巡航导弹等武器，其飞行高度低、速度慢、雷达反射截面积小的特点，使其雷达回波常常淹没在极强的地物杂波中，检测跟踪的难度极大，已成为一个迫切需要解决的技术难题。

"参赛不是目的，创新才是根本。"宋永坤说，报名参赛就是要利用这个创新平台，探索解决实际问题。为此，他和5名参赛选手针对传统"相参积累算法"无法处理具有加速度目标的问题，创新性地提出了一套"距离–

速度 – 加速度相参积累方法",可最大程度改善系统信噪比,提高小目标检测概率。在线实测结果证明了这一创新成果的有效性,不仅能以较高检测概率捕获到复杂场景下的弱目标,而且具有极高的计算效率。

来自国防科技大学的另一件参赛作品"红外小目标检测与跟踪算法设计",围绕传感器虚警高、抖动和目标坐标系不统一等 6 个技术难题,创新提出了基于双阈值帧差法的目标检测方法,极大地提高了目标轨迹连续性,较好解决了在复杂环境下的目标检测与跟踪问题,其算法有望在多种嵌入式侦察设备中推广应用,提升武器装备的技术性能。

有关专家指出,本命题来自来探测识别算法领域的挑战性问题,从参赛提交的作品来看,效果超出预期,显示出参赛选手扎实的专业基础和突出的创新能力,一些算法根据实际装备需求定制后,可迅速投入实际应用,提升装备对"低、慢、小"目标的探测性能,这是本次竞赛的一大收获。

空天安危,不可不察。本届竞赛针对空天领域面临的多种安全威胁,特意设置了"空天防御体系创新"专题。竞赛组委会原本以为这个命题过于"高大上",会让这些年轻参赛者望而却步。令他们没有想到的是,该命题共收到 27 个参赛作品,选题涉及太空卫星武器防御、高功率微波武器防御、高超声速飞行器防御和无人机集群防御等前沿领域,且大多数参赛作品具有较高技术含量和可操作性,这让许多评审专家惊诧不已。

北京理工大学李佳丽等 5 名参赛选手提交的"智能化多层多域集群防御系统",针对高超声速飞行器集群、无人机集群杀伤与干扰等新型威胁,应用信息融合、智能学习等新技术,提出融合电子、网络、人工智能等技术,提升传统防御力量,着力增强空天防御系统信息化、网络化、智能化水平,向人们展现出一幅智能化多层多域集群防御的新构想。来自上海卫星工程研究所周春华等 4 名参赛者则为针对当前设计飞行器大多没有考虑面向空天防御问题,提出了加强空天飞行器负载防御系统研究的新思路,设计出集网捕、抓获和干扰功能于一体的"空天智能机械手防御系统",构建起一个飞行器负载系统的空中交互防御体系,具有结构简单、机械集成度高、环境适应性强的特点，可望成为未来高效驱动、稳定可靠的空天智能防御利器，为开展空天飞行器负载防御系统研究开辟一个新途径。

　　逐梦空天，创新无限。本届"空天杯"全国创新创意大赛不仅为航空航天领域优秀人才搭建起一个创新实践、学习交流的平台，更成为了一片创新的沃土。人们相信，今天播撒的创新种子，明天将会绽放出绚丽的创新之花。

用数学演绎战术原则

马克思说："一门科学只有当它充分利用了数学之后，才能成为一门精确的科学。"在军事领域，战术无疑也是一门科学，那么，如何充分地利用数学使之成为一门精确的科学呢？

2003 年 6 月，国防科技大学沙基昌教授历时多年研究编著的《数理战术学》一书，由科学出版社出版，随即引起数学与军事领域有关专家的极大关注，时任总装备部科技委副主任、中国工程院院士郭桂蓉认为，该书不是从数学出发终止于数学，而是根据军事斗争实际，运用数学工具求解军事问题取得的突破性研究成果，并能指导军事斗争实践。

据沙教授介绍，早在第一次世界大战时期，英国工程师兰彻斯特就试图将数学与军事战术学结合起来，最先提出了一个关于空战战术的尝试性数学模型——兰彻斯特方程。第二次世界大战以后，西方一些国家对兰彻斯特方程进行了深入研究，在军事领域先后推出了一批新的数学模型，用于指导战争和战术运用。但是，直到 20 世纪末，数学在战术学中的应用一直停留在模型阶段，并未将武器装备的研究与战略战术研究结合起来。因此，数学也就没有在军事战术学中发挥它应有的作用。

沙教授认为，数学的本质在于追求普遍的确定性，数理战术学的本质就是要将军事战术的基本规律抽象出来，用数学方法演绎出一套理论和战术原则。

在一般人看来，数学与战术学分属不同学科领域，沙教授是如何将数学引入战术学研究领域的呢？

沙教授的方法就是将复杂的战争问题公理化。因为，公理化是运用数学的高级境界，公理化实质就是将所有研究讨论的前提明确地一一罗列出来。如果大家对这些前提有疑义，则要修改前提条件。否则，按照严格的逻辑推理得出来的结论就不容怀疑。这种研究方法的一个最大好处，就是避免了各人在不同的理解和不同的前提下来讨论同一个问题，从而无法对产生的分歧进行评判。

从20世纪80年代中期开始，沙教授就致力于将数学融入军事战术学研究，其具体研究思路是：首先从现代战争作战实践中，提炼出可能被公认的事实和规律，并将其进一步深化为数学上的公理，再在公理化的基础上，进行严格的数学运算和逻辑推理，然后用通俗的战术语言解释其原理，用于指导备战与作战实际。

这不是"纸上谈兵"吗？在我国军事史上，"纸上谈兵"不仅留下了笑柄，而且也是历代军事指挥员之大忌呀？

但沙教授却认为，任何问题都有它的两面性。"纸上谈兵"的一个好处是，我们可以把战争这一复杂事物分解为许多具体的局部的问题，逐个深入地、仔细地研究。实际上，沙盘作业就是一种"纸上谈兵"的方式，以现代计算机和网络技术为基础的分布式作战模拟，或者叫作虚拟战争，是最时髦的一种"纸上谈兵"方式。

在高技术条件下，战争的进程大大加快了，不仅在双方力量悬殊的情况下如此，即使在力量相当的情况下，一方处置的失误也可能导致在战争刚刚打响的几天之内使优势丧失殆尽，这就决定了我们从战争中学习战争的机会太少了。

在新军事革命正在加速推进，战争形态、作战样式和制胜机理正在发生深刻演变的情况下，我们怎么学习战争、研究战争呢？一个重要方面，就是要更多地从历史战争中学习战争，从别人的战争中学习战争，从模拟的战争中学习战争，而且要学习未来可能面临的战争，而不能局限于从自己亲身经历的战争来学习战争。

当然，实战之时，"纸上谈兵"是要贻误战机甚至吃败仗的，实际上，战争打起来了再来学习战争，已经来不及了。学习战争、研究战争应该把功夫下在平时，要对可能发生的战争有深入的研究和应对之策，这样，在实战之时，才能对战场上的敌我态势进行科学分析和判断。这种分析和判断的理论基础，离不开平时对各种战争格局演变趋势的预判，让"纸上谈兵"变得更加透彻、合理和深刻。

战前的"纸上谈兵"或者说现代版的"纸上谈兵"，如何更加透彻、合理和深刻呢？沙教授认为，在将复杂的战争问题公理化的基础上，还必须尊重战争规律。《数理战术学》的研究，就主要遵从和采用了战争的三条基本规律，即：战争胜负取决于双方实力以及双方指挥决策、作战运用；双方的实力以给对方实力的毁伤能力来衡量；最佳的指挥决策、作战运用在于最大限度地毁伤对方的实力。

研究中，沙教授运用线性代数、微分方程、变分法、最优控制理论、对策论和微分对策、组合计数等数学工具，将作战指挥中极其重要的"作战指数概念"与"武器装备的作战运用"，统一放到作战环境中建立数学模型，证明规范交战模式的存在与唯一性定理，从而揭示了作战效能、作战毁伤与最优火力运用之间的内在本质与规律，从总体上反映现实战争，或是可能发生的未来战争演变规律，使虚拟战争不再是纯粹的"纸上谈兵"。

经过20多年的潜心研究，沙教授首次提出的规范交战模式等一系列概念和作战运用，有力地推动战术学从经验科学向精确科学的转变，开辟了战术学研究的一个新领域，在理论和应用上大大超越了西方同行，为全球军事领域热门的虚拟战争提供理论支撑。

多年来，沙教授一边研究，一边积极推动数理战术学的应用，他所在的团队运用其研究方法与成果，开展了武器装备论证与指挥自动化等课题研究，取得了喜人的成果，在推进中国特色军事变革中发挥了重要作用。一次，某新型反舰导弹研制出来后，实射效果与其战术技术指标相差甚远，因而迟迟不能定型生产。问题出在哪里？设计单位、生产厂家和部队一时众说纷纭，始终找不到问题的症结。有关部门找到沙基昌教授，要求进行分析诊断。沙教授率领团队通过深入分析论证和建模仿真，发现了影响导弹作战效能的若干关键因素，为该型导弹的改型提供了重要依据，解决了设计单位和部队的燃眉之急。之后，数理战术学理论被某军事指挥机关运用于"作战方案生成与评估系统"，也取得良好的效果。

如今，《数理战术学》已成为国防科技大学等院校相关专业研究生的必修课目，培养出一批精通数理战术学的高素质新型军事人才，成为强军兴军的重要力量。

在太空支起"三脚架"

在常人看来，二胡与卫星太阳翼是两件毫不相干的事物，"八竿子也打不着"。它们一个被拉琴者拿在手上，能奏出动人的乐曲；一个在太空遨游，为卫星提供能源。

然而，对于国防科技大学从事航天技术研究的李东旭教授来说，二胡和太阳翼的联系却是那样的紧密。这不仅因为她是一名二胡爱好者，更由于她从二者的相互联系与类比中，擦出了科技创新的火花，找到了破解太阳翼振动这个世界性难题的一把钥匙。

卫星翱翔太空，其动力来自两边展开的双翼——太阳能帆板，也称为太阳翼。它在对日定向转动和进行快速姿态调整时，很容易产生振动，轻则影响卫星正常工作，影响卫星对地观测成像质量，严重时可能造成卫星"折翼"，使卫星丧命，在人类航天史上曾发生过多起因太阳翼振动引发的卫星故障。

由于卫星在太空所处的特殊环境，使得传统的抑制振动的方法效果大打折扣，甚至根本就不适用。这一问题成了航天领域的一个国际性难题，也是卫星对地观测高分辨率成像的技术瓶颈。解决大型卫星太阳能帆板振动控制问题，又面临着从理论到方法、从技术到设备的一系列重大挑战。

20世纪90年代初，李东旭教授就开始了航天器振动与控制方面的研究，一直致力于解决太阳能电池翼振动问题，以确保卫星的高精度稳定运行。经过多年的不懈探索与攻关，她发现了太阳翼振动幅度与其固有频率的平方成反比。她想，只要能将帆板固有频率提高到一定程度，不就可以解决帆板振动问题了吗？然而，在外太空那样特殊的工作条件下，通过传统的办法来提高固有频率的方法几乎不可能，研究再次遇到了新的难题。

李教授是一位热爱生活的人，在紧张工作之余，喜欢弹钢琴、拉二胡。这天，她又拉起了二胡，拉着拉着，她似乎想起了什么，乐声戛然而止。原来，她想起刚才给二胡定调的时候，弦绷得越紧，声音的频率越高，也就说明弦的张力越大！想到这里，李教授心里豁然开朗：如果给太阳能帆板施加张力，那么，它的固有频率将大大提高，受扰后振幅将快速衰减，从而降低卫星太阳能电池翼的振动。

从那天起，李教授率领课题组运用力学、测量、自动控制等相关学科知识，展开了一场持久的攻关，经过多年顽强拼搏，在国际上首次提出了分散化振动控制理论和局部张力减振法，攻克了一系列核心关键技术，成功研制出拥有自主知识产权的"天弦一号"太阳翼振动控制装置，填补了国内空白。解决了太阳翼振动控制这一国际公认的技术难题，为提高我国大型航天器姿态指向精度和稳定度提供了不可或缺的技术手段，有效提升了我国大机动、高精度卫星平台系统的研制水平。

国际知名卫星专家戚发轫院士评价说："这种反传统的思想和技术起到了'四两拨千斤'的作用，成功破解了世界性难题！"2010年，该成果获得国家科学技术发明二等奖。

我国高分辨率对地观测系统重大专项启动后，李教授率领团队与"高分二号"遥感卫星相关科研院所密切配合，成功将"天弦一号"太阳翼振动控制装置安装到"高分二号"卫星上，成为高分辨率对地观测成像的关键设备，在遥感卫星对地观测照相时发挥着"三脚架"的稳定作用。

2014年8月19日，"高分二号"遥感卫星在太原发射升空。它是我国目前分辨率最高的光学对地观测卫星，主要为土地利用动态监测、矿产资源调查、城乡规划监测评估等提供服务支持。

在"高分二号"在轨运行过程中，经过大量飞行控制任务数据分析表明，"天弦一号"太阳翼振动控制装置能有效抑制卫星太阳翼振动，使"高分二号"卫星快速状态调整后的稳定时间缩短三分之二，高分辨率详查范围增加了数万平方千米，为我国遥感卫星跨入"亚米级"高分辨率时代提供了有效的技术手段。

有关专家形象地比喻："天弦一号"太阳翼振动控制装置，相当于给"高分二号"遥感卫星支起了一个"三脚架"，有效提高了卫星对地观测分辨率，"高分二号"能具有高分辨率、高辐射精度、高定位精神和快速姿态机动能力，"天弦一号"都发挥了重要作用。

一项关键技术的突破，竟来自二胡调音定弦的启发，这就是科技创新的奥妙，更是文化对创新的催化作用。难怪爱因斯坦曾说："这个世界可以由音乐的音符组成，也可以用数学公式组成。"人们知道爱因斯坦发明了相对论，同时他也是一个音乐爱好者，经常与量子论创始人普朗克一起弹钢琴，这足以说明了科技与文化的关系。

继"天弦一号"的成功，李教授率领的团队又研制出"天方一号"新概念航天结构。它集高强度承载、反共振控制、结构化能源等功能为一体，实现了承载、减振、能源、热控等一体化设计，在电磁兼容、锂电池异构成型等方面取得多项原创性关键技术突破。

2016年11月3日，"天方一号"搭载在"实践十七号"卫星上，由我国首个大推力运载火箭"长征五号"在文昌航天发射场发射升空。

遥测数据表明，"天方一号"在火箭起飞、级箭分离、星级分离、卫星太阳翼展开等过程中，呈现出优异的减振性能和电磁兼容特性。有关专家指出，"天方一号"研制成功并通过发射技术验证，对于提高航天器有效载荷比、延长航天器工作寿命、缩短航天器研制周期、拓展航天器功能等具有重要意义，标志着我国在新概念航天结构技术领域实现原创性突破。

太空中的"移动摄像头"

"5、4、3、2、1，点火！"

2014 年 9 月 8 日 11 点 22 分，太原卫星发射中心。伴随着一阵山呼海啸般的巨响，长征四号乙遥二十八运载火箭腾空而起，将"遥感卫星二十一号"和我国首颗视频成像微卫星——"天拓二号"送入太空，准确进入预定轨道。

这一天，是中华民族的传统节日——中秋佳节。"一箭双星"飞向太空伴明月，中秋的夜晚，在广袤的太空又增添了两颗"中国星"。这一巧合，反映出我国航天事业飞速发展呈现的喜人景象。两年前成功研制出世界首颗单板纳星"天拓一号"的国防科技大学空天科学学院，随着"天拓二号"的发射升空，又在微小卫星研制与应用领域书写出浓墨重彩的一笔。

在一些战争或科幻题材影片中，人们能看到用卫星实时监控地面的画面，包括人走动、车辆行驶、自然灾害状态等等。这些实时图像就得益于卫星视频成像与传输功能。在科技发达的美国，视频成像卫星研制与应用领域早已走在世界前列，并取得突破性进展。

我国是一个自然灾害高发的国度，地震、洪涝、台风、泥石流和森林火灾等突发自然灾害时有发生。如果太空中有视频成像卫星，就可进行实时观测，及时传回动态影像，帮助救灾部门快速判断、做出决策，提高抢险救灾的时效性。还可以用来监控粮食作物的健康状况、输油管道的安全性、记录某一地区的天气变化或者交通情况来分析该地的基础建设是否合理等等，正如美国一家研制视频成像卫星的公司所说："通过这些改变人们与世界相通的现状。"

面对我国抢险救灾、生态环境方面的紧迫需求，国防科技大学空天科学学院微小卫星创新团队，瞄准国际航天技术前沿，不甘落后，奋起直追，经过 4 年不懈探索与刻苦攻关，在视频成像体制、交互式操作、网络操控、工业级元器件筛选及加固等方面，取得了一系列关键技术突破，终于让我国首颗视频成像微卫星圆梦太空。

作为我国首颗视频成像微卫星，"天拓二号"采用视频成像和视频图像实时传输的工作方式，具有实时视频成像、人在回路交互式操作、基于网络的远程操作控制等功能。重量为 67 千克，体积与老式电脑主机箱差不多大，其主要任务是进行视频成像与实时传输、动态目标连续跟踪观测等科学试验，目的是为发展我国高分辨率视频成像卫星奠定技术基础。

在卫星的有效载荷中，摄像机是"主角"，据专家介绍，"天拓二号"上装有 4 台不同性能的摄像机，好似在太空安装了一个"移动摄像头"，能实现对动态过程的连续观测和跟踪，获取观测区域的视频数据。其中一台红外摄像机，可对发生火情的森林进行观测，通过温度感应，判断火灾蔓延情况和趋势，查找火源地点。这些特点，特别适合于突发灾害的救援，在资源普查、灾害监测、动态事件观测等方面具有广泛的应用前景。

与"天拓一号"一样，"天拓二号"进一步探索了低成本微小卫星研制创新之路。据介绍，国外研制一颗这样的视频成像体制卫星，成本约合人民币 1 亿元。"天拓二号"作为我国视频卫星领域的"先行者"，科研人员在确保卫星质量的前提下，大胆采用了 80% 的工业级元器件，70% 的商业现货部组件，包括摄像机在内的主要载荷都是市场上购买并改造的，而非专门定做。科研人员通过空间环境适应性改造、加固、筛选与环境实验，实现了卫星研制的低成本和高可靠。"天拓二号"发射升空和开展的科学试验证明，我国首颗视频成像微卫星在轨运行状态良好，性能稳定可靠，为后续研制探索积累了新技术、低成本基础。

国防科技大学空天科学学院是我国航天人才的重要培养基地。据了解，在中国载人航天工程、"嫦娥"探月工程中，该院毕业学员有 13 人先后担任正副总指挥、总设计师。聚焦我国航天领域，到处都有该院毕业学员的身影，形成了一片亮丽的"人才森林"景象。

近年来，该校着眼推进我国航天技术发展和培养高素质航天技术人才，建立了全国第一个"纳星研究生创新基地",积极开展微纳卫星技术研究,形成了一支以中青年骨干教师为核心、在读研究生为主体,平均年龄不到30岁的微纳卫星研究团队,为我国航天技术发展提供了有力的人才和技术支持。

太空中的"母鸡带小鸡"

2015 年 9 月 20 日，又是一个激动人心的时刻。

这天清晨 7 时 01 分，我国自主研制的"长征六号"运载火箭在太原卫星发射中心实施首次发射，实现了"一箭 20 星"的航天发射奇迹。

在这 20 颗卫星中，有国防科技大学自主设计与研制、由 6 颗卫星组成的"天拓三号"微纳集群卫星。它包括 1 颗 20 千克级的主星、1 颗 1 千克级的手机卫星和 4 颗 0.1 千克级的飞卫星。

卫星入轨后，手机卫星、飞卫星与主星分离，以"母鸡带小鸡"的方式通过太空组网，实现 6 颗卫星集群飞行。这是我国首次开展的微纳卫星集群飞行和航空目标信号接收试验。

"天拓三号"的主星，命名为"吕梁一号"，因为该项目研制得到山西省吕梁市军民融合协同创新研究院立项支持，是"吕梁号"AIS 系统中的首颗微纳卫星。"吕梁一号"采用了通用化多层板式微纳卫星体系结构。主要开展新型星载船舶自动识别系统（AIS）信号接收、星载航空目标信号广播式自动相关监视系统（ADS-B）信号接收、火灾监测、20 千克级通用化卫星平台技术等系列科学试验和新技术验证。

也就是说，天拓三号既能像天拓一号一样，能对全球范围船舶快速完成位置、航向、航速等信息的接收，也能对全球范围航空目标实行准实时目标监测、空中流量测量，为航线优化和提高航空飞行效率提供信息服务，这是我国首次开展此项卫星载荷在轨试验。

有关专家指出，有了星载航空目标信号接收系统，就能有效避免"马航""亚航"失联这样的事件发生了。

为何星载航空目标信号接收系统具有此项功能呢？

有关专家告诉记者：航空目标信号接收系统是接收航空器自动播发自身

位置、航向、航速等信息的监控设备，可实现空空、空地之间的相互报告与监视，以便于相互识别、保持安全间距和地面指挥调度。一般情况下，飞机启动航空目标信号接收系统，就会自动播发自身信息，一秒报告一次。因此，国际民航组织要求，机场和民航飞机都必须安装航空目标信号接收系统，以确保飞行安全。截至2015年，机场和70%的民航飞机均安装了航空目标信号接收系统，2020年以后，要实现100%安装。

虽然机场和民航飞机都安装有航空目标信号接收系统，但覆盖范围有限，仅能获取飞机和机场周边空域的航空目标识别信号，特别是机场及地面空管对飞越极地、海洋、沙漠等偏远空域的飞机，就没有办法接收到它的航空目标信号了，飞机在这些空域一旦失事，搜救就比较困难了。

如果卫星上安装航空目标信号接收系统，不就可以解决这个问题了吗？问题是卫星发射成本太高，且这种远距离、高动态以及特殊的太空环境，对系统的灵敏度、稳定性要求十分苛刻，在技术实现上难度也比较大。公开资料显示，目前世界上只有德国、丹麦等少数国家开展过此项在轨接收试验。

如何解决上述问题呢？国防科技大学微纳卫星技术创新团队创新性地提出将航空目标信号接收系统安装在微纳卫星上，这样将大大降低研制和发射成本。

说干就干，在项目研制的一年多时间里，他们立足前沿、大胆创新、顽强拼搏、集智攻关，突破掌握了多种质量微纳卫星研制、全球海空动态目标测量与信号接收、子母卫星在轨释放、空间自组织网络等一系列关键技术，自主研制的星载航空目标信号接收系统具有灵敏度高、运行稳定性好、数据存储量大、质量轻、功耗低、效费比高等特点，其技术性能达到国际领先水平。

在轨试验表明，"天拓三号"主星"吕梁一号"在轨运行状态良好，报文数据接收稳定，从每天可接收全球范围的40多万条航空目标信号报文数据中，可识别每条报文该飞机的机型、代码、位置、速度、高度和航线等信息。此举表明，国内首次进行的星载航空目标自动识别信号接收试验取得圆满成功。

有关专家指出，虽然"吕梁一号"星载航空目标信号接收系统能够实现业务运行，但只能实现对全球范围民航飞机的准实时目标监控数据报文。如果进行实时目标监控数据报文，至少需要 18 至 20 颗安装有航空目标信号接收系统的卫星。随着我国航天事业的快速发展，这个目标一定能够实现，为航空监控管制、空中流量测量、提高航空安全系数和飞行效率提供全天候实时信息服务。

接下来，再说说从"天拓三号"分离释放的手机卫星"智能号"和 4 颗飞卫星"星尘号"，其研制者大多是在读的研究生。"智能号"是国内首颗以商用智能手机主板和安卓操作系统为核心设计完成的卫星。据说，这种手机卫星国外只有美国发射过。

与美国直接把手机发送上天相比，"智能号"通过对手机进行改装再创新，自主设计增加了姿控、星务、通信、电源等卫星必需的子系统，去掉了手机屏幕、外壳和扬声器等器件，这样既减轻了手机卫星重量，又具有微纳卫星所必需的功能，使"智能号"具有美国手机卫星所没有的三轴稳定功能和较长的寿命。遥测数据表明，"智能号"手机卫星在轨试验中，成功开展了子母式卫星在轨释放、空间自组织网络、多星协同测控等空间技术试验在轨技术验证。

4 颗0.1 千克级的飞卫星"星尘号"，同样是国内首颗飞卫星，也是世界上最小的卫星之一。主星与手机卫星、飞卫星之间在太空开展了子母式卫星在轨释放、空间自组织网络、多星协同测控等空间技术试验在轨技术验证。

研制一颗卫星难不难？年轻研究生们回答：只要勇于创新，敢于实践就不难。他们研制"智能号"手机卫星仅仅用了 8 个月时间。

8 个月研制出"智能号"手机卫星，体现了年轻学子舍我其谁的创新激情，同时也得益于导师的培养和指导，充分反映了这所大学人才培养的"母鸡带小鸡"效应。

天上的星星亮晶晶。一代代航天人在创造出科研成果的同时，也在培养着新一代的航天人。太空上的"母鸡带小鸡"，虽然用肉眼看不见，但它却是科技工作者以强军兴国为己任、自主创新攀高峰的真实写照。

把激光"捆绑"起来

2011 年 6 月上旬，从国防科技大学传出一条喜讯：我国首台"千瓦级光纤激光相干合成试验系统"研制成功，这是着我国科学家在光纤激光相干合成理论和技术领域取得的一项自主创新成果。

经国内有关研究机构从事光电子、激光、信息、计算机应用等技术领域的多位院士、专家组成的鉴定委员会的鉴定，认为"该项目在国际上首次实现光纤激光千瓦级相干合成输出，系统输出功率达到 1.5 千瓦。在光纤激光相干合成理论和技术上有重大创新，是高功率激光相干合成领域的重大突破。系统综合水平达到国际先进，相干合成输出功率、宽谱和多波长激光相干合成等技术处于国际领先。"

那么，"千瓦级光纤激光相干合成试验系统"这一重大创新突破是如何实现的呢？

提起激光，大家并不陌生，生活中早已司空见惯。与普通光不同，激光具有亮度高、方向性好、单色性好等许多特点，它是受激辐射产生的，但必须要有激光器才能产生。这个问题早已解决了，科学家在很早以前就研究出产生多种激光的激光器。

激光的波段在 1.0 ～ 14.0 微米之间，不同波段的激光，有着不同的用途。如波长 2.0 微米的激光在气象监测、激光测距、激光雷达等方面具有广泛应用；2.8 微米波长激光则可应用在生物、医疗等领域；而 3.0 ～ 5.0 微米波段激光具有很强的大气穿透能力，具有应用于激光制导、激光遥感等军事领域的巨大潜能。

由于高亮度激光在国民经济和国防等多个领域有着广泛的应用需求，激光技术被列为《国家中长期科学技术发展规划纲要（2006 - 2020）》前沿技术之一。

　　光纤激光是激光的一种，所不同的是，它采用了掺有稀土元素的玻璃光纤作为激光介质的激光器。光纤激光器具有转换效率高、光束质量好、结构紧凑等优点，能够获得高光束质量激光输出。由于这些优越的特点性能，它已成为继化学激光器后的新一代高能激光器的重要方向。

　　然而，由于激光与材料之间客观存在的"非线性"效应、热效应、激光元件损伤等因素，单根光纤激光器输出功率有限，很难实现较高功率的光纤激光输出，各国科学家一直为此进行着不懈的努力，希望获得高功率和高光束质量的光纤激光。

　　面对激光技术前沿领域的这一世界性难题，国防科技大学新体系结构固态激光实验室学术带头人、国家"973计划"项目技术首席专家刘泽金教授，带领高能激光技术创新团队不畏困难，始终奋战在光纤激光领域。

　　既然单根光纤激光器输出功率有限，如果构建模块化的光纤激光"组合"，并对其进行相干合成，岂不就是一种最理想的解决方案吗？

　　"对，把多根光纤激光器'捆绑'起来，让它们'步调一致'地输出。"在研究中，刘教授和课题组似乎有了"山重水复疑无路，柳暗花明又一村"的豁然开朗。

　　真可谓是"说起来容易做起来难。"他们的这一创新思路，其实别人也想到了，并已成为当前全球激光技术领域的研究热点。据了解，国际上先后有40多家机构在探索如何用中小功率的激光器来合成大功率激光器，由于系统复杂，研制难度很大，当时还没有见谁实现了技术突破。2009年，美国空军实验室（AFRL）实现了5路百瓦级光纤激光放大器相干合成，输出功率仅为725瓦。

　　攻关不畏几多难。刘教授和课题组认为，要实现高功率的光纤激光输出，通过相位控制等方法将多根光纤激光器"捆绑"起来，是一个突破口，如何实现呢？唯一的途径就是创新，走别人没有走过的路，在没有路的地方走出一条路来。

　　此后，刘教授率领课题组围绕光纤激光相干合成的物理机制、理论模型、实现方法、传输效能与光束质量评价等问题进行了深入研究与技术攻关。

经过不懈探索，他们发明了基于随机并行梯度下降、单频抖动等两种光纤激光相干合成相位控制方法，建立了描述相干合成阵列激光的传输通用模型和传输方程，提出了相干合成光束质量评价指标，掌握了一系列拥有自主知识产权的核心关键技术，为研制大功率多路光纤激光相干合成系统奠定了理论与技术基础。

3年后，刘教授率领课题组研制的"千瓦级光纤激光相干合成试验系统"，实现了9路光纤激光相干合成，其系统输出总功率达到1.5千瓦，光–光转换效率达到75%，各项技术指标均达到该领域目前最高国际水平。系统具有输出功率大、光束质量高、散热效果好、系统成本低等显著特点，这些特点预示着该成果在国民经济、国防领域有着广泛的应用前景。

值得一提的是，他们用优化算法能够实现宽谱和多波长激光部分相干合成的这一科学新发现，还打破了此前只有窄谱激光才能实现相干的认识。其研究成果于2009年在美国出版的国际光学领域著名学术期刊 *Optics Letters* 上以封面图示文章发表，在国际激光学界中引起广泛关注。他们发现的这一物理机制，为新一代大功率光纤激光系统的研制奠定了理论基础。

故事并没有结束。他们和美国学者各自独立提出将基于随机并行梯度下降优化算法用于光纤激光相干合成的技术方案，同时还单独提出了用于光纤激光相干合成的单频抖动相位控制方法，这两种方法都成功实现了"不同波长激光束的同步自动对齐"，解决了相干合成时相位控制的技术难题，获得了高质量的稳定激光输出，使目前光纤激光相干合成主动相位控制方法达到4种，得到国际激光领域同行的赞许。

与此同时，刘教授等人还提出了相干合成光束质量评价方法，解决了过去常用的光束质量评价标准不能对相干合成光束进行很好描述的问题，被学术界认可和采用。美国定向能协会出版的《高功率光纤激光器导论》一书采用了该方法，称其是"孔径填充相干阵列光束质量的最佳测试方法"，我国有关部门也推荐其为我国相干合成激光光束质量评价准则。

一项关键技术的突破，带来了一系列创新成果。在研制过程中，课题组先后在《应用物理快报》《光学快讯》等光学领域国际著名期刊和学术会议上发表论文 121 篇，其中 SCI 收录 82 篇，其阶段性成果"光纤激光相干合成技术"入选 2009 年中国光学重要成果。

创新，不仅要想得到，更要做得到。从"想得到"到"做得到"，需要有另辟蹊径的创新思维，更要有不畏艰难的创新勇气。这是把激光"捆绑"起来的创新故事带给我们的有益启示。

战场"透视眼"

一束束雷达电磁波扫向远方，穿过叶簇、草丛、墙壁、地表，显示器上同步显现出一簇簇跃动的光点，随即形成清晰可辨的图形。

经过22年三代人接力攻关之后，我国某新型战场侦察雷达终于研制成功。中国，成为世界上少数掌握这一尖端雷达技术的国家之一。

如今，这种新型战场侦察雷达完成设计定型，开始生产列装，依托这一关键技术研制的另外两种战场侦察装备，则早已批量生产投入部队使用，形成了实实在在的战斗力。

"我们潜心22年，终于干成了这件事。"课题组负责人、国防科技大学电子科学学院周智敏教授说。

周智敏至今清楚记得22年前梁甸农教授投向自己的目光。

那是1994年4月6日，在该院一间简陋的实验室里，我国知名雷达技术专家梁甸农教授把周智敏等几名年轻人召集在一起。他告诉大家，国际上一种新的雷达技术已经萌芽，将成为未来战场一种新的侦察手段。

"我们必须瞄准这个战略前沿技术，现在就动手干起来。"梁教授把目光投向刚刚30岁出头的周智敏。那目光里，透着一种坚定与信念。周智敏想都没有想就决定加入进来。

这种新型雷达技术，信号和信息处理技术极为复杂。当时，国内无人涉足，国外技术封锁，没有技术积累，缺少工程经验，更谈不上研制条件与设备。

系统如何设计？算法怎样突破？一开始，大家都很茫然。"最初，我们连最起码的信号产生都无法实现。"周智敏说，国内许多研究雷达的单位也认为技术难度太大，很难一步跨过去。

跌倒，爬起，失败，重新再来……几乎没有人相信他们能够成功。

在最初的几年时间里，研究工作多次陷入低谷。有人产生了气馁情绪："光有目标找不到路，再搞也白搭"；有人好心劝慰："实在不行，就调整方向吧。"

每次进退维谷之际，梁甸农、周智敏等课题组成员都选择了坚持。"新型雷达是未来战场克敌制胜的先进侦察手段，我们如果不干，就会给国家和军队留下空白，在未来战场上就会受制于人。""抢占科技制高点，必须下好先手棋。"

瞄准战略前沿技术进行攻关，注定是一场没有鲜花和掌声相伴的寂寞长跑。

"既然已经出发，那就坚持跑到底吧。"每当遇到困难，课题组成员总是这样勉励自己，执着地在创新道路上奋力前行，决心在白纸上画出最新最美的"图画"。

"没有想到在一张白纸上画图画，竟然这么难！"周智敏说。

到底有多难？周智敏不愿多说，但可以从他轻描淡写的叙述中窥见一斑。

前期试验缺乏条件，他们就在办公楼顶上架设简易轨道等试验装置；设置探测目标没有制式装备，就自制简易火炮当目标，找来脸盆当地雷；进行机载试验时，由于经费有限，租不起专业试验飞机，他们就租用通用飞机；飞机上没有厕所，他们就带上两个大铁桶充当卫生间……

从零起步，自主创新。课题组从基础理论研究开始，像"燕子垒窝"一样，逐步建立起一套新体制雷达理论体系，以"水滴石穿"的韧劲，攻克了系统设计与研制、信号处理算法等一个个技术难题，又用"愚公移山"的精神完成了难以计数的各种试验。

"燕子垒窝""水滴石穿""愚公移山"……这些词是课题组与困难搏斗的真实写照。2003 年，雷达机载试验选择在盛夏的西北沙漠地区进行，课题组必须在头一天晚上赶到预定地点设置探测目标。吉普车连夜奔波 600 多千米，将试验人员送到试验区域。一连几天，大家风餐露宿，饿了啃面包，渴了喝口矿泉水。

据课题组的黎向阳教授介绍，检验雷达性能，需要进行地面试验、机载试验、高低温试验，以及各种环境和各种气候试验。这些年，课题组跑遍了大半个中国，从西北大漠、东北雪原、塞北草原，到西南山区、边防海岛，到处留下了他们的足迹。

艰苦困苦，玉汝于成。当攻关进入到第 10 个年头的时候，终于迎来巨大突破——成功掌握新型雷达核心关键技术，研制出我国第一部性能先进的新型战场隐蔽目标侦察雷达，成果获军队科技进步一等奖、国家科技进步二等奖。

新型战场侦察雷达研制成功，有关部门喜出望外，迅速将其列入演示验证和装备型号研制。为把创新性、突破性成果转化为实实在在的战斗力，课题组接着又打响了一场新的攻关战斗。这一干，又是 10 年。

在周智敏教授率领下，课题组先后承担了多项重点型号任务，从工程样机研制、演示验证研究、到最后形成装备，每一个环节，课题组都需要克服不计其数的困难。然而，任何困难都没能阻挡住他们将成果转化为战斗力的步伐。

此后几年中，课题组承担研制的 3 种新型战场侦察与监视雷达先后定型列装，实现了我军战场侦察装备跨越式发展，为部队打胜仗提供了新的"利器"。

创新是艰难的，但创新又是幸福的，因为幸福都是奋斗出来的。22 年间，三代人接力攻关，干成了一件大事，也收获了一串闪光的成绩：先后有 5 项成果获国家、军队科技进步奖，获专利授权 30 多项，出版相关学术专著 2 部，发表高水平论文 100 多篇，成果转化率达到 80%，课题组被评为"十一五"全军武器装备预研先进集体。

创新驱动发展，团队薪火相传。当年率先提出开展新型战场侦察雷达研究的梁甸农教授，如今已是耄耋之年；当年血气方刚的周智敏也年近花甲；当时还是研究生的黎向阳、宋千、黄晓涛等一批年轻学子，今天成了该领域的专家……伴随着创新事业的发展，一批年轻人又加入到团队中，开始了新的征程。

"我们在新型雷达技术领域开辟出 3 个新的研究方向，未来将推动我军战场侦察装备实现新的跨越。"今天，周智敏投向年轻人的目光，一如 22 年前梁甸农教授的目光那般坚定。

触类旁通解难题

有着"零高度飞行器"美誉的磁浮交通，如今已成为人们绿色出行的新型交通工具。随着长沙磁浮快线、北京 S1 线先后建成投入运营，我国磁浮交通技术已进入世界领先行列。

作为一项复杂系统工程，磁浮交通的研发曾经面临着一系列技术难题，"车轨共振"就是其中的一只"拦路虎"。当列车在轨道运行时，车轨产生共振现象，轻则颠簸，重则"趴窝"。这是国际磁浮交通界公认的世界难题。美国曾出现过刚建好的线路因车轨共振而无法运行的窘境。我国引进德国技术建造的上海浦东机场磁浮交通线，面对这一难题，只得采取加大水泥梁单位长度质量、加固改造轨道的方法来解决，这就使系统造价高出很多。

为了车轨共振问题，当时国际上提出并普遍采用两种方法：一是增加轨道刚度，这样做会使轨道显得笨重并增加系统造价；二是调节悬浮控制器的参数，但参数调节范围十分有限，有效性不能得到保证。

"既要解决问题，又不能增加成本。"磁浮技术创新团队领头人常文森教授要求国产磁浮必须标本兼治解决车轨共振技术难题。那么，如何找到一套既能降低轨道造价，又能避免车轨耦合自激振动的方法呢？

团队决定从长计议，选派一名年轻技术骨干到国外一个振动控制实验室学习深造。可是，对方却对相关原理守口如瓶，相关实验只许看，不能动也不能问，这算什么事呢，技术封锁啊！

搞技术封锁垄断，这是西方国家惯用的伎俩。"封锁吧，封锁七年八年，中国什么问题都解决了！"建国初期，面对西方国家对我国实施的封锁与禁运，毛泽东以前所未有的胆识和气魄，告诉世人，已经站起来的中国人，是谁也封锁不了的。

核心关键技术买不来、引不进，除了自主创新别无他路。于是，一场新的攻关战斗打响了。为了找到"病根"，团队把铺平的轨道拆开，几十个人推着列车在204米的轨道上来回往返，测试、记录、分析、调试……每天吃过早饭就来到试验线，一干就是一整天。那段时间，实验室里灯火通明，大家夜以继日，为解决车轨共振寻找良方。

参与攻关的年轻博士周丹峰，从小爱好无线电，他经过仔细观察和分析发现，车轨耦合振动与无线电调谐振荡的原理有相似之处，认为可以作为解决这一难题的思路。他的想法得到常文森教授的鼓励，在李杰、张锟、罗昆等团队专家指导下，尝试着用无线电调谐原理对车轨振动进行"调理"。

一天早上，周丹峰在刷牙时无意中碰到了旁边一个盛水的盆子，水面涟漪的产生与消失，让他顿时产生了灵感，这个能量的交换和损耗过程，与车轨持续共振十分相似，中间肯定有一只"看不见的手"在起作用。于是，一个解决车轨共振的创新思路在他脑海里形成。接下来，周丹峰运用一个简单的车轨耦合模型，从能量角度推导各种动力学特征及稳定性，分析车轨共振产生的原因，对症下药寻找抑制振动的策略，提出了多种抑制振动算法。在后来的多次试验中，虽然可行性得到验证，但当磁浮列车在试验线上运行时，车轨共振问题依然时不时冒出来，"折腾"你一下，让团队伤透脑筋又哭笑不得。

持续紧张的攻关，让周丹峰的鼻炎犯了，为了快点好起来，不影响攻关，他擅自加大了服药剂量，鼻炎很快好转。医生知道后提醒周丹峰，这样做药效是明显，但对身体有副作用。听了医生的话，日夜被车轨共振困扰的周丹峰立刻产生了联想：解决车轨共振难题也可以来一剂"猛药"，只是要尽量避免副作用，既要产生好的疗效，又不能伤了"元气"。他思考一番后决定对悬浮控制系统来一次彻底的"大手术"。

这个"大手术"，就是改变"头疼医头、脚疼医脚"的传统思维方式，运用系统工程理念，对悬浮控制系统及算法进行全面"解剖"，找到症结，切除"病灶"达到标本兼治的效果。

常文森教授等专家听了周丹峰的想法后，觉得有几分道理，决定按他提出的思路，集思广益制定出了新技术攻关方案。他们将车辆与轨道看成是一个大系统，在硬件不做大改变的条件下，进一步优化悬浮控制系统，再将抑制振动算法嵌入其中，然后通过试验慢慢进行"调理"，消除车轨共振的"病灶"和"细菌"。

这是典型的"中西医结合疗法"。对悬浮控制系统及算法进行全面"解剖"的"大手术"，可算作西医治疗；嵌入抑制振动算法进行"调理"，类似于中医的服药。

为攻关一项技术难题，专家们连中西医治疗理论都用上了。还别说，经过如此这般的"手术"加"调理"，疗效奇迹般地产生了——车轨共振这一"疑难杂症"，像遇到了"神医"一样，逐渐收敛了"尾巴"，不仅开启了解决困扰国际磁浮界世界性难题的新征程，还促进了国产磁浮列车的数字化悬浮控制技术的飞跃。

此后，团队将这一成果运用于上海高速磁悬浮试验线上，效果明显优于德国的改进系统，证明我国抑制车轨共振的方法取得重大突破。

五硕士造"蛇"

农谚说:"三月三,蛇出山;九月九,蛇进土。"然而,在21世纪初的一个寒冷冬季,我国第一条机器蛇却在国防科技大学5名硕士研究生的"孵化"下,冒着严寒悠然出"洞"了。

那么,这5名平均年龄只有23岁的硕士研究生,是如何研制出中国第一条机器蛇的呢?

说来也许难以置信:他们的创新灵感竟然来自中央电视台《动物世界》节目。那天,平时很少看电视的1999级硕士研究生张代兵被一档讲述蛇的节目吸引住了——扭动身躯,蜿蜒运动,蛇的柔性生理结构和独树一帜的运动方式,使他产生了浓厚兴趣,联想到国外有关仿生机器人研制的信息,张代兵萌发出一个大胆的想法:研制中国的机器蛇。

机器蛇是一种新型仿生机器人,由于它能像生物蛇一样实现"无肢运动",被国际机器人业界称为"最富于现实感的机器人"。自1972年日本东京科技大学研制出世界上第一台蛇形机器人至今,世界上只有日本、美国、德国等少数几个国家研制和开发了这种新型机器人。如今,国防科技大学的5名研究生也要向这个目标挺进了。

张代兵本科学的是自动控制专业,读研究生学导航制导与控制。研制机器蛇有一定的专业基础,而且研究生队的同学各方面高手都有,可以联合起来集智攻关。更重要的是,张代兵所在的机电工程与自动化学院是我国开展机器人研究最早的单位,曾先后研制成功我国第一台两足步行机器人和第一台类人型机器人,既有较好的研制条件,又有专家教授指点帮助,这些都使张代兵充满了信心。

不出张代兵所料,他的想法很快得到了导师的支持鼓励。与他同专业的潘献飞、谭红力、田菁和机械设计专业的周旭升4名研究生马上加入到这次科技创新的行列中来。

研制机器蛇，首先要了解蛇的生理结构和运动原理。因此，他们的第一项工作就是像生物专业的学生一样，对蛇进行观察和研究。图书馆有关蛇类的书籍几乎都被他们翻遍了，在学习的同时，又不时地到动物园观察蛇类运动，甚至跑到野外寻找蛇的踪影。

经过一番研究和观察，他们终于弄清了蛇的生理结构、运动方式和机理。比如，蛇的横向波动，就如同波的传播一样前进，是通过横纵向摩擦力大小的不同产生向前的动力；而蛇的伸缩运动则是像风琴一样折叠前进，蛇体的一部分保持静止不动，其他部分向前运动。此外，还有侧向和直线运动等运动方式，他们都进行了一定的研究。

蛇是一种柔性体系，如何用一种机械结构来模仿生物蛇一样的运动呢？张代兵等5名研究生决定采用多环节刚体来制作机器蛇的身体，每节之间用连杆相连，通过控制每个环节的相对运动角度使蛇体达到模仿生物蛇运动的目的。

确立了机器蛇的设计思路，他们就根据各自的特长进行了分工：周旭升是机械设计方面的高手，负责设计蛇形机器人的机械结构；潘献飞和谭红力本科时就爱摆弄单片机集成块，还在全国大学生电子制作大赛中拿过奖，由他们负责硬件电路和软件程序；田菁是小组里唯一的巾帼，曾获国际大学生数学建模竞赛一等奖，自然是蛇的运动模型、动力学分析的最佳人选，而组长张代兵则负责总体设计和协调。

课题研究刚刚起步，各种各样的难题便接踵而至。他们首先遇到电机的选型和配置难题。过去上有关实验课时，电机都是老师事先准备好的，大家对电机的各种型号参数缺乏了解，对电机市场更是知之不多。

为了选配电机，张代兵和潘献飞、谭红力课余时间骑着自行车几乎跑遍了长沙大街小巷，但几次买回的电机都不理想。电机是机器蛇的心脏，电机解决不好，其他无从谈起。于是，他们向研制类人型机器人的马宏绪博士请教。马博士对他们研制"蛇形机器人"大加赞赏，立即放下手头工作帮助他们分析比较各种电机的优劣，最后推荐使用伺服电机。可是到哪里去买价廉物美的电机呢？谭红力就在网上发布求购信息，终于在一个电子市场买到了合适的电机。

接下来，他们就忙着搞设计、进行仿真分析、做模型、编程序、调试电路，不断地进行修改和完善……9月初，终于可以将机器蛇组装进行调试了。

这天晚饭后，张代兵等5人兴致勃勃地来到实验室，将机器蛇连接到计算机上，期待着"蛇"流畅蜿蜒运动那激动人心的一刻。然而，他们辛辛苦苦"孵化"的"蛇"只会原地抖动，不会蜿蜒前进。

虽然有些失望，但大家却不气馁。一到课余时间和节假日，几个人就聚集在一起开"诸葛亮会"，集思广益，从源程序代码的编写到运动算法的优化……每一个可疑点都不放过，反复讨论、修改，不断进行受力分析实验……常常忘了吃饭、睡觉。

不知熬过了多少个不眠之夜，也不清楚经历了多少次失败，凭着一股子拼劲和韧劲，先后攻克了机械结构设计、控制电路、运动规划、遥测遥控等一系列技术难题，搬开了攻关道路上的一只只"拦路虎"，终于将我国第一条机器蛇展示在人们的面前。

2001年11月26日，这条长1.2米、直径0.06米、重1.8千克的机器蛇，在机器人实验室进行公开演示。这条仿生机器蛇扭动着身躯，在地上自主地蜿蜒爬行，只见它一会儿前进、后退，一会儿拐弯和加速，其最大运动速度可达每分钟20米。而安装在机器蛇头部的视频监视器，将机器蛇运动前方景象实时传输到后方电脑中，科研人员则可根据实时传输的图像观察运动前方情景，不断向机器蛇发出各种遥控指令。

更为引人入胜的是，这条蛇形机器披上"蛇皮"后，还能像真蛇一样在水中游泳，摆动的身躯在水面激起层层涟漪，煞是好看。不时赢得观众的阵阵掌声。

这条机器蛇具有结构合理、控制灵活、性能可靠、可扩展性强等优点，在许多领域有着广泛的应用前景，如在有辐射、有粉尘、有毒及战场环境下，执行侦察任务；在地震、塌方及火灾后的废墟中寻找伤员；在狭小和危险条件下探测和疏通管道；它还可以为人们在实验室里研究数学、力学、控制理论和人工智能等提供实验平台。

现场观看的专家认为，这条机器蛇的问世，是我国机器人研究领域取得的又一个科技创新成果，标志着我国机器人技术又有了新的突破。

智慧机器人

既能执行巡逻、监控等安保工作，又能提供问询应答、业务办理等贴心服务。这款机器人真是太厉害了！

2016年4月21日，我国首款集安全保护与智能服务于一体的智能安保服务机器人，在重庆开幕的高新技术成果交易会上一亮相，立即引起在场观众的一片欢呼声。

更有意思的是，这款机器人首次登台亮相，便以她悦耳动听的声音开始进行自我介绍："我叫AnBot，诞生在湘江之畔的国防科技大学，别看我个头不高，但身强力壮，能巡逻、能监控、能探测、能报警、能为需要的人提供服务，我身上带电防暴叉还能制服来袭的犯罪嫌疑人。我的本领很高强吧。不信，我现在可以演示给大家看。"

一阵掌声过后，一位小伙子说："今天重庆需要打伞么？"AnBot略微停顿片刻，便发出悦耳的声音："今天重庆天气晴天转多云，气温28摄氏度，不需要打伞。"现场又是一片欢呼声。

该项目负责人、机器人技术专家肖湘江博士向大家介绍，这款机器人的最大特点，是首次创新实现了"安保+服务"的设计理念和"事中处置"的功能，在低成本自主导航定位技术、智能视频分析技术等方面取得一系列关键技术突破。

AnBot身高1.49米，体重78千克，腰围直径0.8米，最大行进时速为18千米，巡逻时速为1千米。一次充电可连续工作8小时。她的外形类似套娃，却拥有套娃不具备的聪慧大脑。因为AnBot有类似人脑及耳目的智能系统和传感器等装置，集成了地图同步构建及定位、动态路径规划、深度学习智能大脑、视频智能分析等先进技术。

具备这些先进技术的AnBot，具有自主巡逻、智能监控探测、遥控制暴、声光报警、身份识别、自主充电等多种功能。当电量不足时，它能够自主寻找附近的充电桩进行自主充电。

在活动现场，AnBot 向人们展示她的本领。根据事先设置的预定路线进行自主巡逻和全方位视频监控，自主避开障碍物。当探测到巡逻区域内有异常情况，如发现爆炸物、毒品、管制刀具和枪支等危险物品时，会立即发出声光报警，并发送至终端监控系统。如果她周边人员或自身遇到安全威胁，终端监控人员则可通过远程遥控，打开机器人身上配备的带电防暴叉，对可疑人员和犯罪嫌疑人进行威慑或将其制服。在巡逻区域内，当有人员遇到危险时，只要大声呼救或按下机器人身上的紧急呼救按钮，即可迅速报警。

除了做好这些本职工作外，为路人提供各种服务，也是她的拿手好戏。在执行巡逻任务时，AnBot 头上的声响系统，能播送时事新闻、安全知识、通知公告、新产品推广、重要信息提醒等。如果有人想咨询天气、问路，你靠近她，像平时一样提出问题，她就能自动应答，为区域内人员提供适时便捷服务。

如果她借助"天河"超级计算机这样性能强大的计算机，还可以建立机器人云服务中心，为公共安全和智慧城市建设提供安全预警分析和大数据服务。

这些服务功能与安保功能的结合，是机器人领域的首创。因为过去科技人员研制机器人一般只具备"干活"的功能，按照人们的指令完成指定的工作。研制者赋予AnBot 这些服务功能，使我国机器人技术的应用实现了新的突破。

这款智能安保服务机器人，可用于重要区域、重要目标和边境线巡逻执勤，也可在机场、车站、银行、酒店、工厂、学校等公共场所执行安保任务，它具有不知疲倦、不惧风险等特点，能部分替代安保人员的工作，使安保领域"机器换人"成为现实，有效节约人力资源，提高工作效率，应用前景十分广阔。

肖博士说，之所以做安保服务机器人，是受了2014年昆明火车站暴徒伤人事件的触动，当时觉得面对亡命之徒，事前无法预警，事中无法处置，严重危害人民群众生命安全。只能秋后算账的传统安防模式，为了更好的应对日益严峻的安防形势，必须将机器人技术应用到安防行业，让不惧风险、不知疲倦的机器人保安冲在最前面，并逐步实现安保行业的"机器换人"。于是在学院的支持下，迅速组建团队开始研发安保机器人，然后用了不到一年时间就拿出了工程样机。

AnBot 诞生后，先后在深圳宝安机场、广州海关、湖南戒毒所、中国工商银行银河支行、长沙市博物馆和长沙市规划馆等单位试用，获得用户高度评价。许多单位获知该机器人研制成功的消息后，纷纷提出试用需求和订购意向，他们分析认为，这样一款机器人，完全可顶得上两个保安人员，十分合算。

据介绍，国防科技大学是我国最早开展机器人技术研究的单位之一，先后研制成功我国第一台两足步行机器人、第一台仿人机器人和多型地面智能机器人。在智能安保服务机器人研制过程中，他们按照"低成本硬件＋高性能软件"的研发思路，在机器人操作系统、环境感知、智能控制和任务规划等方面实现了一系列技术跨越，在机器人领域又写下浓墨重彩的一笔。

有一种工作叫"挑刺"

俗话说，是骡子是马，拉出来遛遛。如果要一眼瞅出高技术武器装备的软肋，恐怕就没有区别骡子和马那么简单了。你知道吗？国防科技大学可靠性试验研究与评估中心，干的就是专门给武器装备挑毛病的活，俗话叫"挑刺"。

武器装备好不好，质量可靠最重要。现代战争中，武器装备面临的战场环境日益恶劣，若疏忽了可靠性，装备的技术指标再高也难以发挥其作用。美军的"阿帕奇"武装直升机自 1985 年诞生之日起，已发生事故 2000 余起，坠机 50 余架，其原因就是可靠性不够。因为该机在高速机动飞行、潮湿、沙尘环境和夜间等情况下的故障率很高，存在严重的可靠性设计缺陷。我军某新型装备主计算机控制系统，技术性能优越，大大超过部队的指标要求，但交付使用后却频频出现死机，原因也是该型计算机系统承受不了过大的温湿度变化，不得不退回设计部门进行改进。

在现代武器装备研制过程中，可靠性已经成为与性能同等重要的技术指标，对作战能力、生存能力、部署机动能力及维修保障费用等都有着重要的影响。作为保障武器系统可靠性的重要技术手段，可靠性试验已成为一项重要的国防关键技术，受到各国高度重视。

为了适应信息化战争对武器装备可靠性的要求，国防科技大学于 2000 年成立了可靠性试验研究与评估中心，一批专家心无旁骛地干起了给武器装备"挑刺"的工作。经过多年努力，他们建立了完整的质量管理体系，通过了中国实验室合格评定委员会 (CNAS) 和总装军用实验室的双重认可，成为全国极少数几家同时具有国家和军队认可资质的实验室之一，具备实施振动、湿热、盐雾、辐射等装备环境与可靠性试验方面的近 20 项能力。

走进可靠性试验研究与评估中心，一台高 3 米、长 5 米的庞然大物，蠢立其中。有关专家介绍，这是一套进行温湿度试验的主机系统，可以模拟出武器装备在使用和贮存过程中的各种大气环境，可以在几分钟内实现 100 度以上的温度变化和剧烈的湿度变化，武器装备通过这种"冰火两重天"的极端气候环境考验，就能知道它在特殊复杂气候环境中的可靠性。

现代战争的突然性与作战时空的跨越性，使装备从平时转为战时的时间间隔大大缩短，战前维护时间接近于零，且武器装备可能要在几个小时内经历好几种气候、跨越数十个纬度抵达战场。复杂多变的战场环境，使武器装备的可靠性面临严峻的考验。

如何将武器装备可能出现的故障消除在战争发生之前呢？这个中心依托综合学科优势与先进科研设备，通过坚持不懈的自主创新研究，在可靠性强化试验、加速寿命试验等关键技术攻关上取得了重要进展，使许多过去需要进行长时间试验的项目在较短时间内就可以完成，为武器装备的战斗力快速生成提供技术保障。陆军某新型导弹核心部件研制完成后，例行环境试验难以通过，频频出现故障。中心的专家对该部件进行了多项测试后，找到了关键设计缺陷，并根据试验结果为研制方提供了大量参考意见，协助其改进了设计，使得该型导弹在最后的验收打靶中取得好成绩，顺利通过考核并列装。

某科研单位为部队研制的某新型计算机，列装之前送到可靠性试验研究与评估中心测试，经过10多个小时的湿热试验后，发现铆住计算机外罩的螺丝帽出现锈蚀而导致机壳无法打开。虽然只是一个容易解决的小问题，却还是让设计方心有余悸：如果将这样的计算机列装部队，就可能酿成灾难性后果。一次，某单位研制的一种新型仪器验收在即，上级要求验收前要完成可靠性试验。研制单位向国防科技大学求助，专家们从大年初二起就开始加班进行试验，经过连续20多天的测试，发现了隐含的设计缺陷，设计方根据测试结论，及时进行了设计改进，最终使该仪器按时通过验收。

质量与可靠性试验的可贵之处在于，它能发现常规条件下难以发现的隐性问题，并将发现的问题解决在列装之前，让部队使用质量可靠的武器装备。近年来，该中心的专家在开展可靠性研究与试验的同时，还主动加强与有关研制单位的合作与交流，将可靠性理念向设计生产延伸，从而使可靠性贯彻到武器装备研制的全过程。

某星载核心设备是卫星研制瓶颈，直接关系到该型卫星的工作性能和运行寿命，不允许出现任何质量问题。由于卫星在发射和空间运行时的环境是十分恶劣的，星载设备环境保护设计有一点纰漏，都有可能使卫星提前报废。中心的专家们利用在可靠性强化试验领域取得的成果，与设计方密切合作，提炼出该设备的空间环境运行特征，从而突破了可靠性增长的关键技术，有效提高了该核心设备的可靠性水平。

多年前，中心在对海军某型号装备进行可靠性试验后，主动为研制单位开设可靠性知识系列讲座，提供可靠性技术服务保障，毫无保留地将可靠性设计方法传授给对方的设计人员，使他们新承担的项目研制从一开始就引入了可靠性设计理念，从而避免产品潜在的设计缺陷，使产品的可靠性得到大幅提升，有效缩短了研制周期，节省了研制费用。近年来，该中心依靠完善的试验条件和雄厚的技术实力，在完成大量军用武器装备试验任务的同时，还先后为新型飞机刹车片、新型电力机车核心部件、新型通信设备等民用仪器设备进行了可靠性试验，为发展我国自主知识产权的核心关键技术提供了强有力的可靠性技术保障。

如今，该中心已成为我军武器装备可靠性研究的骨干力量和生力军，先后被评为"全军技术基础工作先进单位"与"全军装备技术基础工作先进集体"。

出其不意夺大奖

提起国防科技大学，大家都知道：他们自主研制出了世界上运算速度最快的"天河"系列超级计算机，"天河二号"曾6次排名世界超算500强榜首，"中国速度"震惊了世界。

大家或许不知道，这所大学的一批"90后"学员参加国际大学生超级计算机竞赛，3次获一等奖、两次摘取"最高计算性能奖"、被誉为中国超算"未来之星"、两次参赛的陈照云就是其中的一颗"新星"。

陈照云中等个头，阳光帅气，略显稚嫩的脸上透出军人特有的刚毅与自信。谈起再次参赛、两次摘取"最高计算性能奖"的经历，他显得十分淡定。他说："老师们研制出世界运算最快的超级计算机，作为学生，在国际大学生超级计算机竞赛夺冠，也是情理之中，'严师出高徒'嘛。"

哟！他还挺谦虚。不过，他和同学们能在国际大学生超级计算机竞赛中脱颖而出，确实得益于他们就读于国防科技大学计算机学院，既能得到计算机领域知名专家教授的指导，又有机会接触到"天河一号"这种世界顶尖的超级计算机。

2010年暑假，刚读完大一的陈照云，被选拔到国家超算天津中心参加"天河一号"装机。此时，"天河一号"正在进行计算性能优化，准备冲击世界超算冠军。

陈照云他们在老师指导下，搬运安装机柜，布设光缆，调机时打打下手。刚读完大一的本科生，大概也只能做这些工作。正是这样一个看似简单的工作，让陈照云"零距离"接触了世界上最先进的超级计算机，他深知机会难得，每天起早贪黑，冒着高温酷暑，一丝不苟地工作。光缆要布设在地板下，为避免光缆损伤，陈照云和同学们钻到地沟里，躺在地上让光缆从自己身上传送，连续奋战40多天，将140多个机柜、15000多根光缆一一安装到位，没有叫过一声苦，喊过一声累。

陈照云和同学们很珍惜这次实践锻炼机会，一边干一边学，总是围着老师们问这问那，到了晚上休息时，又把一天的收获体会记在小本子上，还要拿出计算机专业书籍读上一阵。从理论到实践，又从实践到理论，这次经历让他收获多多。

"天河一号"安装完毕后，陈照云因表现突出，又被老师留下来协助进行系统调试，这使他又上了一个台阶。陈照云说："我科技创新就是从安装机柜、调试系统开始起步的。不仅接触到了世界上最先进的计算机，更从老师们身上学到了自主创新、追求卓越的拼搏精神。"

2010 年 11 月，曾经浸透陈照云汗水的"天河一号"，以优异的运算性能一举登上世界超算之巅。而此时，陈照云也被选拔确定为参加国际大学生超算竞赛的选手。他暗下决心：老师们在国际超算排行中拿到了世界冠军，我们年轻学子也必须在国际超算竞赛中创造好成绩，展示中国军校学子风采。

说起国际大学生超算竞赛，那也是世界高等院校学生创新能力的大比拼，被誉为超算领域的"奥林匹克"运动。该项竞赛虽已举办了近 10 年，此前中国大陆高校却从未有人参加。

这项比赛与其他学科竞赛不同，它要求参赛者采用商用硬件、软件，在比赛现场自主设计和构建一个小型超级计算机系统，在限定功耗下，对比赛给出的科学问题进行实际应用运算，并以此评判成绩，可谓是"真枪实弹"，绝不是玩"虚"的。

2011 年 11 月，陈照云和 5 名队友赶赴美国西雅图，代表中国大陆高校首次在国际大学生超算竞赛中闪亮登场。因为有了安装调试"天河一号"的实践经历，竞赛开始，进展顺利，首战告捷，他们拿到一等奖。但是，与最具含金量的"最高计算性能奖"失之交臂，留下些许遗憾。

回到学校后，陈照云把自己的参赛经验分享给准备参加下一届超算竞赛的同学。半年后，在德国举行的国际大学生超算赛场上，他的同学不负众望，在 3000 瓦功耗下实现了每秒 2.65 万亿次的浮点运算性能，成功摘取"最高计算性能奖"。

消息传来，陈照云亦喜亦忧。喜的是，他的同学成功摘取"最高计算性能奖"，弥补了上次的遗憾。忧的是，此时，他作为参赛队队长，将于2012年11月赴美国盐湖城参加下届竞赛，要想突破上届记录，再次夺取"最高计算性能奖"，难度更大了。

然而，世上无难事，只要肯登攀。陈照云和队友们精心备战，周密考虑可能出现的各种技术问题，一一做出解决预案，就像准备打仗一样，制定了详细的作战方案。

到达比赛地点，陈照云得知，这次竞赛与2012年国际超算大会同时举行，两项活动吸引了国际超算领域数千名专家学者和高校师生。参赛者更是强手如林，中国大陆只有两所高校派出了选手，另一支队伍则是首次参赛，要在国际超算竞技场上为国争光，责任就落在了陈照云和队友们的身上。陈照云感到"压力山大"。

比赛大幕拉开。陈照云发现，其他各参赛队的硬件配置大体相似，基本采用8个计算节点。这时，他想到，在功耗不能突破的限制下，如果采用6个计算节点，不是可以更好地发挥系统的计算性能吗？于是，他们大胆决定采用6个计算节点方案，每个节点用2个CPU和1个GPU，让CPU和GPU合理分工，CPU负责复杂的逻辑运算，GPU承担比较规整的计算。

按照这一方案搭建好超算平台后，运算比赛就开始了，比赛要求在48小时内，完成HPL的性能测试和4道科学应用题。

竞赛有序进行，激烈而紧张，陈照云和队友们不敢马虎，生怕出半点差错。真是怕什么有什么，比赛进行到12个小时，系统运算性能急剧下降，采取了几项应急措施，都无济于事。是按常规更换硬件？还是改变运行环境。实际上，在竞技状态下两种方案都不可取。

陈照云心急如焚，思路却异常清晰：必须先找问题，再拿出对策。很快，他发现是显卡过热影响了运算效率。他迅速改变策略，再次对CPU与GPU进行合理分工：只需CPU工作时就让GPU停止运行，进行冷却。等它冷却下来后，再给它安排任务。这一招果然好使，不仅解决了运算效率下降问题，还节省了功耗，一举两得。

在两天两晚 48 小时的激烈比拼中，陈照云和队友们在各种难题面前见招拆招，招招见效，越战越勇，一举创造了 3000 瓦功耗实现每秒 3 万亿次的浮点运算能力的最高世界纪录，成功卫冕"最高计算性能奖"。

"不可思议，真不可思议！"大赛组委会主席道格·史密斯教授一边摇头，一边竖起大拇指。一位美籍华人计算机专家看到这个结果，特意跑过来向陈照云表示祝贺："你们为中国争了光。"

从美国盐湖城载誉归来，学校给陈照云记三等功一次。第二年，他被免试推荐攻读硕士研究生，从事计算机视觉和机器学习研究，参与到导师主持的国家自然科学基金、"863 计划"课题研究中。

谈到未来，陈照云信心满满：让机器具有人脑一样的思维和视觉反应，这项研究将有助于推动军队武器装备的智能化，提高目标跟踪和精确打击能力。陈照云说："用自己所学为强军兴军做贡献，是我的梦想，更是我的追求。"言语中充满了自信。

挑战极限捧回"索尼杯"

红彤彤的证书，金灿灿的奖杯，映照着一张张年轻的脸庞。2007年12月8日，"索尼杯"全国大学生电子设计竞赛落幕，在当天的颁奖典礼上，获得本科组竞赛冠军的国防科技大学电子科学学院李清江、银庆宏、肖志斌3名学员，从"两院"院士王越手中接过奖杯，高高地举过头顶，展示出军校学子的迷人风采。这是军队院校和湖南省高校第一次获此殊荣。

全国大学生电子设计竞赛是教育部高教司、信息产业部人事司主办的全国高校四大学科竞赛之一。自1994年创始以来，两年一届同场竞技，吸引了全国各高校学生地广泛参与，本届参赛人数达到2万多人。在高手如云的全国性竞赛中，他们为何能在全国27个赛区6935支参赛代表队中脱颖而出，一举夺得"索尼杯"呢？

答案就是：追求卓越，挑战极限。2007年9月3日，竞赛组委会颁布竞赛题目后，李清江、银庆宏、肖志斌经过深入研究分析后，认为其中一道关于"滤波器"的题目最有挑战性，也最接近实际应用。3人当即决定选择这道题目，要做就做最难的，奔着应用去，做一个性能优越的程控滤波器。当时，他们想得更多的不是竞赛结果，而是要把竞赛当作一次创新锻炼的机会。

在竞赛规定的4天3晚时间里，设计制作完成一个性能优越的程控滤波器，并非易事，要获奖就更难。此时，3名年轻人并没有将参赛的目标放在获奖上，而是将竞赛当作一次创新实践锻炼的机会，培养追求卓越、精益求精的创新品质。

竞赛时间紧迫，如何在竞赛规定的时间设计制作出性能优越的程控滤波器，对他们的创新能力、团队协作精神等是一个全方位的考验。参赛题目确定后，他们3人根据各自特点进行了明确分工：李清江思维敏捷，负责总体设计与方案论证；银庆宏动手能力强，负责硬件设计、制作和电路焊接；肖志斌计算机学得好，承担软件设计编程。他们深知，在 4 天 3 晚时间里设计制作出一件高性能的电子作品，必须团结协作、集智攻关，让每个人的创新潜力都发挥出最佳水平，才能达到"1+1+1>3"的效果。

大雁千里迁徙，从来都是依靠群体的智慧与力量。在竞赛中，他们各展所长、相互配合，从总体设计、元器件选择，到电路焊接、组装调试等，每项工作精益求精，各个环节严格把关。虽然有时也会因某个技术问题产生激烈地争辩，甚至僵持不下，但争论中坚持发扬民主，统一思想，集中精力投入到创新实践中。

在紧张的竞赛中，他们早已将获奖抛在脑后，最关心的是程控滤波器的高性能。制作滤波器需要采用一款芯片，可以从市场上选购，而厂家提供的芯片是一种典型电路，如果简单地"拿来""照葫芦画瓢"，虽然简单，但很难达到提高性能的要求。这时，他们的创新思维迸发出来了，着眼提高综合性能进行了一次引进消化再创新，就是在芯片前端设置一个缓冲器，这样就可以大大提高频谱的纯度，实现滤波的目的。

带外衰减度是衡量滤波器性能的一个重要指标，题目要求达到百分之一。他们分析认为，要达到这个指标并不难，却很难达到实际应用水平。在参赛之初，3 名年轻人就确定要做一个有实际应用价值的、用于雷达前端的高性能程控滤波器。要实现这个目标，滤波器必须能从杂乱无章的雷达回波和外界信号中分辨并过滤出需要的信号，这就对带外衰减度提出了更高要求，研制将面临极大挑战。

怎么办？是按照参赛目标要求的指标去做，还是自我加压、挑战极限？3 名年轻人很快统一了思想：即使竞赛拿不到名次，也不放过难得的创新实践机会。

竞赛时间有限，他们只能挑灯夜战。困了，稍稍迷糊一会，饿了，就方便面充饥，集中精力投入到攻关中。最终，他们通过优化电路设计、选用集成开关电容芯片、提高频谱纯度等创新手段，使带外衰减度指标达到了万分之一，整整超出题目指标要求一百倍。

一系列的创新突破，一个如手提密码箱大小的程控滤波器终于研制成功，它能否获得评审专家的青睐呢？3名年轻人将作品递交上去，静静地等待他们期望的结果。

然而，好事多磨，追求高性能果然带来了"高风险"。当竞赛组委会评审专家对程控滤波器进行性能测试时，他们最为得意的带外衰减度性能却怎么也测不到，按规定，成绩为"零"。

这一消息无异于晴天霹雳。李清江、银庆宏、肖志斌既着急又不服气，他们很有自信地向专家提出异议：测不到数据的原因，很可能是评审所用的设备性能有限，因为带外衰减度达到万分之一的滤波器，必须用专业设备进行测试。

竞赛组委会专家听他们提出的异议，将信将疑，本着鼓励创新和对参赛作品负责的精神，最终决定采纳了他们的意见。于是，组委会从一所高校的微波实验室借来先进的网络分析仪器，对3名年轻人设计制作的程控滤波器专门进行一次测试。结果，让评审测试专家大为惊讶：带外衰减度果然达到万分之一。这还有啥说的呢，专家们一致为这件作品打出了最高分，"索尼杯"也就非他莫属了。

因为创新，所以精彩。回顾这次参赛经历，3名年轻人感慨良多。李清江说："刚上大一时，我们不知道什么是电子设计，通过培训和老师指导，我们从焊接一个简单的收音机开始，慢慢地对电子设计制作产生了深厚的兴趣，创新能力就在实践中不断提高了。"银庆宏说："参加这种高水平学科竞赛，没有扎实的基础知识和创新实践的锻炼，要想取得好成绩几乎是不可能的。"学员肖志斌说："创新关键在于实践，不动手去干，再好的想法也只能是空中楼阁，创新火花和灵感不知何时才能激发出来。"

追求卓越、挑战极限，3名年轻人的参赛经历与收获，无疑将让他们受益终身。

无人机"黑飞"的克星

"有了它，无人机'黑飞'干扰航班起降的问题将有望得到解决。"在2017年举办的第12届中国研究生电子设计竞赛全国总决赛中，由国防科技大学电子科学学院硕士研究生张丽宏、马永圣、李华研制的"对微型无人机被动探测与定位系统"，一举获得团体特等奖第一名。

该系统被有关专家称为无人机"黑飞"的克星。那么，它有何独特之处呢？3名研究生的指导老师郭福成教授介绍，奥秘就在于它能通过被动方式接收无人机遥控信号，对无人机和其操控者实施搜索、测向、定位与跟踪，在电子地图上准确显示其位置，从而对无人机"黑飞"进行干扰、迫降和驱离，同时找到无人机操控者位置，让其停止"黑飞"行为。

提起无人机"黑飞"，很令民航部门和机场"头痛"。近年来，随着各种无人机的普及和爱好者增多，一些无人机使用者并未取得相关资质和飞行许可，"黑飞"现象频发，飞机正常起降受到无人机"黑飞"干扰的情况时有发生，严重威胁航班飞行安全。2017年8月，一架无人机"黑飞"进入长沙黄花机场净空保护区，导致机场紧急停飞半小时，13趟航班起降受到影响。

如何有效消除无人机"黑飞"对飞机起降的安全隐患呢？这一问题引起了该校张丽宏、马永圣、李华等研究生的关注，他们一拍即合，决定开展防无人机"黑飞"研究，并给3人课题组取名为"天穹战队"，一场自主创新的攻关战斗就此打响。经过一番研究分析，他们认为要对无人机"黑飞"进行有效监管和驱离，实时探测和准确定位是解决问题的关键。以往，对空中目标的探测和定位，主要采用有源雷达。但它对无人机这种"低、慢、小"的飞行目标却犹如"高射炮打蚊子"，大材小用，毫无优势，不仅成本高，效果也不理想。

既然常规有源雷达不适合对无人机进行探测定位，那么，能不能运用无人机遥控信号进行被动探测呢？跳出传统思维的创新思路，让"天穹战队"的3名年轻人豁然开朗，虽然国内外研究"无人机被动探测与定位"的人不多，却是一个具有前景的研究方向，创新突破口由此打开。

他们没有意料到的是，创新的难度远远超乎想象。通过接收无人机信号来进行探测定位，面临其信号功率小、宽带跳频厉害等一系列挑战，再加上无人机飞行空域电磁环境，根本无法实施有效探测，课题研究一度陷入困境。

然而，困难并没有止住他们的创新步伐，反而激起了一股舍我其谁的攻关激情。此后，他们在导师郭福成教授指导下，一边学习信号处理和无源定位理论，一边对无人机的调制信号特征进入深入分析，反复进行实验、测试，经历了无数次失败和挫折之后，他们终于找到了对无人机被动探测与定位的可行办法，在复杂电磁环境下信号实时检测、无人机型号识别、多目标测向关联与交叉定位跟踪等方面取得多项关键技术突破，仅用一年半时间，成功研制出"对微型无人机被动探测与定位系统"。

据郭福成教授介绍，该系统建立的信号特征参数和无人机型号数据库，可以对市场主流的20多型无人机型号、厂家进行精准识别。外场实测表明，该系统对0.1瓦发射功率微型无人机的探测距离可以达到10千米以上，测向精度可以达到2°以内，在监测区域范围内，可以实时探测定位无人机"黑飞"位置，达到"一起飞即发现"的效果。它还可以通过远程监控软件，在电脑和手机上显示无人机和无人机操作者位置，可以通过手机报警。

2017年6月，在张家口举行的无人机监控技术研讨会上，"天穹战队"带着他们研制的系统，与来自德国、美国等国内外20余家单位的同类设备进行同场竞技。经过多轮角逐，他们的这套系统探测距离远、发现目标快、设备稳定性优，国家无线电频谱管理中心领导和专家一致认为，该系统达到国际领先水平。

该系统在我国白云机场、宝安机场、无锡机场试用后，均取得良好效果。有关专家指出，"对微型无人机被动探测与定位系统"具有探测距离远、识别能力强、成本低廉等特点，为解决无人机"黑飞"问题提供了有效的防控手段，可广泛应用于民航、边防、监狱、核电站、油库等重要场所及重大活动的空中安全保障。

校园里刮起"炫酷智能风"

用意念控制汽车启动、行驶、停车；无人车在高速公路自主驾驶奔驰；无人机可以自主集群飞行、自主任务规划与覆盖探索……这些如科幻般的神奇场景，或现场或影像一一展现。

"两院"院士、知名专家、科技领军人才……众多科技"大腕"汇聚一堂，研讨交流不时碰撞出思想火花。

2019年6月，由国防科技大学智能科学学院承办的学术交流开放日暨军事智能发展论坛、机器人文化节等科技文化活动，在校园里刮起一场人工智能的"头脑风暴"。现在就让我们来领略一下这股"炫酷智能风"。

你看过电影《阿凡达》么？当半身不遂的主角杰克通过意识控制另一幅躯体在异星的山林中健步如飞时，你肯定会惊叹于导演天马行空的想象力。

如今，这种只能在科幻大片中见到的情景，已能通过"脑机接口技术"开始走近现实。这天，在该校智能科学学院主楼前坪，一辆蓝色轿车正执行着停车等人、接人上车、转弯掉头、减速停车等一系列"常规操作"。如果你仔细观察，就会发现驾驶位上正襟危坐的司机，手和脚并不执行任何操作，不同的是，他头上戴了一个具有许多接口的头套。戴上这个头套，他只需睁大眼睛观察，"用脑"开车了。

很神奇是不是？神奇的不止"用脑"开车，还有"用脑"写字。在一间实验室里，一名同样戴上了头套的科研人员坐在电脑前，在不接触鼠标和键盘的情况下，居然让屏幕上打出了"国防科技大学"字样。

如此这般的"神操作"，不对，应该叫脑操作，其奥秘全在于那个神奇的"头套"，这是一种"脑机交互"的特殊装置。所谓"脑机交互"，就是人脑在进行思维活动时，大脑皮层神经系统会产生脑电信号，当这种电信号通过"脑机接口"技术处理，转化为能被计算机识别的信号时，就能实现用"脑"控制电子机械设备，而不需要用肢体来操作。

"把机器的高性能和人类的高智能结合，实现装备系统的高效能，这是智能科学的一个重要应用领域。"在本次军事智能发展论坛上，该校认知科学基础研究团队领头人胡德文教授的"脑网络与脑机交互"主题报告，把听众带入了一个脑机交互即将到来的新时代。

据了解，以胡德文教授领衔的团队，经过20多年的不懈探索与创新，已实现通过"脑机接口"技术让机器人、电脑、汽车等现代化设备和工具按照人脑的思维意识执行具体指令，相关研究成果获得国家自然科学奖二等奖。

《墨子·鲁问》中说："公输子削竹木以为鹊，成而飞之，三日不下，公输子自以为至巧。"哇！这不就是"无人机"吗？

早在两千多年前，"无人机"就出现在了我国文献记载中，它承载着炎黄子孙的一种"人在地上，物在天上"的神奇操作梦想。今天，《墨子·鲁问》中的"鹊"早已从梦想变成了现实。在该校主办的第二届学术交流开放日活动暨军事智能发展论坛、机器人文化节上，无人机、无人车等创新成果的形成吸引了大家关注的目光。

无人机"慧眼"系统是该校的一项最新创新成果。据团队技术总师王祥科介绍，目前团队已完成了"灵燕""灵雁"两个试验型号无人机集群自主飞行与探测试验，经过7000多架次的起降，取得一系列原创性技术突破，为无人机走向规模化集群应用和形成战斗力奠定了坚实的技术基础。

与无人机同样精彩的，是该校的无人驾驶汽车。

自20世纪80年代以来，贺汉根教授率领团队致力于无人驾驶技术研究，曾研制出我国第一辆无人车。2003年，研制成功的无人驾驶轿车创造了时速170千米的世界第一速度。2011年，首次完成了从长沙到武汉286千米的高速全程无人驾驶实验，创造了我国自主研制的无人车在复杂交通状况下自主驾驶的新纪录。

2017年3月6日，该校在"红旗HQ3"轿车平台上自主研发的无人驾驶汽车，驶入长沙绕城高速公路新港收费站，迅速汇入车流，与其它车辆各行其道，加速向前驶去。转向、变道、超车……一切如行云流水。

据团队专家孙振平介绍，该课题是团队承担的国家自然科学基金重大研究计划"视听觉信息的认知计算集成项目"，研究重点是要突破复杂行车环境感知与识别、不确定条件下驾驶行为规划与决策、动态环境下无人驾驶车辆优化控制等关键技术。2011 年，首次完成了从长沙到武汉 286 千米的高速全程无人驾驶实验，已先后承担了国家"973""863"等重要科研项目，获得多项国家和军队科技进步奖，相关科研成果为军队智能化建设发展提供了重要技术支撑。

随着人工智能技术的进步和武器装备发展，未来，无人系统将成为军事智能化的"主角"。

"给点力啊，伙计！"

夜已深，在 3 号院实验大楼里，刘宇轩看着自己设计的机器人"不倒翁"一次次栽进回字形赛道中间的方洞中，面对失败，情不自禁地给他的机器人鼓劲。

刘宇轩设计的机器人，要在第 15 届机器人文化节上参加"无人争霸"机器人擂台赛。这是一项旨在鼓励创新、提高学员动手能力的竞赛活动。

根据规则，参赛选手统一使用组委会提供的乐高机器人零件自行组装、编程。打擂时，给予 2 分钟时间进行调试，启动后不能人工干预，通过在回字形赛场上进行一对一对抗，先将对方机器人推出擂台者为胜。

"要让机器人全程自行操作，还限定只能用 NEX 语言进行编程，我想这对每个参赛者来说都是个不小的挑战。"刘宇轩说，竞赛准备阶段，他就面临着一系列令他头疼的问题：如何设计机器人形态，使其在对抗中处于有利条件？如何设计编程使机器人在识别地形边缘的同时攻防兼备……这些问题考验着刘宇轩和队员的创新智慧和实践能力。

为设计组装出"实力强大"的机器人，他和同伴们经常通宵达旦地编程、实验和调试，逐步实现机器人结构与程序最优化。最终他的"不倒翁"小组在 46 个参赛队伍的比拼中一路过关斩将，获得了本届机器人擂台赛冠军。

　　"通过参与'无人争霸'，我们对'无人系统'的了解从理论交流层次进展到了动手实践层次。只有亲自动手去做，才能切身体会到'无人技术'的吸引力。"学员陈昭对这次参赛感慨良多，他认为，在未来的无人战场环境下，如何识别地形边缘、如何驱逐和制胜敌方移动目标，这是非常重要的技术问题，而陈昭也愿意像他设计的"探索者"机器人一样，做一个军事智能领域的探索者。

　　本届机器人文化节以"智能、创新、追梦"为主题，共举办了8个系列共21项活动。机器人擂台赛、机器人迷宫挑战赛、人机接力赛、人机协同作战对抗赛，你方唱罢我登台，"孙子兵法"学员论坛、"'益'起读书，益智益能"强军读书分享会精彩纷呈；专家讲座、学术研讨不时碰撞出思想火花……一系列活动不仅让学子们得到了一次创新实践锻炼，更点燃了他们的创新激情。

第四章

自强不息

女博士六上海岛

　　提起女博士，大家或许会联想到一个词：高冷。然而，这并不是女博士的专属名词。在国防科技大学，曾有一位名叫张静的女博士生，她青春洋溢，英姿飒爽，胸中更燃烧着一股投身强军事业的激情之火。因为她知道，军队的博士生首先是一名军人，是军人就应该有军人的担当，必须在科技兴军中有所作为。

　　在攻读博士的 3 年多时间里，张静用自己的行动兑现了她的诺言，凭着扎实的专业基础和突出创新能力，张静先后参与 4 项重点课题攻关，为了完成科研试验任务，她先后 6 次奔赴边防海岛，时间累计起来达一年半之久。正是得益于海岛上科研试验取得的突破性进展，她圆满完成了博士学位论文写作，其自主创新成果对于提高我军雷达信息化水平和部队战斗力具有重要作用。

　　1995 年 7 月，18 岁的张静以优异成绩考入国防科技大学。1996 年 10 月，光荣地成了一名中共党员。一贯好学上进的张静，给自己定下了"重视宽博，突出精深"的学习原则，她在学好本专业课程的同时，广泛涉猎诸如信息安全、生物信息、系统工程等相关领域知识，而方法论、心理学和文学等那些看似与专业关系不大的学科方面的书籍，她也"啃"了不少。

　　张静学习勤奋，但不是两耳不闻窗外事的"书呆子"。她爱好广泛，喜欢运动、旅游、读书、写作、演讲，乒乓球、游泳、跆拳道样样都行。对学校组织的各种学术活动，她总是积极参与，以此开阔视野。她还是一位出色的班干部和支部委员，工作干得有声有色。张静说："一名军校学员，仅仅精通专业还远远不够，必须全面发展，提高综合素质，培养多方面能力。"对知识的广泛涉猎和注重全面素质培养，为她后来从事雷达目标识别这一复杂系统工程的研制攻关打下了坚实基础。2001 年 4 月，硕士还未毕业的张静，凭着全面过硬的综合素质和年级总分第一名的优异成绩获准提前攻读博士学位。

"数据融合与雷达目标识别"是张静攻读硕士和博士学位时的研究方向。这是一个极富挑战性的研究领域，而雷达目标识别技术更是公认的世界性难题。迄今为止，西方发达国家也没有研制出具有稳定识别性能、面向实战环境的雷达目标识别系统。

2000年10月，张静第一次到某海岛雷达观通站进行调研。尽管时间不长，但对她触动很大。她在日记中写道："当我亲眼看见了我军雷达装备现状时，一种责任感和紧迫感便油然而生。我再也不能当书斋里的学者了！"

雷达目标识别是一项基于理论而完成于实际的工程技术。由于机理复杂，且受多种不确定因素影响，如果仅在实验室进行模拟和仿真，很难获得准确的数据和可靠的结果。

2002年9月，张静与课题组带着5台电脑、两箱书等共计400多千克的行李，抵达某海岛雷达观通站，开始了紧张的研制工作。

这里条件艰苦，生活单调，岛上50多名官兵，张静是唯一的女性，但她没有被困难吓倒。白天，她到山上采集雷达目标回波数据，晚上回到宿舍加班加点设计算法、编写程序、构建系统、进行综合测试。有时还要乘冲锋舟、登陆艇、直升机出海进行观测试验……这一干就是整整10个月，她和岛上官兵一起度过了国庆、元旦、"五一"等节假日。

2003年暑假，张静回到学校，她花一个月的时间整理完了有关研究试验资料。8月16日，顶着炎炎酷暑，张静与同事又马不停蹄赶赴另一个边防海岛，继续开展科研攻关，一待又是整整8个月。经过她与课题组奋力拼搏，一套针对海上目标的雷达目标自动识别设备终于研制成功，并很快在部队装备使用。

2004年11月7日，是张静期盼已久并值得铭记的日子。这天，她作为主要成员承担的"通用型对海监视雷达目标识别与综合显控系统"在北京通过鉴定。由徐冠华院士担任主任委员的鉴定委员会认为："该系统在低分辨对海监视雷达目标识别领域处于国际领先地位"，取得了5项关键技术自主创新成果。它的研制成功与应用，开创了我国雷达目标识别系统研究与应用的新局面。

与此同时，她的博士学位论文《柔性雷达目标识别技术研究与实现》也全票通过答辩，并获得专家的极高评价。

是什么力量使张静自觉置身艰苦环境攻难克险？高层次人才如何为强军做贡献？张静用实际行动做出了响亮回答。如今，张静已经毕业多年，成为部队的一名科技专家，但"女博士三年六上海岛攻难关"的事迹至今仍在流传。

实验室里的行军床

实验室是进行科研实验的场所，在人们印象中，房间里满是仪器、仪表和电脑等设备，科研人员穿着白色或蓝色工作服，精心地进行各种测试、调试和计算，给人一种"高大上"的感觉。

国防科技大学卫星导航定位技术工程研究中心的一间间实验室，与人们印象中的实验室并无二致，只是多了一张行军床，且成了实验室的"标配"。

顾名思义，行军床是行军打仗用的，从事卫星导航定位技术攻关，为什么还要行军床呢？中心领导说，因为科研任务繁重，许多同志常常加班到深夜，有时甚至通宵达旦，没有行军床怎么行呢？原来，这些行军床是为科研人员晚上加班而添置的。

攻关就像打仗，像打仗一样攻关，这是团队自主创新的一种常态。这个伴随着"北斗"事业成长壮大的团队，经过20多年的创新发展，如今已成为"北斗"卫星导航定位系统总体设计、关键技术攻关和工程建设的主要依托单位之一，也是国内唯一同时承担系统核心体制、卫星关键载荷、运控主体、测试设备研制任务的单位。10多年来，该团队先后研制成功了地面关键设备、手持用户机，攻克了系统高精度指标、抗干扰能力等多项技术难题。

为了确保"北斗"卫星导航系统形成覆盖亚太地区的服务能力，他们承担研制的1500多台套设备，任务量占地面系统自研设备的60%以上。既开展核心技术攻关，又研制系统装备，提供系统保障服务，成为团队的一大特色。随着"北斗二号"卫星导航系统正式开通，用户机的需求不断增加，他们承担了军用用户机某核心部件95%的生产任务，为此他们建成了一条生产线，使产量比以前翻一番。他们攻克的卫星抗干扰技术难题，使"北斗二号"导航系统在复杂电磁环境下可靠运行，成为"北斗二号"工程建设自主创新的典范。

使用过"北斗二号"卫星导航系统的人都知道，这个系统的一个最大特点，就是能把导航与通信紧密结合起来，其短报文功能使用户之间能够以类似短信的方式进行交流，同时解决"我在哪"和"你在哪"的问题。你可知道，这一优于世界其他导航系统的性能，就凝结着这个团队的智慧与心血。

2012年12月，我国"北斗二号"卫星导航系统正式服务亚太地区，中共中央、国务院、中央军委向包括国防科技大学在内的7家单位致电祝贺、进行嘉奖。令人没有想到的是，接到贺电，他们把喜悦藏在心中，没开庆功会，不摆庆功宴，而是把贺电当成再次出征的号角，仍一如既往地攻关不止，全身心地投入到"北斗"导航系统形成全球覆盖能力的核心技术攻关中。团队成员说："必须大力弘扬'自主创新、团结协作、攻坚克难、追求卓越'的北斗精神，以只争朝夕的精神攻关新的技术难题，努力抢占新的科技制高点。"

2015年3月30日，我国"北斗"卫星导航全球系统首颗试验卫星在西昌卫星发射中心发射成功。作为"北斗"全球系统关键技术攻关的核心主力和导航技术专家组组长单位，团队在"北斗"全球系统体制设计、军用信号设计及实现、星上载荷研制、地面运控以及测试评估设备开发等领域承担了30余项关键技术攻关和大量核心装备研制任务。科研人员发扬敢打硬仗、敢啃"硬骨头"的精神，瞄准国际前沿大胆创新，又取得了一系列关键技术新突破，为卫星的高精度测量、抗强干扰、抗空间单粒子等技术实现与性能提升，做出了突出贡献，为"北斗"全球系统试验星工程建设提供了强有力的技术支持。

在轨测试表明，这个团队研制的卫星载荷，其干扰抑制能力在原来基础上提高了100倍，调制技术实现了从模拟调制到数字调制的跨越，导航信号质量明显提升。他们研制的试验注入站系统采用了数字光纤技术，信号时延稳定性比第一代系统提高了两倍，时频信号远距离传输能力提高了60多倍。此外，团队完成的地面监测接收机和卫星有效载荷集成测试与评估系统，均在"北斗"全球系统首颗试验卫星工程中获得成功应用。一系列的技术突破，极大提高了导航系统在复杂电磁环境下的稳定运行和高精度测量性能，为"北斗"卫星导航系统早日形成全球覆盖能力做出了突出贡献，成了"北斗"卫星导航工程领域一支响当当的"国家队"。

用实力说话

2004 年，35 岁晋升为教授的老松杨，被选派到某西方国家做高级访问学者，要远渡重洋到西方世界去开开眼界了。

有机会到世界知名大学的一流实验室去，与同行学习交流，老松杨兴致盎然，信心满满。

然而，让他没有想到的是，第一次与实验室主任艾伦教授见面，就被"浇了一盆冷水"，心灵的激荡不亚于发生了一场风暴。

"你在中国从事哪个方面的研究？"

"和教授您一样。"

"你们也搞这项技术？"对方眯起了眼睛。

"是的，做得还行，已取得了一些成果。"

"你先去和我的学生谈吧！"

对方打断了他的话，初次交谈就此结束。一问一答，三言两语，不到 5 分钟。

分明是瞧不起人嘛，咱也是堂堂大学教授啊！作为高级访问学者，到这里不仅是学习，更重要的是开展合作研究，咱们是平等的呀。可对方却不管这么多，谁知道你是骡子还是马？

艾伦教授的傲慢与偏见，其实也是有其道理的。因为他是这一领域大名鼎鼎的国际权威和一方"霸主"。再者，他没到过中国，没有接触过中国学者，没有招收过中国学生，自然不了解中国的情况。

老松杨想：我老大远跑来，至少也应该听听我的情况呀，况且自己研究也差不到哪里去，只是过去参与国际交流少，别人不甚了解罢了。

此时，老松杨十分清楚：自己初来乍到，说什么都没用，要做给别人看。他有这种底气和自信。

过了一段时间，大概是艾伦教授的学生告诉他：这位从中国来的教授，专业理论深厚，学术视野宽广，对研究也有自己的独特见解，艾伦教授才又关注起老松杨来。之后，他听取了学生们让老松杨做一次学术报告的建议，决定让老松杨讲一讲他对课题研究的思路与想法。

老松杨一听，有戏！是骡子是马，咱去遛遛人家不就知道了吗？报告会那天，老松杨西装革履，自信地走上讲台，打开精心准备的课件，将自己的研究思路、见解和设想和盘托出，娓娓道来。

艾伦教授和实验室的人员坐在台下仔细地听，老松杨讲完后，大家又盯着他提问，开展讨论交流。艾伦教授虽没说话，但从表情可以看出，他对这次报告还是满意的。

这不，报告会结束后，艾伦教授将老松杨叫到了自己的办公室。仰坐在沙发上的艾伦教授，向老松杨提了几个问题后，请他谈谈想法，表情仍是一脸严肃。听着听着，艾伦教授无意识地坐直了身子，接着，身体微微前倾，眼睛一眨不眨地注视着对方。待老松杨说完，艾伦教授站了起来，对老松杨说："嗯，不错，我想让你做得更多，你愿意吗？"

"我还可以做得更好！"这句话，老松杨没有说出来，学校选派自己到国外访学，不就是要利用这里良好的学术环境和实验条件，做出更好的成果吗？

打那以后，艾伦教授与老松杨的交流多了起来，时间似乎也不受限制。为了方便老松杨开展研究，实验室全天候向他开放使用，还安排学生给老松杨当助手。

课题研究渐入佳境，老松杨更是铆足了劲儿，夜以继日地进行研究和实验，不到半年，老松杨完成了《一种基于基本语义Petri网的足球视频查询描述模型》的研究报告。

"这么快，能做出什么高质量的研究来？"正在外地度假的艾伦教授将信将疑。他让老松杨把研究报告寄给他，他要看结果。

几天后，艾伦教授回来了。见了老松杨，先是张开双臂，然后来了一个大大的拥抱。说："你真行！这个研究很有意义，很有价值。"他建议老松杨将研究报告写成论文，投给年底在美国召开的一个顶尖国际学术会议。

老松杨趁热打铁，迅速完成了论文写作任务。艾伦教授仔细看过后又皱起了眉头。老松杨以为他发现了什么大问题，心里像是十五个吊桶打水——七上八下。

最后，艾伦教授说话了：好的论文一定要有好的表达，你英语论文写作还欠火候哟。

这话真说到点子上了，中国人的语言逻辑思维习惯不同，用英语写作大多存在这个问题，老松杨也不例外。好在，艾伦教授充分理解到这一点，他和蔼地对老松杨说："下面的工作就交给我吧，你应该去欣赏一下这个城市的美景了。"他知道，这位中国教授自从来到实验室工作后，很少外出。

转眼到了年底，美国方面发来了论文录用通知，并安排老松杨在大会上宣读论文。艾伦教授听到消息后，高兴得像个小孩似的对老松杨说："你知道吗？这个会议论文录用率只有9%，能在会上做报告就更少，你抓紧准备去美国吧。"

"可我，要回国了。"艾伦教授一听，有些急了："这是多么难得的机会，我们的合作也非常好，我希望你能留下来，继续扩大我们的研究成果。"

"访学期满，我没有理由不回去为国家效力，但我们的合作可以继续。"老松杨谢绝了艾伦教授的好意，如期回到了祖国。艾伦教授只好带着几分遗憾，以第二作者的身份参加了这次学术会议，代表他的中国合作伙伴在会上宣读论文。

异邦采花，中华酿蜜。老松杨回国后，立即将自己的研究向军事指挥领域拓展。通过对世界军事大国指挥控制技术应用的研究，他将"未来指挥所技术"确定为自己的研究方向，以此推进我军指挥控制技术的进步与变革。不久，老松杨牵头承担了"智能交互协作指控平台"的研究课题。

攻关几多难。在解决如何改变指挥与协作的人机交互模式时，老松杨遇到了技术瓶颈。当他百思不得其解时，他突然记起留学时听人说过国外有个触摸桌技术，也许能提供帮助。

于是，老松杨没想太多就向对方发出了咨询邮件，希望能进行技术交流，为课题研究提供参考。

邮件发出去了，不见回音。再发，仍然杳无音讯。

在国外学习时，老松杨很赞赏他们有什么事都喜欢用邮件沟通的习惯，省时省力，方便快捷。可这次却如泥牛入海，真是奇了怪了。

老松杨让一位留学时的同事帮助打听，这次邮件倒是很快回复了：你是想了解那个"触摸桌"啊！不好意思，人家明确对华禁售！

老松杨一听很生气：不就是一个触摸桌吗，有什么了不起。

看来，老松杨想得太简单了。不要以为别人小家子气，在高技术领域，西方国家何曾向我国敞开过。

"封锁吧，封锁七年八年，中国什么问题都解决了！"建国初期，面对西方国家对我实施的封锁与禁运，毛泽东以前所未有的胆识和气魄，告诉世人，已经站起来的中国人，是谁也封锁不了的。在建国初期一穷二白的基础上，中国不是靠自力更生搞出了"两弹一星"吗？

技术你可以封锁，但中国人的创新智慧你是封锁不了的！老松杨想：我们中国人脑子并不比别人笨，一个触摸桌就能难住咱吗？

西方国家的"禁售"伎俩，更加激起了老松杨自主创新的热情，军人的"血性"在攻关中激情迸发。仅仅半年之后，老松杨率领团队一举突破触摸桌技术，很快研制出"智能交互协作指控平台"，成本仅为美军的三分之一。

"求人不如求己。"老松杨说，创新就是敢于啃那些买不来、引不进的"硬骨头"，走自己的路，依靠自主创新掌握属于自己的核心关键技术。

"智能交互协作指控平台"研制成功，为我军作战指挥提供了新的利器，这种基于信息系统的指挥控制，实现了我军指挥手段的变革。

2007年，在中国军事博物馆举办的"我们的队伍向太阳——新中国成立以来国防和军队建设成就展"，该成果在显著位置展出，军委领导参观该展览时，曾兴致勃勃地走近"智能交互协作指控平台"，亲自体验这一新的指挥控制手段。后来，该成果又在新中国成立60周年和纪念香港回归纪念活动中展出。

这一研究成果多次公开展出，体现了我们军队的自信。老松杨想知道，实施"对华禁售"的西方国家，此时不知有何感想。

还记得前面提到的艾伦教授吗？如今，他所在的实验室与老松杨所在学院已建立良好的人才培养与科学研究合作机制，老松杨现在指导的研究生，已有 2 人送到对方大学攻读博士学位，4 人联合培养。

"建设世界一流军队，必须拓展学员的国际视野，培养他们的世界眼光。"老松杨将眼光投向了世界，更投向了军队的未来。

走自主创新之路

"正交互连元件传输损耗大，阻抗不连续，不可能满足系统设计要求。"

"10 万亿比特级 IB 交换机设计非常困难，你们想要完成，没有我们的技术支持不可能成功。"

"如果坚持正交互连，将无法给予正确的技术支持，必将以失败告终。"

2008 年，国防科技大学网络技术创新团队，决定采用超出国际设计规范的正交互连的技术方案，研制 10 万亿比特级高性能 IB 交换系统，当他们向美国芯片制造方发出邮件，询问技术可行性时，对方一连回复了上述 3 封邮件，明确表示反对，话语中充满了偏见和傲慢。

的确，10 万亿比特级高性能 IB 交换机系统的研制技术难度相当大。当时，国内没有人做过，国际上只有美国人于 2007 年做出了工程样机。

正交互连的技术方案，到底行不行得通呢？国外同行言之凿凿，预言将以失败告终，团队成员也议论纷纷，莫衷一是。

"外国人说不行，难道就真不行吗？"团队的高级工程师崔向东认为，正交互连的技术方案，系统结构简洁、设计和制造成本低，可缩短研制周期，应该是一个技术突破口，虽然外国人说不行，国内没有人做过，但创新的关键就是要不迷信权威，于无路处闯新路，才能把核心关键技术掌握在自己手中。

于是，一场勇闯新路的攻关战斗打响了。

为了验证国外同行的推论，课题组吕高峰博士一马当先，开始进行仿真和试验。经过两个多月夜以继日的辛勤工作，他发现，在正交互连的结构下，按照美国人的设计规范，确实不能保证 10 万亿比特级 IB 交换机信号的传输质量。

攻关战斗刚刚打响，就遭遇挫折，给了团队成员"当头一棒"。这时，摆在他们面前的道路有两条：一是直接引进美国的产品；二是绕开美国的技术路线，依靠自主创新突破这一技术瓶颈。

第一条路，虽然可以获得先进技术支持，但很难掌握属于自己的核心技术，今后将受制于人。第二条路，坚持自己的设计方案，国际上没有先例，风险很大，结局无法预料。

"难道外国说不行，我们就走不出路？"此时，团队成员很快统一了思想，坚持自主创新。他们认准一个理：世界上没有翻不过的高山、淌不过的河流。外国人说不行，我们偏不信这个邪，让他们瞧瞧中国人的创新智慧。

在无法获得技术支持的情况下，团队成员铆足了劲，继续进行着没日没夜的攻关，他们深入研究信号完整性方面的相关理论原理，反复分析了美国人的设计规范，努力寻求正交互连技术方案的突破口。

功夫不负有心人。经过奋力攻关，他们终于找到了问题的关键。原来导致信号传输损耗大、传输阻抗不连续的主要原因，竟然出在了一个叫作"矩形反焊盘"的器件上。

找到了问题的关键所在，攻关便势如破竹。团队成员打破常规设计理念，创造性地发明了"跑道式"和"哑铃式"的反焊盘，通过3个多月的反复迭代仿真，最终掌握拥有自主知识产权的设计规范。团队仅用10个月时间就研制成功了10万亿比特级 IB 交换机系统，实测技术指标完全达到或超过同类产品，而成本只是同类同规模产品市场售价的31%。

2009 年 7 月，在长沙召开的一次国际学术会议上，美国同行得知国防科技大学依靠自主创新，研制成功 10 万亿比特级高性能 IB 交换机系统时，连说了两个"没有想到"——没有想到如此完美地解决了高速信号系统传输等诸多关键技术问题；没有想到中国同行可以用这么短的时间就完成了一套稳定可靠的系统。

当然，在赞赏的同时，国外同行也没有忘记就当时的技术武断表示歉意。

2010 年 11 月，10 万亿比特级高性能 IB 交换机系统通过技术鉴定，成功应用于"天河一号"超级计算机系统的高速数据交换。

回顾这一创新之路，团队的崔高工说："创新就是要敢于'啃'那些引不进、买不来的'硬骨头'，把核心关键技术掌握在自己手中，只有这样，才能赢得外国同行的尊重和赞赏。"

没想到你对作战研究如此深刻

"你们是搞技术的，还懂得作战计划系统吗？"

几年前，国防科技大学系统工程学院刘忠教授得知某部门准备研发某作战计划系统时，便主动找上门去，拿出一套研发思路和系统框架，请求承担攻关任务。

对方一听是国防科技大学的专家，不禁心存疑虑：要说科技创新，那是国防科技大学的强项，搞作战计划系统研究，未必能行？

既然人家主动请缨为部队服务，还是先听听他们的设想再说吧。

走进会议室，只见刘忠沉着地打开电脑，对着投影屏幕便滔滔不绝地讲了起来。从军事战略、体系对抗，到作战筹划、行动规划，再到作战资源分配、目标体系分析等，从头到尾讲的都是军语、行话，显示出深厚功底，大家听着听着就入神了。

刘忠汇报完毕，这位领导起身走过来，握着他的手说："太好了，没想到你们对军种作战研究如此深刻，你既是技术专家，也是军事行家等。"

其实，那位领导的疑虑不无道理。国防科技大学是一所工程技术院校，刘忠也是学计算机软件的，与研究作战计划系统关系并不密切。

20世纪90年代，海湾战争和科索沃战争相继打响。许多人看到的是高技术武器装备威力，刘忠却惊叹美军指挥自动化系统的作战效能。他意识到，现代战争，信息化武器装备和指挥控制信息化缺一不可，二者有机结合才能实现作战效能的最大化。于是，学计算机软件专业的刘忠，决定用其所学，推动计算机技术与军事应用的结合，为打赢锻造现代"中军帐"，随即报考了指挥信息系统专业方向的博士生。

指挥控制被誉为现代战争的"大脑"，而我军在这方面研究刚刚起步。此时，刘忠的导师、我国著名军事运筹学专家、数理战术学奠基人沙基昌教授正着手开展我军指挥控制领域的研究工作。刘忠的加入，让沙教授喜出望外，提出先做一个前期概念演示系统，让刘忠担任课题组长。他将计算机技术、军事运筹学理论融入系统设计与构建，出色完成了这项开创性任务。

不久，某部准备研制电子对抗作战方案评估系统，请该校给予技术支持。刘忠深入部队和作战机关了解军事需求和作战应用，围绕复杂电磁环境下指挥控制、体系破击、作战计划、资源分配、效果评估等问题，进行系统设计与研制，圆满完成了研制任务并在部队成功应用，创新了指挥控制技术应用新模式。

从技术专家到军事行家的华丽转身，刘忠不知付出了多少心血，度过了多少不眠之夜。他常说："推动技术与军事的结合，不懂军事，不深入研究军兵种作战，如同缘木求鱼。"在刘忠办公室里，有关联合作战指挥、军兵种作战指挥、条令条例、战术计算等书籍，塞满了整整两个书柜。他的同事张勇说："刘忠对军事问题的学习研究，可以说是深研细悟，如痴如醉。"

作战计划系统技术的研究与应用，就是刘忠与团队深入研究信息化战争特点规律时，取得的一项创新成果。

新世纪之初，刘忠深刻感到，智能化的指挥控制将成为信息化战争的主要特征，打赢信息化战争，必须有智能化作战计划系统。经过多年攻关，刘忠带领团队创新地提出了人机一体、察打一体的联合作战计划理论体系，研制出一种作战计划语义模型，首次建立起行动计划的语义描述规范和交换格式，动态向量作战任务规划算法，主持撰写出《作战计划系统技术》等系列专著，研发出多套用于作战计划拟制与评估的软件工具。

有了金刚钻，能揽瓷器活。当某部门计划研发某作战计划系统时，刘忠以其深入的研究和技术积累，"非我莫属"地承担起研制任务。

经过几年顽强攻关，刘忠率领团队实现一系列开创性突破，使作战计划制定摆脱传统手工作业方式，实现基于网上作业的协同计划智能化生成，并能根据战场动态性和不确定性适时调整，有效提升了复杂战场环境下各级指挥人员快速决策、精确计划能力，一举将该作战计划拟制生成速度提升几十倍，并在重大任务中得到了实战化检验。

"刘老师，你真行啊！"自从第一次见面后，那位领导总是亲切地称刘忠为"刘老师"。

谋打赢只争朝夕。指挥控制、任务规划、决策分析、体系对抗……这些年，刘忠和团队围绕军事需求不断进行理论探索与技术创新，承担了一大批作战指挥控制课题，他像一个上紧了发条的时钟，一刻不停地拼搏在攻关战场。

对于承担的课题，刘忠敢立军令状，也敢于较真。2012年夏天，某部一位领导来学校进行调研，想研究某作战指挥控制系统。刘忠介绍了团队在这方面的研究情况后，当即表态："这个项目，你给我们做，我现在就立军令状。"他认为这个项目直接关系打赢，就应该立即研究，尽早完成，为提高部队战斗力服务。

"很好！打仗就要有你们这种敢抢、敢拼的劲头，你来做这个项目，我们心里很踏实。"这位部队领导十分感慨地说。

在时间紧、任务重的情况下，刘忠带领团队立即着手研究，专项技术攻关、综合集成实验、目标体系分析、作战指挥控制等问题研究，齐头并进，凭着一股强烈的使命感、紧迫感，用3年时间完成了前期论证和系统初步建设。

在关系打赢的事上，刘忠敢于较真。那是2009年，他受邀担任某部队的作战方案推演组技术专家。按照预先想定，最后的结局是"红方胜蓝方败"。

"战场上情况瞬息万变，打仗怎会按你的预案一成不变？真的到了战场上吃败仗就是'红方'了。"刘忠在现场"放了一炮"，坦率提出计划推演中存在的问题。

"那你能帮我们解决存在的问题吗？不过，部队没有项目经费呀。"

有利于战斗力建设的事，刘忠总是拼尽全力去做。他二话没说，就带领团队运用人工智能与军事运筹学理论，通过对不同战场态势、作战特点各种作战方案制定和探索性模拟实验，找到了改变战争力量对比的阈值，研制出一套对抗模拟系统，预案动态适时调整，胜负也不再是一厢情愿了。部队领导说，刘教授给我们送来了一块过硬的"磨刀石"！

孤山寒风腊梅放，剑弩争锋撼苍穹。此后10年多间，刘忠先后参与完成了军委机关、海军、空军、火箭军等信息化指挥控制系统研究和建设，构建的指挥控制组织体系模型，在多个指挥控制系统得到应用。主持完成的多个项目获国家和军队科技成果奖，有力推动了作战指挥控制手段的变革，为提升部队战斗力做出了重要贡献。

让刘忠难以忘怀的是，2013年11月5日，习主席视察学校时，亲自听取他承担的某重点项目汇报，勉励他高质量把任务完成好，为强军兴军做出更大贡献。

领袖的勉励与期待，给了刘忠巨大鼓舞和鞭策，他率领团队又开始打响新的攻关战斗。

科研打擂

"这个项目你们如果拿不下来，就把国防科技大学的牌子给砸了。"

"如果我们拿下来了呢？"

"那就把没完成任务的那两家单位给得罪了。"

真是干也难，不干也难。两头为难的事，干还是不干呢？

"我们当然要干，这是国家"863"重大专项，总不能眼瞧着'卡壳'了，站在一旁看吧。"事情过去10多年，吴峻研究员回忆起来，还是这句话。

让我们把时光拉回到2006年。彼时，国家"863"高速磁浮交通技术国产化创新研究重大专项，经过上海磁浮交通发展有限公司、国防科技大学等单位历时4年奋力攻关，准备结题验收。

验收之前，必须在上海1.5千米高速磁浮试验线上对各系统进行测试和联调联试，"是骡子是马，拉出来遛一遛"。

眼看大系统闭合联调验收日期一天天临近，承担测速定位系统技术攻关的两家单位，却未能按时完成攻关任务。"溜"不成了，国家"863"重大项目结题验收要"卡壳"了。

这可把主管部门急坏了。怎么办呢？看来这两家单位是很难在短时间内完成任务，要不怎么4年也没拿下来呢。项目专家组组长、上海磁浮总经理吴祥明提出，把这项攻关任务交给国防科技大学来完成。他的理由是，国防科技大学从事磁浮技术研究几十年，技术实力雄厚；军队科技工作者善于打硬仗，突击能力强；再者，常文森教授是专家组副组长，也是团队的领军人物，有号召力。

面对结题验收受阻，作为专家组副组长的常文森教授也着急。尽管希望自己的团队拿下这个难题，但他麾下的几员干将——吴峻、李云钢、佘龙华等刚刚完成高速磁浮悬浮导向及涡流制动系统的攻关任务，现在又要他们承担这个"火烧眉毛"的攻关任务，又有些于心不忍。

虽然这几名年轻人一向敢于打硬仗、攻难题，但这一次情况不同，于是就出现了开头这样一个"两难"境地：拿不下来，砸自己的牌子；拿下来，让那两家单位面子往哪搁，得罪同行呀。

其实，这"两难"还不是最难的。最难的是，这项任务技术难度大，要不怎么人家4年也没拿下来呢，且时间只有4个月了。

但是，不干，国家重大专项不能按时完成，这么多人在等着，匹夫有责呀！吴峻、李云钢与常教授和几位同事商量后，毫不犹豫地站出来："我们干，争取按时完成任务！"他不敢把话说得太死，说"争取"却不讲"保证"，在科研攻关中，吴峻第一次玩了次"文字游戏"，毕竟任务压头啊！

话虽说得灵活，但是活干起来必须绝不含糊。开弓没有回头箭，军人生来就为战胜。在接下来的日子里，吴峻带领课题小组一头钻进了项目研究中，不分白天黑夜地干，也没有节假日，甚至把吃饭和睡觉的时间都用上了。为了赶进度抢时间，系统测试与联调多数都必须在试验线现场，在其他众多参与单位的众目睽睽下开展进行，稍有失误与攻关失败，就可能随时被传播和放大，特别是国家科技部对此项目十分重视，徐冠华部长不久要来现场考察。压力之下，吴峻与李云钢两员干将，带领李璐、周文武、刘恒坤、程虎、罗宏浩、孙玉绘、张晓等课题组成员，决心背水一战。他们冒着冬季的严寒连续奋战，忘我工作，不敢有丝毫懈怠。

4个月没日没夜地攻关，他们到底经历了哪些坎坷和挫折，连自己也"记不清了"，留给大家的只有一张漂亮的答卷：历经夜以继日地顽强拼搏，测速定位系统一举攻克，位置、速度、相位信号等各种功能完美地实现，系统定位精度达到2毫米以下。

任务如期完成，既没砸自己的牌子，也没有得罪同行，皆大欢喜，赢得一片称赞。

"别人几年都搞不定的事，你们4个月就搞成了，到底是当兵的，战斗力超强啊！"项目通过验收的那天，专家组和在场的人都向吴峻他们竖起大拇指。

在高速磁浮列车技术国产化攻关中，这样的故事，吴峻和他的同伴还干过一次。那是 2005 年，他们这个课题小组在国家"863"高速磁浮国产化与创新研究一期工程中，承担了悬浮导向及涡流制动系统的电磁铁和传感器的研制任务。项目进行过程中，项目主管单位将他们的传感器，与另一家单位研制的传感器，同时拿到德国测试设备上进行"PK"，看看谁的性能好，有比较才有鉴别嘛，这是项目研制中的常事。面对挑战，吴峻、周文武、李璐等不辱使命，经过多次"打擂"测试，他们研制的传感器性能出色，顺利通过德国测试设备的性能测试，并与德国悬浮控制器配合通过了地面悬浮系统的测试，而另一家的传感器表现不够出色，被比对了下去。

关键时刻冲得上、拿得下、打得赢！吴峻、李云钢、佘龙华在上海磁浮公司被人誉为"国防科大磁浮三剑客"。其实，作为"三剑客"之一的吴峻读博士时，研究方向并不是磁浮交通技术，他学的是电动汽车和机械电子工程，曾参与研制出湖南省第一台交流驱动纯电动汽车。2000 年博士毕业后，吴峻才加入到磁浮交通技术创新团队，曾担任常文森教授的助理，这使得他有更多的机会与这个磁浮界泰斗级人物交流，得到更多指导和教诲，特别是从常教授身上学习到了"思路清晰、决断迅速、敢于迎接挑战"的优秀科研素质，受益终身。

投身磁浮交通事业，吴峻先后参与承担直线电机设计与控制、悬浮传感器及其自动检测系统、磁浮轨道自动检测、电磁仿真与控制等方面的研究，凭着扎实的理论功底和顽强拼搏的韧劲，逐渐在磁浮列车技术研究上崭露头角。先后主持或负责国防预研基金、国家"863"、国家科技支撑计划、国家重大专项及各类预研基金等项目15项，获授权国家发明专利25项，其中第一发明人15项，第一作者发表论文20篇，EI、SCI收录15篇，荣立三等功1次。

多年来，吴峻在参与长沙磁浮快线、北京 S1 线工程建设的同时，瞄准军事应用需求，将磁浮技术向军事领域拓展，积极开展电磁悬浮与电磁发射技术研究，研制完成无人机高功率密度电磁弹射系统，展现出良好的军事应用前景。

与量子"纠缠"

在奥秘无穷的科技领域，量子无疑是近百年来最耀眼的明星之一。量子通信、量子计算、量子成像、量子精密测量……2016年，我国成功发射了世界首颗量子卫星，中国量子研究领域引来世界前所未有的关注目光。

放眼我们日常生活的每一个角落，从半导体到核能，从激光到电子显微镜，从集成电路到分子生物学，量子论无疑成为有史以来在实用中最成功的物理理论。此外，量子力学还积极地促进了生物学、数学、信息科学、化学、核物理学甚至心理学、哲学的发展。

检索近百年的诺贝尔物理学奖获得者名单，他们多半都和量子力学研究有关。以相对论闻名于世的爱因斯坦获得诺贝尔奖，不是因为相对论，而是因为他在1905年提出光量子概念，并解释了光电效应。

在奇妙的量子世界里，有一个十分奇特的现象：两个粒子即使相距再遥远，对一个粒子的测量会瞬间影响另一个粒子的状态。这就是被爱因斯坦称为"鬼魅般的超距作用"的"量子纠缠"，这种纠缠使得这两个粒子高度关联，当用纠缠的光子作为光源实现成像时，成像的分辨率和抗干扰性大为增强。

20世纪以来，无数物理学家都被"量子纠缠"的神奇魅力所倾倒，同时，也为它感到困惑。其实，为量子感到困惑，是十分正常的，因为它实在是太令人困惑了。量子论的奠基人之一玻尔就曾感慨地说："如果谁不为量子论感到困惑，那他就没有理解量子论。"

国防科技大学文理学院量子信息教研室主任刘伟涛，是学校量子成像方向学术带头人，这位青年博士在被量子困惑的同时，却始终与量子"纠缠"。因为，他不想总是被有着神奇魅力的量子所困惑，更重要的是，美国研究人员通过光子的量子特征研制出可探测隐身飞机的技术；英国正在研究的一项潜艇量子通信技术，或将彻底改变目前潜艇的通信方式；加拿大的 D-Wave

公司声称能生产解决特殊难题的量子计算机……

刘伟涛爱上量子，恋上"纠缠"，还得从 2002 年考上硕士研究生时说起。当时，他的研究方向面临两个选择：一个是研究基础好、学术家底丰厚的粒子物理方向；一个是刚刚起步、前途未卜的量子信息实验研究。刘伟涛毅然选择了后者，尽管量子信息实验研究还是白纸一张，面临着不可预测的挑战，但他生性喜欢挑战，一心想探寻量子的奥秘。

量子神秘莫测，想说爱你可不容易。刚进团队，刘伟涛就面临一场硬仗：协助搭建量子通信实验平台，一切从零起步。作为团队"新人"，刘伟涛跟着老师和同学，去向我国知名的量子信息专家求教取经，一次次联系设备公司咨询各种仪器的性能参数，一步步跟着请进的国外专家推敲实验细节步骤，数不清多少次推倒重来，跌倒，爬起来，再实验，反复排查实验中的问题。历经 3 个多月鏖战，他们终于开创性地建成了量子通信实验平台，掌握了实验的基本方法，并获得了满意的实验结果，走出了量子信息实验的第一步。

此后，刘伟涛全身心投入研究中，除了吃饭、睡觉，他将整个身心都扑在了不足十平米的实验台上，以致后来，即使闭着眼睛，他一抬胳膊，就能一一找准实验台上的十几个镜架，对每个镜架螺丝做出精准调试。

倾情付出终于开始赢得量子"女神"的"青睐"。攻读博士期间，刘伟涛先后在实验室中成功制备出高纯度光子纠缠态，在国际上首次实现了单光子任意偏振态的确定性远程制备，一举将国际上光子纠缠远程态制备实验的成功率从 50% 提高到 100%，为分布式量子计算、量子保密数字签名等量子实验研究的重要方向突破了一个关键瓶颈。实验结果在《美国物理评论 A》等国际物理学权威期刊发表后，立即引起了国外同行的高度关注。

凭借在光子纠缠领域的丰富创新成果，2009 年，刘伟涛的博士毕业论文获全国优秀博士学位论文提名。

博士留校任教后，刘伟涛再次做出惊人之举：将攻关方向转为难度极大、风险极高的量子成像领域。有人劝他："还是继续搞光子纠缠研究吧，这个方向已取得可喜进展，今后再出成果也容易，而量子成像很难短时间获得突破。"

刘伟涛不以为然，他认为：与光量子"纠缠"，在现有条件下很难再获得突破和创新，我们搞研究不能为了发论文，量子成像技术能有效提高分辨率和抗干扰性，在遥感、侦察、目标探测等军事领域有广泛应用前景，应该将研究方向转向实用性强的量子成像领域。

这意味着，刘伟涛要暂时放下已做出成果的光子纠缠研究，又一次从零开始，开展难度更大的量子成像实验研究。因为，量子态极十分脆弱，多量子、位量子态的层析实验，是一个国际性难题，甚至有人认为现阶段是不可能完成的实验。

在喜欢挑战的刘伟涛看来，创新，必须坚持高起点，于无路处闯新路，做别人没做过、不敢做的事。

在量子成像领域，刘伟涛打响了一场新的攻关战斗。为了突破这个难题，他苦苦思索，连走路、睡觉都在思考，困难没有阻挡住他们的创新思维。经过一年多的探索，他大胆突破学科局限，通过采用压缩采样的数学方法，开展量子态层析实验。这一另辟蹊径的创新，使他逐步一点点地揭开了量子成像实验的神秘面纱，以稀少数据刻画出了完整态函数的飞跃，向成功迈出了一大步，实验结果发表在物理学国际顶尖期刊《物理评论快报》上，获得国际同行的认可。

为进一步拓宽交叉创新视野，2014 年，刘伟涛赴美国罗切斯特大学做访问学者。这所大学的合作伙伴是 John Howell 教授，他十分欣赏刘伟涛在量子成像领域取得的成果，一见面就热情邀请刘伟涛加入他的研究小组，合作开展量子成像研究。应该说，中国学者到了国外知名大学，能得到外方教授的欣赏和认可，十分难得。但刘伟涛却婉拒了他的好意，决定选择从未接触过的弱测量研究方向。刘伟涛有自己的想法：弱测量研究与量子成像在某些方面有相通之处，如果将两者结合起来交叉研究，很有可能打开一个新的技术途径，为提升量子成像质量提供新思路。

John Howell 教授听了刘伟涛的想法，也非常赞赏这个年轻学者的创新思维。这样，刘伟涛在弱测量研究与量子成像的交叉研究中，很快取得成绩，短短一年时间，刘伟涛先后完成了 5 篇论文，其中 1 篇在《物理评论快报》上发表。不久，他带着满满的收获回到国内，决心在弱测量与量子成像的交叉研究中做出新的成果。

机遇总是垂青有准备的头脑。2011 年，有关部门决定开展量子成像实用化研究，刘伟涛所在团队凭借长期研究的技术实力，在竞争中脱颖而出，被委任为总体单位，而年仅 30 岁的刘伟涛，被推荐成了该重点课题组组长。

从此，刘伟涛像着了魔一样守在实验室日夜攻关。没想到，第一年攻关的成果，却被专家毫不客气地判定"不合格"。原来，"实验室"出身的刘伟涛，从未接触过工程研究，习惯了实验室的理想实验环境，实验一旦移到室外，由于受到复杂环境影响，效果就不能达到预想的性能。

刘伟涛没有气馁，他综合考虑各种复杂因素，重新开展实验。让创新成果走出实验室，刘伟涛直接将实验系统架设到了两座办公楼之间，白天的光照对实验有影响，刘伟涛便带领课题组开启了晨昏颠倒的熬夜模式，天一黑就争分夺秒地进行实验，一直干到东方发白。这样一干就是好几个月。正是凭着这股子干劲，刘伟涛带领课题组一举将关联成像距离从最初的 100 米延伸到 1 千米、3 千米……成功地在国际上首次完成了新型可预置赝热光源千米级室外关联成像实验。

2016 年 4 月，刘伟涛和团队成员自主研制成功了一种新型可预置赝热光源，初步解决了已有赝热光源能量利用率低、刷新慢的瓶颈问题，并通过千米级的室外关联成像对光源性能进行验证，专家鉴定认为，该赝热光源已达到国内领先水平。

在量子"纠缠"中，刘伟涛的创新梦想正一步步变成现实。尽管脚下的路还很长，但已经没有什么能阻挡他前进的步伐。

智慧是封锁不了的

你见过不用旋转、能拍 360 度场景的摄像机吗？如今，这种"眼观六路"的神奇"大眼睛"，已经在国防科技大学研制成功并开始投入应用了。

这款像素分辨率达 2500 万的摄像机，看上去与普通摄像头差不多，但它不用旋转就能 360 度成像，就好比人的后脑勺都长了眼睛一般一览无余。通过它的镜头，周围一切场景、人员活动情况都能清晰地记录下来。很神奇吧！

说起这款全景摄像机研制，还有着一段不平凡的创新历程呢。

2003 年，一场高技术局部战争又一次在海湾地区打响。这场被称为"电视直播的战争"，引起了国防科技大学青年科技专家张茂军的关注。他敏锐地意识到，随着大量高新技术在军事中应用，全景实时成像技术必将在未来的战争中发挥重要作用。

一边关注着万里之遥的战争，一边谋划着新技术攻关。张茂军发现，全景实时成像技术在国内还属于"冷门"，高水平成果还是一片空白，我国在这一领域远远落在西方的后边。落后就要挨打。于是，张茂军决定调整研究方向，集中精力，瞄准全景实时成像技术组织攻关，争取早日追赶上世界先进水平。

从"零"起步的开拓创新，预示着攻关道路必将困难重重。攻关战斗刚刚打响，张茂军就遭遇技术"瓶颈"。全景实时成像产生的多种色温光源环境，或是多种亮度级别场景，很难获得大视角、宽视域、高分辨率、成像均匀的图像。由于我国没有这方面的基础研究成果和技术积累，张茂军只好将目光投向国际相关领域，期望能获得这方面的信息和相关技术，为研究提供借鉴和参考。因为，国外发达国家在这一领域已有相当先进的研究成果。

然而，查阅文献，检索信息，都没有发现任何公开的资料。原来，被认为能够快速处理复杂成像环境的技术，发达国家对我们采取了严密的技术封锁政策，核心技术专利已经全部被跨国工业巨头垄断。

此时，有人劝张茂军，要突破西方严密封锁的技术难度极大，恐怕几年、十几年都难出成果；也有人说，上级并没有下达这项研究任务，是否别去冒这个"风险"。

"外国人可以封锁技术，但中国人的智慧，是封锁不住的。再说，搞科研哪能怕担风险！通过自主创新，打破国外封锁垄断，掌握对国家有用的核心技术，这是我们的使命和职责。"张茂军的犟脾气一上来，九头牛也拉不住。他深知，方兴未艾的新技术革命，正在颠覆这个世界的游戏规则，今天的稍一犹豫，在明天的较量中可能要吃大亏。

西方的封锁伎俩，更加激起了张茂军的攻关热情。"外国人能干成的事，我们中国人也一定能干成。"

此后，张茂军带着两名博士研究生开始了一场没有终点的长跑，瞄准颜色恒常性和自动对焦鲁棒性这两个世界级难题，开展不懈攻关。

国外技术封锁，专利壁垒森严。面对重重困难，张茂军坚持走自主创新之路，另起炉灶，一步一步摸索前行，研究不断向前推进。

从理论探索到计算机模拟，张茂军带领团队先后突破掌握了超高分辨率数字视频高速采集与实时处理、全景畸变快速校正算法等核心关键技术。他们研发的高水平算法，在同等计算资源消耗下，其准确率达到了世界先进水平。

功夫不负有心人。2005 年，张茂军率领团队试制成功 40 万像素的验证系统。3 年后，终于研制出我国第一个 500 万像素全景实时成像系统。在大视角、宽视域、成像质量、响应速度、智能识别等关键指标上达到国际领先水平，并取得 5 项发明专利。

张茂军没有停止前进的脚步。"大学是搞研究的，但我们作为军队科技工作者，绝不能在象牙塔里关起门搞研究。"他提出，西方国家已经将全景实时成像技术产业化，我们要尽早转化研究成果，研制满足安防、反恐、侦察等特殊要求的高清全景摄像机。

从此，张茂军从科研攻关的带头人，变成了工程项目的总指挥兼总设计师。

在科研成果转化中，图像信号处理器（ISP）是全景高清摄像机最重要的核心技术之一。当时，世界上仅有索尼和三星两大巨头掌握了该项技术。鉴于攻关技术难度大、资源投入高，大家都倾向于购买或者向国外定制 ISP。

"国外的 ISP 平时买得到，战时怎么办？定制达不到我们的要求怎么办？我们必须自主掌握这项技术，一年不行就两年、两年不行就三年，只要我们肯用心、有恒心，就没有迈不过去的坎。"张茂军认为，"拿来主义"固然省事，但必将受制于人。

张茂军说对了。中国人的智慧是封锁不住的。外国人能干的事，中国人一定能干成。经过刻苦攻关，他们最终设计并研制出了具有自主知识产权的 ISP 芯片。他对身边人说："看来做 ISP 也并不是想象中那么难嘛！做任何事情，只要我们肯用心，下定决心坚持做下去，就能成功！"

有了自己的 ISP 芯片，张茂军率领团队于 2011 年研制成功每秒 50 帧画面，每帧画面 2500 万像素分辨率的"高清全景凝视摄像机"。该设备画面覆盖 360 度视野，分辨率是普通监控摄像头的 20 倍。又因为他们运用了数字视频处理和智能分析等技术，该设备还具有了自动识别可疑目标和报警的功能，成为迄今为止国际上"头脑最聪明"的全景成像系统。该成果相关产品获得第 20 届全国发明展览会金奖。

在张茂军和团队成员的努力下，该成果终于走出实验室，实现了向生产力、战斗力的转化。多个系列的高清全景摄像机已成功应用于安防监控、远程教育和高端视频会议系统，产品已被列入中国电信全球眼发展战略，获得电信入网许可，在军事领域也展现出很好的应用前景。

这种高清全景摄像机的特点，在于用最少的摄像机无死角地监控一定范围内的整个空间。张茂军举例说，比如在一个双向六车道的十字路口，现在往往需要安装近 20 个摄像头才能把路口的车辆活动情况完整看清，而且拍出来的画面与画面之间是分离的，构不成整个路口的全貌。而一台 360 度的高清全景摄像机，可以将整个路口的全貌一览无余，并清楚地拍摄下来。天安门广场安装了高清全景摄像机后，可以拍摄到国旗护卫队从列队行进到升旗的全过程，清晰度也非常高，可以看到国旗上升的每一个细节，还能放大细节，看清楚国旗是否升到位。

　　"我们不仅要在技术上保持世界第一，而且在应用上也要做到世界第一。"张茂军说，未来高清全景摄像机将普及到各个领域甚至千家万户。如今，一个个新的梦想，又在他头脑中勾画出来。

点亮无人机"慧眼"

"3、2、1，起飞！"随着现场指挥员一声令下，几十架固定翼无人机相继腾空而起，快速集结编队，飞向指定区域执行"战场"侦察任务。

中原某地，一场复杂条件下固定翼无人机集群自主飞行与探测试验，正紧锣密鼓地进行。指挥车内，30岁出头的李杰博士一边盯着屏幕观察飞行航迹，一边熟练而快速地整理试验数据。他所在的国防科技大学智能科学学院无人机"慧眼"系统创新团队，历经近一年7000多架次的起降后，终于圆满完成了"灵燕""灵雁"两个试验型号无人机集群自主飞行与探测试验。一系列原创性技术突破，为无人机走向规模化集群应用和形成战斗力奠定了坚实的技术基础。

外人或许不知道，那些在空中翱翔，并能集群自主飞行、自主并行感知、自主任务规划、自主覆盖探索与抵近侦察的无人机"慧眼"系统，是出自这个平均年龄不到30岁的创新团队。

"年轻是我们团队最大的特点。"身着迷彩服、手持对讲机的王祥科副教授告诉记者，团队包括研究生在内共60多人，年龄最小的才21岁。

37岁的王祥科，是团队中仅有的几名"老人"之一。如果在他的名字后冠以"项目技术总师"头衔，那么，这位王总师也称得上"少壮派"专家了。

青春洋溢、朝气蓬勃。年纪轻轻干着"高大上""玩上天"的大项目。这群在蓝天放飞梦想的"毛头小伙子"，有着怎样的人生理想与创新追求呢？

"青春是用来奋斗的。"习主席的这句话，对于刚满30岁的贾圣德来说，有着巨大的激励鞭策作用。2015年博士毕业留校后，贾圣德参与到无人机集群"慧眼"系统项目研制中，现在已是团队的技术骨干。"我赶上了好时代，有好平台，能干大项目，必须以奋斗的姿态推进科技创新，否则，就会给人生留下遗憾。"贾圣德说。

2017年9月，贾圣德曾赴南部战区观摩部队演习，回来后，他认为项目试验应更好地对接部队需求。团队立即成立由他任组长的需求分析组。贾圣德不负众望，根据未来作战需求，对无人机战场态势感知智能系统进行改进优化，一举将目标信息与图像分辨率提高了好几倍。

"这是团队集智攻关的结果。"贾圣德的话并非谦虚，对目标探测能力的提升，今年26岁的唐邓清也功不可没。这位身高1.85米的博士生，在项目中负责目标检测、跟踪与定位算法研发。无人机集群飞行时，发现目标后如何紧紧盯住不放，看它个一清二楚，这就对控制算法的稳定性、精准性、实时性提出了很高要求，也是一个技术难题。

"就看你的了。"大家投向唐邓清的目光，让他感到"压力山大"。但困难并没有阻挡住他的创新步伐。"我是巧办法与笨办法双管齐下，巧办法就是不断改进优化硬件与算法，找准攻关突破口；笨办法就是反复实验和进行数据分析，白天黑夜连轴转。"最终，这一难题在唐邓清夜以继日地攻关中顺利解决。大家说：这个博士生，真牛！

仰望星空，脚踏实地。1988年出生的喻煌超，2016年底在加拿大获得博士学位后加入到团队中。"与在国外做实验不同，这里是'真枪实弹'做项目，来不得半点马虎，不能有丝毫闪失，在天上飞可不是闹着玩的。"

团队研制的一款固定翼垂直起降无人机，需要自主完成新型倾转机械设计，这一任务落到了喻煌超身上。他凭着扎实的专业基础和严谨求实的作风，在创新中实现了倾转结构与整体质量的最优化，有效提升了无人机稳定性，为此他还申请了一项发明专利。

"这个'海归'不简单，创新能力强，做事很踏实。"于是，团队又把无人机可靠性与故障诊断的研究任务交给了喻煌超，他又一次出色完成了任务。

相比不到30岁的喻煌超，特招入伍的尹栋则是一名"老海归"了。中等个头，板寸发型，军容严整。尹栋俨然一幅"李云龙"式的标准军人形象。"我是团队中的老大哥，必须为年轻人做好样子。"

在尹栋看来，好样子就是时时处处以身作则。夏天，他不顾地面50摄氏度的高温在跑道上做试验；冬天，冒着凛冽的北风在跑道一旁操作电脑，自始至终奋战在试验一线。家里老人生病住院，尹栋抽空回去一趟，又立即赶往千里之外的试验场。尽管有些愧疚，但尹栋却时刻感受来自家庭的温暖。"有家人的理解支持，有干事业的好平台，如果做不出成绩，想找个借口都难。"尹栋说。2012年以来，他先后参与承担国家"973"、军队重点预研等多项重点项目研究，如今已成为团队的中坚力量。

当青春遇上新时代，事业有了好平台，这群年轻人充满了干事创业的激情。2013级博士生赵述龙在项目中承担无人机算法设计与参数调整。他提出并设计出5个原创性算法，构建起一个曲线跟踪体系架构，为无人机集群飞行、协同侦测、覆盖搜索奠定了技术基础。随着集群飞行与探测试验的完成，他的《数据驱动的无人机曲线路径跟踪控制方法研究》博士论文，也在试验场顺利通过答辩。

奋斗的青春最精彩，也最甜蜜。今年30岁的计算机专业博士刘志宏，设计并实现了模块化的机载系统架构，使机载软件算法得以完美实现。在科研取得阶段性成果的同时，这位身高1.8米的广东小伙子，爱情也迎来了瓜熟蒂落的时候。今年春节，刘志宏与心上人终于走进了婚姻的殿堂。事业与爱情的双重收获，让他对未来充满了无限遐想。

"风正潮平，自当扬帆破浪。任重道远，更须奋鞭策马。"如今，这支圆满完成无人机集群飞行与探测试验的年轻团队，一刻也没停下创新的脚步，人民军队全面建成世界一流军队的宏伟目标，正激励着他们向着更高的目标奋勇前行。

以青春之我为党争光彩

身高 1.75 米的黄贤俊，英俊帅气，洋溢着青春的激情与活力。刚过而立之年的他，有着许多令人羡慕的光环：英国曼彻斯特大学毕业的博士、7 家国际顶尖期刊审稿人、拥有石墨烯应用多项原创性成果、荣立三等功 1 次……

这位年轻的"海归"博士，有着怎样的家国情怀？又如何在科研攻关中一路披荆斩棘、奋勇攀登，成为石墨烯应用领域的科技专家的呢？

黄贤俊出生于江西革命老区，儿时最喜欢看打仗的电影，影片中那句"我是共产党员，我先上"的铿锵话语，在黄贤俊脑海里打下了深深的烙印。2007 年，黄贤俊以623 分的优异成绩考入国防科技大学，入学后，他发现学校里那些在国防科技领域建功立业的专家教授，全都是共产党员，这对于从小立志献身国防科技事业，想成为一名科学家的黄贤俊来说，无疑又有了一个生动的"参照系"。从小的耳濡目染和身边的生动事实，让他更加坚定了一个信念：要成为一个对国家和军队有所贡献的人，必须加入到中国共产党这支先锋队中。

信念犹如指引航向的灯塔。黄贤俊要入党的坚定信念，使他有了明确人生追求和前进方向。从此，黄贤俊迸发出"干什么都走在前头"的无穷动力，学习成绩从入学时的"中不溜"一举跃入前几名，军事体能考核名列全队第一，在学校运动会上夺得400 米障碍、110 米跨栏季军，用行动积极向党组织靠拢。

入学第二年，成绩优异、各方面表现突出的黄贤俊，如愿以偿地成了一名中共预备党员，他更加严格要求自己，践行着"走在前列"的诺言。2011年本科毕业时，黄贤俊以微波专业方向第一名的成绩，被免试推荐攻读硕士学位，在导师刘培国教授指导下，他参与国家"973"、自然科学基金等 4 个项目研究。强烈的创新争先意识和刻苦攻关精神，使黄贤俊青春激情充分释放，凭着在基于能量选择的电磁兼容与防护方面的创新成果和优秀学业，他被评为学院"年度之星"，荣立三等功，提前通过硕士论文答辩，获得湖南省优秀硕士论文，被学校选拔派往英国曼彻斯特大学攻读博士学位。

从本科到硕士毕业，黄贤俊以走在前列的追求，成了青年学子中的佼佼者。"是党员的先锋模范作用激励鞭策我不断成长。"他说，众多党员的榜样示范和党组织培养教育，使自己树立了正确的人生追求，有了前进的方向和动力。

2013年9月，黄贤俊远渡重洋，来到英格兰第二大城市曼彻斯特，开始了他的海外求学之旅。

这座历史悠久的城市，不仅是"足球之城"，更是英国的"知识之都"，而黄贤俊要就读的曼彻斯特大学，则是世界排名前30的世界一流大学。这位年轻的共产党员更知道，这里，也曾是马克思、恩格斯深入调研工人运动、完成《共产党宣言》部分内容写作的地方。这部国际共产主义运动纲领性文献，第一次系统阐述了科学社会主义理论，指出共产主义运动将成为不可抗拒的历史潮流。

站在曼彻斯特大学校园里，黄贤俊心中徒然增添了一种神圣感，伴随而来的是，这位年轻党员海外求学的强烈使命。如何利用世界一流大学的先进实验条件，做出高水平的研究成果？怎样掌握过硬本领，回国后更好地服务国防和军队建设？他开始了深深地思考。

黄贤俊了解到，曼彻斯特大学是石墨烯的发源地。2004年，该校安德烈·海姆和康斯坦丁·诺沃肖洛夫两位教授第一次分离出了石墨烯，因而获得2010年诺贝尔物理奖。这种"无限可能"的神奇材料一经问世，便在世界上掀起了一股石墨烯研究热潮，而应用却乏善可陈。学习电磁微波技术的黄贤俊萌生了一个想法，通过两者的学科交叉融合，开展石墨烯在电磁微波领域的应用研究。

黄贤俊的这一创新思路，立即得到国外导师的肯定支持，不久，康斯坦丁·诺沃肖洛夫提出与他的导师开展合作研究，这使黄贤俊有更多机会与国际一流知名专家交流。能够站在"巨人的肩膀"上，黄贤俊摩拳擦掌，信心满满地迅速投入课题研究中。

让黄贤俊没有想到的是，这项研究的难度超乎想象，国际上为数不多的研究者，多因石墨烯单晶加工难以突破而浅尝辄止。黄贤俊经过一年多的探索与攻关，同样陷入进退维谷的窘境。

在困难面前退缩，绝不是共产党员的品格。虽然身在异国他乡，远离组织，但黄贤俊始终没有忘记自己是一名中国共产党员，只有勇立创新潮头，才能摘取创新高枝上"最甜蜜的果实"，践行好党员的先进性。电影中"我是共产党员，我先上"的一幕，再次出现在黄贤俊的头脑中，一种时不我待、舍我其谁的创新激情在他胸中油然而生：不论遇到什么困难，也要开创出石墨烯应用的一片新天地。

于无路处闯新路，黄贤俊像战争年代共产党员奋勇攻山头、舍身炸碉堡那样，在世界科技前沿阵地发起了新一轮冲锋。要在"敌人"坚固防御阵地上撕开一条口子，必须找准突破口。黄贤俊经过一番研究分析，制定出新的攻关计划，最终将突破口瞄准在石墨烯打印技术上，他以不达目的不罢休的决心，集中全部"火力"投入到研究工作中。

辛勤的汗水终于换来了幸运之神的青睐，经过一年多没日没夜的攻关，以黄贤俊为主要骨干的课题组，终于在石墨烯应用研究中取得一系列原创性突破——

首次在国际上通过打印石墨烯实现射频辐射，奠定了石墨烯在天线、无线通信、射频识别物联网等领域的应用基础；

首次实现石墨烯在可穿戴天线、共形雷达吸波材料的应用，为石墨烯应用于相关军事领域提供了技术支撑；

首次实现打印石墨烯柔性微波电路的原理验证，可望带来传统电路板加工技术的重大变革。

以黄贤俊为第一作者的16篇论文在《二维材料》《科学报告》等国际顶级期刊和学术会议上发表后，全球150多家媒体广泛报道，被国际物理学界认为是"石墨烯从实验室创新，到可实用新型电子应用迈出的重要一步"，并入选"2015 年上半年石墨烯研究十大转化成果",本领域 7 家国际期刊聘请黄贤俊为审稿人。

2015 年秋天,是曼彻斯特城最美的季节。黄贤俊却无暇欣赏外面的美丽景色,他接到了一项重要的任务:做好石墨烯研究与应用成果展览和演示汇报工作,准备迎接重要贵宾的参观考察。

黄贤俊后来才知道,即将对英国进行国事访问的习主席,要来曼彻斯特大学国家石墨烯研究院参观考察。

这一消息让黄贤俊兴奋不已。作为海外留学人员,能见到自己国家的最高领导人,有幸将自己参与研究的科研成果向习主席演示汇报,他感到自己真是太幸福了。黄贤俊暗下决心,一定要以最高标准完成好这一光荣而神圣的任务。

兴奋伴随着幸福,幸福催生出责任。在接下来的 10 天时间里,黄贤俊以高度的政治责任感和一丝不苟的严谨态度,认真做好每一个环节的准备工作。为直观而高效地展示石墨烯研究应用成果,他与相关人员一起,加班加点构建出一个动态演示系统,将石墨烯灯泡散热技术、打印石墨烯天线等最新成果集成到系统中,演示过程中还特别安排了互动环节。科学细致的演示汇报工作受到有关方面肯定,黄贤俊作为系统主要研发者,最终被确定为系统现场演示操作负责人。

2015 年 10 月 23 日,是黄贤俊终生难忘的日子。这天,习主席来到曼彻斯特大学,参观石墨烯研究与应用成果。黄贤俊的导师现场讲解介绍,他协助演示操作,默契的配合,为习主席完美地演示了石墨烯天线等应用成果的神奇功能,得到习主席的殷切勉励。

习主席在繁忙的国事访问中,专程前来考察石墨烯研究应用成果,给了黄贤俊极大鼓舞和鞭策,更坚定了他用自己所学报效国家的信念。黄贤俊说,习主席的亲切关怀和殷切勉励,始终是他前进的动力。

2016 年 12 月,黄贤俊以优异成绩提前获得博士学位。导师希望他接下来开展博士后研究,国外公司以百万年薪向他伸出"橄榄枝"。黄贤俊不为所动，一一谢绝了对方的好意，迅速打点行装启程回国。

"明天可能会下雨，所以我要跟着太阳。"这句甲壳虫摇滚乐队的歌词，在英国可谓家喻户晓，黄贤俊也耳熟能详，而他理解的"明天可能会下雨"，则是身为军人，必须做好明天可能发生战争的准备，他要跟着的"太阳"就是中国共产党。学成报效祖国，一生永远跟党走，这是黄贤俊的坚定信念和人生追求。

回国后，黄贤俊便马不停蹄地投入科研攻关中，承担了两项军队重点项目研究，尽管每天忙得像高速运转的陀螺，但他却充实而快乐。他的目标是积极拓展石墨烯在军事智能、电磁防护等领域的应用，建成世界一流的石墨烯研究与应用创新团队。

"青年是社会上最富活力、最具创造性的群体，理应走在创新创造前列。"习主席的这句话，激励着黄贤俊向着新的科技高峰奋力攀登。他说，全面建成世界一流军队的宏伟事业，为年轻人提供了广阔的创新创造舞台，担当强军重任，年轻一代党员科技工作者责无旁贷，必须走在创新创造前列，以青春之我、用创新成果为党增光彩。

攀登超算高峰的最美身影

2019 年 7 月 31 日，中央宣传部、中央军委政治工作部联合发布 9 位"最美新时代革命军人"。他们聚力强军打赢、忠实履行使命，在平凡岗上位做出了不平凡业绩，是人民军队深入贯彻习近平强军思想、奋力推进新时代强军事业中涌现的先进典型。在 9 位"最美新时代革命军人"中，有一位矢志创新的科技专家，他就是曾任"天河一号""天河二号"副总设计师的国防科技大学计算机研究所所长肖立权。

参加发布仪式返回学校，肖立权便马不停蹄地赶往实验室，像往常一样投入到新一代超级计算机——"天河三号"的研制中。

盛夏时节，古城长沙酷热难当。然而，在"天河"大楼里，依然是一派繁忙的攻关景象，肖立权和团队的攻关热情一如盛夏长沙的天气。"世界高性能计算发展迅猛，我们必须只争朝夕、不断创新超越，才能创造新的'中国速度'。"肖立权说。

肖立权所在国家高性能计算创新团队，是我国最早从事计算机研制的单位之一。从研制成功我国第一台电子管计算机、第一台晶体管计算机，到用于"远望号"远洋测量船的第一台每秒百万次的"151"大型计算机；从实现我国巨型机"零"的突破，到研制成功我国首台千万亿次、亿亿次超级计算机并 7 次跃上世界超算 500 强榜首，这个团队将一项项骄人业绩载入我国计算机事业发展史册，实现了从"跟跑"到"领路"的历史性跨越。

"这是团队几代人奋力拼搏的结果，进入新时代，我们必须让'中国速度'越来越精彩。"谈起新一代超级计算机研制，肖立权想得最多的是肩上沉甸甸的责任。作为计算机研究所所长、系统研制的副总设计师，眼下，他正与团队成员向着每秒百亿亿次"E 级"超算迈进，决心摘取"超级计算机的下一顶皇冠"。

紧张和满负荷的工作，让身材消瘦的肖立权略显疲惫。"可能是要考虑问题太多吧，而我却是忙并快乐着。"在肖立权看来，瞄准国家战略计算能力提升，研制更高性能的计算机，是新时代科技工作者的使命任务，更是军人的一种责任担当。

投身计算机事业，是肖立权在青年时代的梦想。20世纪80年代初，我国首台"银河"巨型机在国防科技大学诞生，正在读高三的肖立权萌生了要学计算机的想法，1987年参加高考，8月，他如愿以偿被一所大学录取到计算机专业学习，4年后大学毕业，肖立权想到国防科技大学继续深造，便给时任"银河－II"总设计师周兴铭院士写信，提出报考他的研究生。周院士及时回信给予鼓励和指导，最终在周院士指导下顺利完成了硕士、博士学位学业，成为"银河"团队中的一员。

或许是志向的激励，抑或是"名师出高徒"，博士毕业后的肖立权很快在高性能计算领域崭露头角，成为体系结构、高速互联通信、光互联与交换领域的技术骨干，在多个项目中担任主任设计师，35岁晋升正高专业技术职务。

当今世界，高性能计算已成为理论与试验之外的第三种科学研究手段，超级计算机被视为高技术的战略制高点。2005年，肖立权所在团队超前谋划部署，吹响了攻克千万亿次超级计算机系统的冲锋号。此时，一副重担压在了肖立权的肩头，他被任命为"天河一号"副总设计师。在总师组里，肖立权是几名30多岁的年轻专家之一。

超级计算机被誉为计算领域的"珠穆朗玛峰"，研制工作面临着体系结构、大规模并行计算等一系列复杂的技术难题。在国际上首次采用"CPU+GPU"异构融合体系结构的"天河一号"，系统内的数万个CPU和GPU需要通过互联通信系统实现数据传输交换，直接影响系统的并行计算效率，对高速互联通信速率、性能、可扩展性和稳定性提出了一系列严峻挑战，这让负责此项攻关任务的肖立权"压力山大"。

在国外技术封锁、没有资料可供借鉴的情况下，肖立权率领团队成员集智攻关，大胆创新，在这个全新的研究领域实现了一系列技术突破。将计算机互联通信从传统的"电互联"转换到"光互联",实现了从电传输到光传输的"完美转身"。自主研制出高性能互联通信芯片,不仅打破了国外封锁垄断,而且性能比国际最高商用互联网络通信芯片高出一倍,同时通过硬件实现了大规模并行计算的聚合通信……一系列的创新突破,为"天河一号"研制成功提供了重要技术支撑。

2010 年 11 月,我国首台千万亿次超级计算机——"天河一号"以优异的运算性能名列世界超算 500 强榜首,中国第一次将五星红旗插上世界超算之巅。

对于肖立权和团队成员来说,幸福来得并不突然,却很短暂。仅仅过了8 个月,"天河一号"就被挤下冠军台,两年后,便一路滑落至第 8 名。

为了创造新的"中国速度",团队根据国际高性能计算发展趋势,迅速开展亿亿次级的超级计算机研制。肖立权在担任"天河二号"副总设计师的同时,又被上级任命为计算机研究所所长,他肩上的担子更重了。

面对新的任务和使命,肖立权如履薄冰,却迎难而上。组织协调、技术会商、一线攻关,他既当指挥员,又当战斗员,周周"5+2"、天天"白+黑"成了工作常态,凭着军人的责任担当,肖立权率领团队以"不破楼兰终不回"的拼劲和韧劲,实现了系统体系结构、互联通信、大规模并行存储、高密度基础架构等一系列关键技术突破,确保"天河二号"研制按时间节点稳步推进。

2013 年 6 月,中国超算"王者归来","天河二号"夺回世界超算第一宝座。此后连续 6 次位居世界超算 500 强榜首。如今,以"天河"为业务主机已建成天津、广州、长沙的三大超算中心,构建起 6 个应用服务平台,为国内外近 3000 家用户提供高性能计算和云计算服务,支撑 2000 多项重点课题研究,有力推动了科技创新、产业升级、经济和社会发展。

作为从团队中成长起来的计算机专家、两代"天河"的副总设计师,肖立权始终把自己视为团队的普通一员。他说:"超级计算机研制是一个复杂的系统工程,成功靠的是团队的集体智慧,每个人都为此拼搏奉献,我作为其中一份子感到很光荣。"投身高性能计算事业 20 多年，"胸怀祖国、志在高峰、团结协作、奋勇拼搏"的银河精神，早已融入了肖立权的血脉。

矢志强军，奋力攀登，肖立权在创新路上留下了一串闪光的足迹：获国家科技进步特等奖 1 项、国家科技进步一等奖 1 项、国家技术发明二等奖 1 项、军队科技进步一等奖 4 项，荣立二等功 2 次、三等功 1 次。被评为国家"有突出贡献中青年专家"，全军首届践行强军目标标兵，入选"最美新时代革命军人"。

创新无止境。近年来，肖立权与团队在新一代超级计算机研制中，又相继突破一系列核心关键技术，正在研制的"天河三号"将达到每秒百亿亿次运算的"E"级运算速度，实现所有核心器件的国产化，应用领域有望进一步拓展。未来，"中国速度"将更加精彩。

"陀螺"为战斗力旋转

一个个型号的激光陀螺研制出来，又一批批列装投入使用。在科研成果转化为战斗力的过程中，国防科技大学前沿交叉学科学院光电工程系主任罗晖和他的团队，更像一枚枚高速旋转的陀螺，忙得不可开交。

"搞激光陀螺的，像陀螺一样高速旋转还不够，关键是让它形成战斗力。"罗晖说。令他自豪的是，在 2019 国庆阅兵中，有多型先进武器装备列装了他们研制的高精度激光陀螺。

手掌般大小的激光陀螺，集高新技术与尖端工艺于一身，是武器装备精准定位、精确打击和自主导航的核心器件。20 世纪 70 年代，该校高伯龙院士凭着钱学森写有激光陀螺简单原理的两张纸片，率领团队从零开始，毅然向这一未知领域发起冲锋。历经三代人 40 多年攻关，硬是把"不可能"变成了"可能"，使我国成为世界上极少数能独立研制和生产激光陀螺的国家之一。

1970 年出生的罗晖没有想到，从地方大学毕业后考入该校读研，又提前攻博成了高伯龙院士的学生，他更没有想到，从此便与激光陀螺结下不解之缘，从初出茅庐到知名专家、系主任，在这个领域一干就是整整 28 年。"这些年，我就干了一件事，研制和应用激光陀螺，将它转化为实实在在的战斗力。"

科研的准星瞄着战斗力，罗晖的人生追求也像陀螺一样，始终为战斗力旋转。攻读博士期间，团队研制成功我国第一台激光陀螺工程化样机，如何把成果转化为战斗力，成为罗晖这一代"陀螺人"将要打响的另一场攻关战斗。彼时，第一次海湾战争掀起了一场世界范围的新军事变革，西方国家开始对传统火炮进行数字化改造，原广州军区某炮兵部队期望借助科技力量提高火炮的快速反应和精确打击能力，而拥有精确控制与定位能力的激光陀螺，正好可以为其提供技术支撑。双方一拍即合，决定研发一套火炮自动操瞄系统，博士毕业不久的罗晖，被指定为系统研制一线技术负责人。

　　"这是高射炮打蚊子，大材小用。"有人认为，将激光陀螺这一尖端科技应用于传统火炮，世界上没有先例，怎可博士围着火炮转。

　　面临质疑和前景难料的窘境，罗晖和课题组没有退缩，因为"科研成果得不到应用，创新将毫无价值可言"。从实验室走进演兵场，罗晖和同事成天与部队官兵扎在一起，冒着酷暑严寒，在震耳欲聋的炮火中反复地测试、试验，一遍遍地优化改进火炮自动操描系统，一干数载，最终将激光陀螺成功运用到传统火炮上。

　　"首发命中""发发命中"。在"砺剑2000"全军科技大练兵成果交流中，装配了激光陀螺自动操瞄系统的传统火炮打出了"百发百中"的优异成绩，使"战争之神"如虎添翼。

　　再接再厉。此后，罗晖和团队又成功将激光陀螺应用到某型导弹中，首次实弹打靶便"弹无虚发"，创造了导弹试验历史最高记录。2005年，某型激光陀螺定型列装，实现批量化生产，成果转化迈出了关键一步。

　　此时，团队研制的激光陀螺精度已接近世界先进水平，罗晖却围绕"精度"陷入了思考：精度直接关系打赢，从理论上讲并无极限，应该还有潜力可挖。他经过深入分析后，发现激光陀螺一个关键器件参数与精度关联度很高，对其进行改进优化或许能进一步提高精度。说干就干，罗晖随即率领课题组从微弱信号处理入手开始攻关，经过半年多的探索与实验、验证，果然取得突破，一举将某型激光陀螺精度提高了20%，生产成品率也随之大幅提升。"精益求精就是对战斗力负责。"回顾攻关过程，罗晖很是感慨。

　　攻关只为打胜仗。一次，罗晖和团队成员在部队调研时，了解到舰船遂行任务时对自主导航及定位精度提出了更高要求。于是，他们创新的目光投向了一个新兴领域——研制激光陀螺惯性导航系统。然而，团队另辟蹊径采用的技术路线颇有争议，评审未获通过，课题没有立项。干还是不干？罗晖与团队成员经过讨论后异口同声：干！部队需要就是攻关的方向，关系打赢的事一刻也不能耽误。

　　几年不分白天黑夜的"苦行僧"式的攻关，我国最高精度的激光陀螺导航系统在他们手中诞生了。罗晖与团队成员带着装备马不停蹄地赶赴部队，随舰出海，手把手教官兵使用，接受官兵检验。某部官兵实际试用后，普遍认为该系统"好用、实用、顶用"，成果随后定型列装，有了"定海神针"的主战舰船，战斗力得到大幅提升。

创新永远止境。着眼先进武器装备发展对激光陀螺"高精度、小型化"需求，罗晖带领团队做起了一项在外人看来的"笨事情""苦力活"——将近5年来生产的激光陀螺测试数据，全部打印出来逐一进行分析比对，进行大数据分析与研究，历时9个多月，硬是从3堆一人多高的资料中，发现了不为人知的内在规律，找到了提高精度、缩小尺寸的创新路径，最终将激光陀螺产品质量提升到国际一流水平。

如今，罗晖所在团队研制的激光陀螺已形成两大系列多种型号的批量生产能力，已广泛应用于陆、海、空、天多个领域，为部队打赢提供了强有力的科技与装备支撑。在团队中成长起来的罗晖，历经28年拼搏奋斗与矢志创新，其成果先后获国家科技进步二等奖1项、省部级科技进步一等奖3项，入选教育部"新世纪优秀人才支持计划"。

从原始创新到成果列装应用，团队薪火相传。"传承团队创新为战的优良传统，让激光陀螺继续绽放强军之光。"接过团队创新大旗的罗晖，眼下正率领团队向着更高的目标奋力攀登。

第五章

献身使命

地下"银河"队伍

"1979 年，那是一个春天，有一位老人在中国的南海边画了一个圈……"

同样是这位老人，在这个春天之前，他以一代伟人的胆识和气魄，掷地有声地对湘江之畔的科技工作者说："中国要搞四个现代化，不能没有巨型机！"

当改革开放的总设计师邓小平同志将研制我国首台巨型机的任务交给国防科技大学时，以慈云桂为代表的计算机专家们便开始了一场前所未有的攻关战斗。

改革开放之初，研制运算速度每秒亿次的巨型机，对于技术落后的中国来说，似乎是个遥不可及的目标。

此前，他们为"远望号"测量船研制的"151"计算机，运算速度只有每秒 100 万次，已属国内最快。而现在要研制运算速度每秒 1 亿次的巨型机，一下子提高了 100 倍，技术难度可想而知。

当时，西方对我国实行严密的技术封锁。国内一家单位进口了一台运算速度每秒 400 万次的计算机，外方居然提出：必须为这台机器建一个不透光的"安全区"，中方人员上机操作，必须在外方工作人员监控下进行。

"就是豁出老命也要把中国首台巨型机造出来。"慈云桂立下了军令状。一场没有硝烟的战斗、一场前赴后继的战斗，在湘江之畔打响了！

那些日子，大家吃在工厂、睡在车间，为加快研制进度拼命地加班干活。"当时的加班费是一个晚上两毛钱，我让大家登记领钱，结果没一个人来领。大家心里想的是，省下每一分钱，尽快造出中国的巨型机。"

在研制的冲刺关头，蹇贤福副教授病倒了。

重病在身的他，不顾众人劝阻，将科研资料搬到了病房。他说："剩下的时间不多了，要抓住有限时间为巨型机的研制多做些事。"癌细胞吞噬躯体的剧痛，让他握笔的手不停地颤抖。整整 5 个大本子，他把自己研制工作的实践经验留给战友后，才安详地闭上了疲惫的双眼。

谁也没想到，年仅 35 岁的讲师俞午龙也倒下了——

为了设计出更优的运算控制系统，他连续 5 天 5 夜没好好睡一觉。到了第 6 天深夜，妻子实在看不下去，她从床头柜里拿出剪刀，一把抢过桌子上的图纸，冲着他喊："你再这么干，我就把这些图纸剪碎。"小俞只得顺从地躺了下来。第二天一大早，他出差了。没曾想，他这一去就再也没回来。他病倒在出差的路途上，弥留之际，他握着妻子的手说："我实在太累了……"

像他们这样把生命献给银河事业的，还有钟士熙副教授、乔国良副教授、王玉民讲师、赵炎讲师……一共 20 多位。

他们以健康和生命做前进的燃料，用短短 5 年时间，于 1983 年 12 月成功研制出我国首台亿次巨型机"银河–I"，实现了中国巨型机"零"的突破。

当成功的喜悦刚刚过去，当年立下铮铮誓言的慈云桂院士，因积劳成疾不幸辞世。

攻关如同打仗，自主创新同样需要奋不顾身的精神，同样会有牺牲。在科研战场上，他们忠诚奉献、责任担当谱写出了一曲时代赞歌。他们虽然没有在训练场上摸爬滚打，也不是在雪域高原站岗放哨。然而，他们的付出却丝毫不亚于任何一位披肝沥胆的中国军人！

如今斯人已去，精神犹存。这支长眠于地下的"银河队伍"，他们将自己的生命化成一个个"台阶"，让战友去攀登新的世界科技高峰！

为了创造新的"中国速度"，新一代科研人员弘扬老一辈的光荣传统，以强烈使命感夜以继日地奋力攻关，周周"5+2"，天天"白＋黑"，成为他们的工作常态，每天晚上，科研楼里灯火通明，到处是一片繁忙景象。为了突破系统规模扩大带来的稳定性问题，"银河"的传人们将自己封闭起来攻关，潜心研究，直到找到解决问题的办法。一次，一名科研人员独立负责的一项工作出现故障，一时没有找到解决的办法，他就 24 小时守在机房苦思冥想，领导催他回去休息一会，他却说："问题不解决，我怎么能睡得着呢？"

说这话时，他急得流下了眼泪。

正是在老一辈人的精神鼓舞下，这个团队一次次创造出高性能计算的奇迹，从亿次到百亿次、千万亿次、万万亿次，他们不断将我国计算机技术一步步推向国际前沿，直至 7 次登上世界超算 500 强榜首，取得"六连冠"殊荣，创造了让世界为之惊叹的"中国速度"！

他们创造的"中国速度"，绝不是简单的计量单位，而是新一代"银河人"对地下"银河"队伍的告慰，是他们在科研实践中孕育形成的"胸怀祖国、团结协作、志在高峰、奋勇拼搏"的"银河"精神的闪光，更是拳拳报国之心在胸腔中剧烈跳动的频率！

地下"银河"队伍，因事业而不朽。

一束绚丽的强军激光

装甲轰鸣、舰艇驰骋、战机呼啸，精准定位、精确打击……现代化演兵场上的精彩一幕，离不开武器装备上的一个关键器件——激光陀螺。它集高新技术与尖端工艺于一身，被誉为武器装备的"火眼金睛"和"定海神针"。

有了它，飞机、舰船、导弹等运动载体可以不依赖外部导航信息，实现精确控制、自主导航与精确打击。

提起它，人们就会想起这一关键技术的奠基人——中国工程院院士、国防科技大学教授高伯龙。

2017年12月6日，搞了大半辈子激光陀螺的高伯龙，走过89载不平凡的人生历程，永远地离开了他钟爱的事业，而他毕其一生率领团队铸造的国之"利器"，却绽放出绚丽的强军之"光"。

让我们把时间拉回到20世纪60年代，西方发达国家科技迅速发展，世界上第一台激光陀螺仪在美国问世，立刻引发了世界光学领域的一场革命。将激光陀螺用于导航与精确制导的设想，让国际上许多科研机构纷纷开始了研制工作。

1971年，著名科学家钱学森将激光陀螺简要原理写在两张纸片上，交给国防科技大学领导，建议学校开展激光陀螺研究。然而，以我国当时的技术与研制条件，要攻克这个世界性的难题，起步如同"让只见过爆竹的人设计导弹"，科研人员连激光陀螺长什么样都不知道，研制设备更是无从谈起。

从零开始，白手起家，初期的研究异常艰难。就在这个时候，47岁的高伯龙奉命加入到研究行列，从此与激光陀螺结下不解之缘。

毕业于清华大学物理系的高伯龙，理想是当一名理论物理学家。"搞激光陀螺，对我来说是一次艰难的选择。因为，你生活在高山上，必须学会爬山而不能想着去游泳。"他曾多次对身边人说起，一个人的志愿和选择应当符合国家的需要。

1947 年，高伯龙考入清华大学物理系，毕业后分配到中国科学院，1954 年选调到刚刚组建一年的"哈军工"物理教研室当了一名军校物理教员。一心想成为理论物理学家的高伯龙，执教两年后，报考了中国科学院高能物理专业的研究生，并以专业第一名的成绩录取。

"哈军工"首任院长兼政委陈赓大将得知这一情况后，把高伯龙请到家里吃饭，以学校初建急需人才为由进行挽留。后来，高伯龙对清华同窗好友杨士莪院士说："陈赓院长请我到家里吃饭，我就知道走不了了。"

个人的志愿和选择应当符合国家的需要，高伯龙又一次放弃了他所钟爱的理论物理研究，47 岁"改行"投入到了激光陀螺研究中。凭着深厚的物理功底和非凡分析判断能力，高伯龙初步弄清了激光陀螺的原理，根据当时我国技术与工艺水平，他果断提出以研制"四频差动"激光陀螺为创新突破口，而没有亦步亦趋地采用国外通行的"二频机械抖动"激光陀螺技术方案。然而，此言一出，质疑声四起。高伯龙坚持己见："以我国目前的工艺水平，如果仿效外国，几十年内都无法取得突破，要想成功，必须走自己的路。"

选择"换道追赶"的高伯龙顶着压力开始攻关。正当他们踌躇满志的时候，国外 3 家开展同类型项目的科研机构纷纷中止了研制工作，美国更是放弃了"四频差动"激光陀螺研制。质疑因之再起："国外有的你们不干，国外干不成的你们反而干。"

高伯龙仍然没有动摇，他说："外国有的、先进的，我们要跟踪，将来要有，但并没有说外国没有的我们不许有。"他对自己的理论进行周密的计算推演后，认为"外国在最初就犯了结构上的原理错误，而我的方案无此问题"。

1984 年，高伯龙率领课题组经过不懈努力，终于研制成功我国第一代激光陀螺实验室原理样机，验证了技术的可行性，然而，以当时的加工条件与工艺水平，要搞出工程化样机，却"难于上青天"，国内外一些科研机构知难而退，下马或是转行了。

　　"别人不干了，我们却不能放弃。"作为国内唯一坚持研制的单位，高伯龙清楚，如果再放弃，我国激光陀螺就将面临夭折，将来必定受制于人。他以咬定青山不放松的韧劲，在这个寂寞的领域里继续战斗，奋力前行。

　　从实验室原理样机过渡到实用阶段，需进行工程化处理，而激光器上的反射膜片质量要求非常高，美国解决镀膜问题就花了30多年，根据我国当时的工艺水平，要突破这道难关几乎不可能。

　　一些人对此产生畏难情绪："工艺上不去，我们干也白干，不如趁早体面地收场，报个奖了事。"

　　高伯龙说："开弓哪有回头箭？我们能干到今天这一步多么不容易，怎么说退就退呢？困难再大，也要研制出中国的激光陀螺。"

　　在困难面前退缩，绝不是军队科技工作者的性格。然而，一批批膜片被加工出来，又一批批地报废，研制工作再次陷入困境。高伯龙毅然决定，暂时放下多年的技术攻关，转入到激光陀螺全闭环工艺研究中。

　　走别人没有走过的路，只有亲身经历过的人，才能真正体会到底有多难。用手工打磨一个激光环形器上的小孔，需要半个多月；为解决钢封技术难题，徘徊了1年多才找到解决方法；实验用的增益管，国内没有满足要求的产品，他们就架起火炉一根接一根地吹；实验需要高精度测量设备，他们就自主研制出"DF透反仪"……

　　在研制激光陀螺工程样机的10年里，高伯龙几乎没有节假日，每天在实验室工作10个多小时。攻关镀膜的最后阶段，他的体重在一个月内下降了12公斤。

　　高伯龙长年患有哮喘疾病，疲劳后经常发作。为了不影响工作，他超剂量服用定喘药物。常人服用一片"异丙嗪"会昏沉3天，他有时竟一天服用6片，这个剂量他坚持服了15年。

　　一天深夜，高伯龙和丁金星高工从实验室回家。走在校园宁静的路上，他突然发现路边多了一栋新楼房，不解地问："这里什么时候盖了栋新楼？"丁高工哈哈一笑："你真是忙糊涂了，这楼立在这儿少说也有一年啦！"

1994年11月8日，我国第一台激光陀螺工程化样机在他们手中诞生。这一消息，向全世界宣告：继美、法、俄之后，我国成为世界上第四个能够独立研制激光陀螺的国家。

然而，战斗并未结束。紧接着，高伯龙和课题组又打响了把成果转化为战斗力的第二场战役，这一干就是20多年，成功将激光陀螺应用于多型武器装备中。

随着激光陀螺关键技术的突破和应用，国内有多家单位开始将其用于惯性导航系统研制，然而，采用的却是国外"捷联式惯性导航系统"技术路线。

高伯龙分析后发现，这种惯性导航系统精度并不高，且航时越长、精度越低。如何提高惯性导航系统的精度呢？他经过反复计算、推导、实验，另辟蹊径，想出了一个利用系统"旋转"来提高精度的技术方案。然而，又是一片质疑和反对之声。2006年3月，"旋转激光陀螺惯性导航系统"组织专家评审，因多数人持否定态度未能获得通过。

高伯龙没有气馁，他给团队鼓劲："别人不赞成只能说明他们对问题理解还不深刻，并不代表我们的想法不行，评审没有通过也要干。"学校领导被他这种不屈不挠的精神所感动，多方筹措经费支持开展此项研究。不到一年时间，"单轴旋转激光陀螺惯性导航系统"原理样机研制成功。高伯龙却并不满足，又率领团队研制出"双轴旋转式激光陀螺惯性导航系统"，精度达到国际先进水平。经部队实际应用后，获得"好用、实用、顶用"的评价。从此，我军舰艇等装备拥有了高精度的"定海神针"。

创新为战，矢志强军。如今，团队研制的激光陀螺已形成两大系列多种型号的批量生产能力，产品应用列装应用后，为提高部队战斗力做出了重大贡献。

《辞海》中说：激光具有方向性好、能量集中、颜色纯正的特点，这正是高伯龙人生追求和创新品质的真实写照。

一位数学教授的生命不等式

他的生命很短暂，却绽放出绚丽的创新之花。他走得很匆忙，却留下了太多关于生命价值的思考。刘普寅，这位只走完 40 载人生旅程的年轻教授、博士生导师，面对病魔侵袭，用一个大大的生命不等式，诠释了一位为师者对强军兴军的执着追求。

2005 年 9 月 11 日，国防科技大学理学院教授刘普寅因患原发型胆汁性肝硬化，经抢救无效不幸去世。当噩耗传来，大家无不感到惋惜，许多人不禁失声痛哭。就在一个月之前，他还将写好的全国第十次增设博士点、硕士点、重点学科的评审意见按时寄出；上学期，他还在讲授《软计算技术基础》等课程，主编的《遗传算法基础》正等待着出版……如今，他却带着对事业的无限眷恋和对家人的无尽牵挂，永远离开了这个世界。

刘普寅是我国模糊理论与应用领域的年轻专家，长期从事模糊数学和软计算技术研究。这是一个前沿性的基础研究课题，原创性很强，许多国外同行几年、十几年也出不了成果。但刘普寅却甘愿冷板凳一坐 20 年，默默地探索前行。

1999 年，刘普寅在北京师范大学攻读博士学位时，他选择"基于软计算的图像恢复技术"作为研究课题。图像恢复，就是从受系统误差及噪声等影响而退化的图像中"找回"真实的图像。这是一个全新的研究领域，刘普寅全身心地投入到研究中，在导师的指导下，他将模糊技术应用于图像处理，以模糊逻辑和神经网络为基本研究工具，开发出一种全新的图像恢复技术，使我国在这一领域的研究取得了重大进展。

艰苦的研究工作使刘普寅病倒了。2000 年 3 月，他被查出黄疸和转氨酶指数增高，住院治疗时，医院曾向其家属和单位发出"病危"通知。在组织的关怀和医生的精心治疗下，他的病情虽有所缓解，但把事业看得比生命还重的刘普寅，仍坚持一边教学，一边埋头做学问。这些年，他多次住院，但一旦出院，他又上课、带学生、搞研究、发表论文……同事劝他要注意休息，刘普寅说："要尽量为国家多作一点贡献，这样心里才踏实。"

此后 5 年中，他以惊人的毅力和敏锐的探索，一步步将模糊数学和软计算技术研究推向国际前沿。他在模糊神经系统的学习算法、逼近能力、图像恢复的软计算技术等研究方面取得了一系列创新成果，其相关研究两次获国家自然科学基金资助，先后在美国、加拿大等国际著名期刊上发表论文 58 篇，35 篇进入国际三大检索，论文被引用 109 次。

2004 年 6 月，他的英文学术专著《模糊神经网络理论与应用》由国际知名的世界科学出版公司出版，国际模糊逻辑创始人扎德教授为该书作序，称"这是一本十分重要的著作，为相关研究增添了一部重要文献"。该书出版后，美、英、德、法、日、韩等国的主要图书机构对该书进行了介绍。

对于一个危重病人来说，休养是十分必要的。然而，有着强烈的责任与使命感的刘普寅却经常对妻子说着这样一句话："国家培养我不容易，我不能就这样躺下去！"

刘普寅治学严谨，一次他的一篇论文要引用一个定理，国内文献引用的都是已经翻译过的观点，他唯恐有误，便一连几天泡在图书馆里查，还委托北京的同学帮忙找原始资料，直到 20 多天后，他才真正搞清楚这一定理的有关背景。

妻子开玩笑地说，人家写一篇文章也没你查一篇文献资料的时间长，他一本正经地回答：那当然有可能，因为别人知道的我不一定知道。他发表了40 多篇高水平论文，被编辑们称为"用不着文字审核的文章"。

在很多人的印象中，刘普寅无论在课堂上，还是在讨论会上，或是指导学生时，他都显得精力充沛，满腔热情，即使在他去世前一个月，他也在大家面前显得精神饱满。

其实，人们并不知道，刘普寅每次上课和参加集体讨论前，都要在床上、沙发上躺几个小时积蓄精力，以保持良好的状态参加活动，而每次回家后，他都疲惫得需要马上躺下休息好长时间。为了便于随时随地休息，他家里所有的沙发、椅子，都改成既能坐也能躺的，患病后，他如厕时间长，就在卫生间里放了一张小凳、一支铅笔，以便能看书、做笔记。

5年里，他一直坚持主讲本科生的《概率论与数理统计》、硕士生的《遗传算法基础》、博士生的《模糊数学》等课程，作为学科学术带头人，他积极开展"系统理论"二级学科硕士点的申报与建设工作，制定培养计划……

在刘普寅最后一次住院时，有个学生来看他。当时，他刚从昏迷中醒来不久。看到学生过来，他只是简单讲了讲病情，就开始和学生探讨问题，勉励学生勤奋学习，还谈了自己出院以后的工作规划。结果学生刚离开病房，刘普寅就又昏迷了过去。

在学生心中，刘普寅永远是位治学严谨、自信乐观的好导师。研究生罗强第一次用英语写论文，他知道，导师要求严格，论文写好后专门找一位英语专业的同学把关，确认无误后才送给刘普寅。几天后，当导师将论文还给他时，整个稿子被修改得面目全非，还有很多地方打着问号。罗强再次修改后又交了上去。一周后，刘普寅又一次找到罗强，语重心长地对他说："做学问，不要怕麻烦，也不要怕遇到难题，更不要回避，只有不断破解难题，才能不断进步。"这样一来二去，这篇论文先后修改了13次，才算过关。

一次，湖南大学一名研究生慕名找到刘普寅指导毕业论文。按说，他提出一些修改意见就可以了。但他不仅耐心指导，还帮着到图书馆找资料，后来又花一个下午帮他修改，最后还打电话进行指导，直至他顺利通过论文答辩。

刘普寅是一个热爱生活的人，他有一个同样当老师的妻子，一个可爱的女儿。由于忙于工作，他常常顾不上家。然而，刘普寅却很爱自己的家人。一次，女儿潇潇说："爸爸，我都15岁了，还没坐过飞机呢。"刘普寅想起每年的寒暑假自己都是在加班中度过，还没带女儿坐过飞机。于是，他利用这年暑假带着女儿坐飞机去外地旅游，满足了女儿的愿望，也弥补自己的失职。在潇潇的记忆中，爸爸总是很忙、很忙，和她在一起的时间很少、很少。如今，爸爸在电脑前工作的情景，已在她脑海中定格，成为永远的回忆。

天不假年，壮志未酬身先去。刘普寅静静地走了，他用自己短暂而不平凡的一生，证明了一个关于生命价值的不等式。

46年坚持干好一件事

"革命人永远是年轻。"在国防科技大学激光陀螺研究所，82岁高龄的丁金星高级工程师，依然奋战在装备科研一线，精神矍铄，创新不止。

"46年，我就干了这一件事，只要身体能行，就发挥余热吧。"谈到自己的工作，丁老显得从容而淡定。

其实，丁老干了46年的这件事，可不简单。它是有着自主导航系统"CPU"之誉的"激光陀螺"。作为导航、制导、定位、定向和姿态控制的核心器件，能使飞机、舰船、火箭、导弹等运动载体不依赖外部导航信息，实现精确定位、精确控制和精确打击。自它问世以来，虽已过去半个世纪，但世界上至今只有美、中、法、俄等少数国家掌握其研制和生产技术。

丁金星从事激光陀螺技术研究，当初也属偶然，没想到却干了一辈子。那是1971年，曾任"哈军工"导弹工程系教练队技师的丁金星，因学院退出军队序列，他准备调回老家浙江工作。这时，上级突然下达一道命令：凡是搞过激光的，一个都不能走。丁金星曾被选派到中国科学院上海光机所参加过激光技术研究，是当时为数不多搞过激光的人。接到命令，丁金星二话没说，留了下来。

"我国的激光陀螺研制最初是源于两张小纸片。"丁金星回忆说，当时，美国研制出了世界上第一台激光陀螺仪，引发了世界导航领域的一场革命。我国著名科学家钱学森以他对新技术的敏锐，建议国防科技大学开展激光陀螺研究，他将激光陀螺的大致原理写在一张小纸上，交给了学校一位领导。

时不我待。学校迅速成立由高伯龙、丁金星等13人组成的课题组，紧锣密鼓地开始了激光陀螺研制。然而，当踌躇满志的时候，国内外许多开展此项研究的科研机构，纷纷中止了研制工作。

原来，激光陀螺研制是一个世界性难题，它不仅集成了光、机、电、算等众多高技术，更涉及超高精度抛光、极低损耗镀膜、装配总成等尖端工艺。以当时的科研条件与工艺水平，这项研究比登天还难。

"别人不干了，我们却不能放弃，否则就会给国家留下空白。"高伯龙对丁金星和课题组成员说。丁金星说："你负责理论突破，设备和工艺我先承担起来。"

凭着一股子钻劲，丁金星在无任何资料可供借鉴的情况下，没日没夜地干了起来。研制需要真空设备，他们没钱买，丁金星从仓库里翻出旧真空泵，修一修做成了替代品；高压电源的半导体管买不着，他就用电磁管的汞蒸气蒸馏管和从旧设备上拆下的变压器，做出了高压电源；实验用的增益管，跑了许多玻璃厂都拿不到满足要求的产品，丁金星与韩书忠一起自己动手做，大热天围着火炉一根接一根地吹，一根不行再吹下一根，直到吹出满足工艺要求的标准增益管。

一个院校的科研人员，成天不是修理废旧器材，就是自己加工生产各种设备，切割、加工、修理、组装、实验，什么都得亲自动手干。丁金星的爱人心疼地说："你哪像个技术干部，简直就是干粗活的修理工！"他笑着回答："当兵的，哪有那么娇气。"

走别人没有走过的路，只有亲身经历过的人，才能真正体会到有多难。用手工打磨一个激光环形器上的小孔，需要半个多月；解决激光陀螺电极密封难题，丁金星连续四天三夜待在实验室，调配方、换配比，反复实验；为解决铟封技术难题，徘徊了1年多才找到解决方法；激光器检测要求在封闭、洁净的环境中进行，实验室没有空调，又不能用电扇，丁金星和同事们光着脊背，穿着裤衩在密不透风的大"焖罐"里，一鼓作气干到底，常常通宵达旦……

汗水在无声中流淌，时针在寂静中跳跃。经过几十年的艰难跋涉，以高伯龙、丁金星为代表的创新团队，先后在设备研制、增透膜镀制、高精度抛光、极低损耗镀膜、装配总成等理论与工艺方面，实现一系列关键技术突破。

1994年11月8日，我国第一台激光陀螺工程化样机在国防科技大学诞生。向全世界宣告：我国成为世界上继美、法、俄之后第4个独立掌握激光陀螺研制技术的国家。此后，丁金星和团队又打响了把成果转化为战斗力的第二场战役，这一干就是 20 多年。

着眼武器装备发展需求，丁金星和团队像"陀螺"一样高速运转，他们通过优化设计，改进工艺，实现了产品的小型化，进一步提高了激光陀螺的精度和可靠性，经有关部门批准，正式列入装备型号。为了让激光陀螺转化为战斗力，丁金星和团队成员把实验室变成了"生产车间"，科技专家当起了"蓝领"，研制生产的激光陀螺有效满足了我军武器装备发展需求。

新世纪之初，激光陀螺生产通过军民融合式发展，建立多条生产线，形成了多种型号批量生产能力，为提高部队战斗力发挥了重要作用。此时，已经退休的丁金星本可以安享晚年，但他依然奋战在装备科研生产一线，以对战斗力负责的精神，严把质量关，亲手培养出一批研制和生产技术骨干。

从当初的两张小纸片，到我国唯一能全闭环研制生产激光陀螺的单位；从 13 个人的课题组，到一支响当当的"国家队"；从实验室加工生产，到形成批量生产能力，小小陀螺绽放出绚丽的强军之"光"，丁金星用 46 年矢志不移的强军信念，创新不止的进取精神，谱写出一曲科技兴军的时代赞歌，在身后留下了一串闪光的足迹：获国家科技进步二等奖 1 项、部委级科技进步一等奖 3 项，荣立二等功 1 次、三等功 2 次。

甘做红烛育英才

一个人，如果一生钟情于一项工作，他是多么热爱自己的事业！一名教师，如果每门课都能赢得学生的掌声，那么，他的授课又是何等精彩。

薪火相传 43 载，国防科技大学教授邹逢兴把教书育人当作自己的毕生追求，用忠诚与奉献、责任与爱心，培养出上万名高素质新型军事人才，打造出两门国家精品课程、编著出版一批经典教材、带出一个国家级教学团队、获国家和军队优秀教学成果奖 3 项……他因此获得首届全国高校教学名师、全军优秀教师等荣誉，先后荣立二等功 1 次、三等功 2 次。

师者，播火者。在邹教授看来，三尺讲台虽小，却是培养高素质军事人才的摇篮；教师岗位很平凡，却事关军队现代化建设未来。40 多年里，他将人生坐标铆定在三尺讲台上，不断演绎出精彩教书育人的绚丽篇章。

谈到课堂教学，邹教授说："教学是一门科学，也是一门艺术；讲台就好比舞台，每一堂课都应该是课程内容精心编排的演出，让学生爱听并能听懂。"

《计算机硬件技术基础》是邹教授负责的一门国家精品课程。这门课，微机原理抽象而深奥，学员理解起来比较困难。如何让学生爱听并能听懂呢？他将自己精心设计的电子教案、动画综合集成于多媒体课件中，从而使那些抽象的事物、深奥的原理变得直观形象，通俗易懂。

在邹教授看来，这只是一种教学手段的改革，关键是如何提高学员的应用能力。教学中，他常将课程中的难点、重点分解在综合性、设计性、探索性实验中，并采用"问题牵引""任务驱动"的思路，组织学生开展实验与问题研讨，让学员深入理解其中的原理并能灵活运用。如做可编程 I/O 接口芯片实验，他先安排学生做单个芯片的应用实验，再做多个芯片的综合应用实验，经过从简单到复杂，最后将复杂的问题简单化，使学生的综合素质、分析解决问题能力得到有效提高。这样，教学质量与效果自然高出一筹。

20世纪80年代初，邹教授给本科生讲授《数字电子技术》课。当时，用于实验的课时很少，实验只是简单的验证性实验。邹逢兴经过一番思考后提出：适应未来科学技术快速发展的需要，高校教学应该突出创新思维和创新能力培养，电子类课程应着力培养学员动手能力。在学校支持下，他以实验教学改革为切入点，大胆将传统的验证性实验改为综合设计性实验，鼓励学生亲自动手做一些有创造性、实用性的实验，这一改革，极大地调动了学员积极性，取得很好的教学效果，而创新能力培养由此成为当时并不多见的热门话题。

随后，邹教授产生一个新想法：把课内实验延伸到课外，以竞赛的形式进一步激发学生的创新能力，通过竞赛培养发现创新人才。1988年，邹教授在全校发起本科生电子设计制作竞赛，此后一年一度组织实施。

这一创新之举，搅活一池春水。全校学员广泛参与，许多高校纷纷效仿，教学改革成果在全国交流，最终演变为现在两年一度的全国大学生电子设计竞赛。

当时的本科生、该校自动控制系主任周宗潭教授回忆说："首届本科生电子制作竞赛实行自主选题，同学们都跃跃欲试，我以'学生宿舍节电控制系统'作为参赛题目。邹教授又是帮我查找资料，又是帮我到市场选购元器件，在他的指导下，我获得这次竞赛的一等奖。"得益于读本科时奠定的创新能力基础，周宗潭如今已成为脑科学与认识科学领域的年轻专家。

考试方法的改革创新，始终是教育界一个既热门又难突破的问题。邹逢兴从最初"半开卷"考试的初步探索，到现在的"结构化考题＋一体化试卷＋闭卷考试＋百分制评分"考试方法的完善，一直受到教育界的关注和好评，教育部相关课程教学指导委员会认为，邹教授的改革探索"在全国有示范作用和推广价值"。它的最大好处在于，最大限度使学生将主要精力放到知识运用、能力培养上，走出死记硬背的误区。

"培养创新型人才，教师首先要成为创新型的教师，要将创新贯穿教学全过程。"邹教授说，一名好的老师，必须要有创新思维和独到见解，要敢于在教学上大胆改革，不断创新。

这是邹教授在 40 多年教学生涯中的一贯做法和经验之谈。让邹教授感到欣慰的是，他指导的学员在全国学科竞赛中有 267 人次获得一、二等奖，居全国高校前列。

人们常说，爱和责任是师德的灵魂，没有爱就没有教育。在几十年讲台生涯中，邹教授为学生倾注了全部的爱与心血。2006 年，欧微考上他的研究生，上进心较强的他急切地希望出成果。很快，他写出自己的第一篇论文，拿给导师审阅。邹教授看后认为仿真实验不充分，要求重做。他说："论文写作是一件严肃的工作，决不能急功近利。必须有实事求是的态度和精益求精的标准。这样吧，我和你一起做。"于是，邹教授利用晚上时间与欧微一起做实验，认真观测和统计实验结果，又告诉欧微如何把仿真实验结果客观真实地反映到论文之中。

欧微将论文反复修改几次之后，感觉不错，再次送给导师。几天后，他从邹教授手里拿回论文，看到论文已被修改得密密麻麻，连标点符号都没有放过。

欧微十分感动，他想：老师又陪我做实验，又付出这么多心血修改，就把导师的名字署在前面吧。邹教授却说："署名并不重要，你能懂得如何做学问，我就满意了。"欧微以优异成绩毕业后，主动要求分配到乌鲁木齐某部工作，很快成长为单位的教学科研骨干，多次受到上级表彰。

邹教授常说："没有教不好的学生，只有不会教的老师。让每个学生成才，是老师的责任。"

43 载默默奉献，甘为人梯，邹教授像红烛一样燃烧自己、照亮他人，激励着一批批年轻学子在强军征途中奋力攀登，铸就了国防科技大学人才辈出的辉煌。

中国磁浮交通开拓者

身材魁梧，面容坚毅。已是 80 高龄的常文森教授，依然身板硬朗，声音洪亮，举手投足间，透露出军人特有的气质和素养。

几年前，常文森前往北京参加一个学术会议。刚出机场口，一名年轻人立刻迎上来说："您是常文森教授吧。"

"是的。"常文森回答，"你是怎么认出我的？"

"我从专家名单里知道有一位国防科技大学的教授，是军人。"

"你眼力不错呀！我又没穿军装。"

"因为您走路的姿势和气质与众不同，我一下就判断出来了。"年轻人说。

军人自有军人的气质。在半个多世纪的军人职业生涯中，常文森以强军报国的情怀，数十年如一日探索科学奥秘，推进科技创新，将梦想一步一步变成了现实。

1954 年，常文森高中毕业，风华正茂的他，以优异成绩考入刚刚组建一年的新中国第一所高等军事工程院校——哈尔滨军事工程学院（简称"哈军工"），进入海军工程系学习。沐浴着新中国的阳光，常文森踌躇满志，如饥似渴地学习新知识，梦想着驾驶军舰驰骋海洋，守卫祖国蓝色的海疆。

4 年后，"哈军工"组建我国第一个导弹工程系，开始为新中国培养急需的导弹工程技术人才。学校决定从全院选拔两个班的学员转入导弹工程系学习，常文森是其中之一。这次转系，又为常文森打开了一扇新的知识大门——弹道导弹自动控制专业。1961 年毕业，常文森成新中国最早学习掌握导弹工程技术人才。而他的本科阶段整整花了 6 年 8 个月时间。如果按现在的有关规定，可以获得"双学士"学位了。

毕业后，常文森留校任教，从事导弹工程教学与研究工作。其时，我国导弹事业正处于起步阶段，一切都摸索着前行，许多工作都是在苏联专家指导下开展。不久，因中苏关系恶化，苏联蛮横地撤走全部在华专家，给我国的导弹研究造成了很大困难。

别人靠不住，中国导弹事业必须由中国人自己来干。时任国防部导弹研究院副院长的钱学森提议，由"哈军工"选送一批年青教师到研究院来学习深造，推进中国的导弹事业发展。常文森有幸入选，被分配到控制系统研究所，开展导弹姿态控制稳定性研究。

在今天，导弹姿态控制早已不是什么问题，而那时却是一个"天大的难题"，曾导致我国首次弹道导弹试射失败。钱学森建议常文森所在的研究所成立了一个研讨小组，进行每周一次的集中研讨，钱老也偶尔参加，这使得常文森有机会聆听钱老教诲，得到他的当面指导。在导弹研究院的 3 年时间里，常文森对导弹姿态控制有了较深的技术积淀，其研究工作为提高导弹精度做出了贡献，也为他此后从事自动控制领域的研究奠定了扎实的基础。

"党叫干啥就干啥，干啥都是工作需要。"常文森说，重要的是把每一项工作干好，增长才干，掌握服务军队建设的本领。1969 年，"哈军工"计算机系主任、后来成为"中国巨型机之父"的慈云桂教授，受命领衔研制导弹测量船配套计算机研究，常文森又被借调到计算机系，从事导弹测量船惯性导航方面的研究。在这里，常文森第一次学会了用晶体管计算机进行编程和计算。新的科研课题、新的科研手段，让他对科学研究更加痴迷和执着。边学边干中，常文森取得了惯性导航研究和计算机应用水平的双丰收。

1970 年，"哈军工"南迁长沙。受"文革"影响，当时学院的教学科研工作几乎陷入停滞状态。对科研有着执着追求的常文森，却没有放下自己的研究工作。在条件十分简陋的情况下，他与同事一道研制成功了"用于陀螺精度测试的角度数字编码系统"，发表了《感应同步器理论与误差分析》论文，撰写了 10 万字的"大型运载火箭动力学与姿态控制"讲义。这些成果在当时产生了较大反响，特别是那份手工刻写、油印的讲义，一时"洛阳纸贵"，供不应求。

这期间，世界范围的一场科技革命悄然兴起，常文森更加专注于自动控制领域学科发展与科学研究，探索与创新中，他发现机器人技术在国际上倍受青睐且发展迅速。于是，常文森决定开展机器人技术研究，根据国外技术发展趋势和我国现有条件，他提出从研制电动型两足步行机器人入手，推进我国机器人技术发展与进步。经过近两年的努力，由常文森领衔的课题组，于1986年研制成功我国第一代两足步行机器人，这项成果一经发布，立刻在国内外引起广泛关注，学校自动控制系也由此列入国家"863"计划机器人主题首批重点支持的单位之一。

首战告捷，再接再厉。已担任自动控制系主任的常文森率领团队在自动控制技术领域纵横捭阖、开拓进取，用智慧与汗水浇灌出一朵朵"创新之花"：研制成功核化侦查机器人系统，在北京某靶场进行汇报演示，受到军委领导的表扬；主持完成"八五"国防预研重点项目"地面军用智能机器人系统"研制，获得国家科技进步奖；类人型机器人创新成果，入选中国十大科技进展新闻……

瞄准国际前沿，勇立科技潮头，始终是常文森的创新追求。20世纪70年代末，他从一则科技简讯中发现，德国和日本正在开展磁浮列车研制。不用轮子，利用电磁力抵消地球引力，列车悬浮在轨道上行驶。常文森被这一匪夷所思的创新设计吸引住了。

磁浮列车轮轨不接触、无机械摩擦，具有噪声低、振动小、能耗少、无污染、线路适应性强，与轮轨列车相比具有不可比拟的优势。对新技术有着灵敏嗅觉的常文森，立刻产生了一种创新的冲动。我国是一个人口众多、交通问题突出的国家，应该研制自己的磁浮列车，跟上世界科技发展步伐。

然而，当常文森提出要研制磁浮列车时，许多人对此并不看好：列车是一个笨重的"铁疙瘩"，靠电磁力怎么能"悬浮"起来行驶呢？列车不用轮子岂不多此一举？

当时，世界上最早开展此项研究的德国和日本，经过几十年的研究，仍处于探索和试验阶段，更没有建成任何一条用于商业运营的磁浮交通线，质疑和反对者不少。改革开放之初，我国技术落后，国力有限，许多人对研究磁浮列车大多持反对态度，特别是轮轨列车技术专家，几乎一致反对发展磁浮列车，有的专家甚至认为，磁浮列车就是一个交通大玩具。还有人断言：磁浮列车电磁污染严重，距磁浮轨道300米内不能住人。凡此种种，不一而足。

　　作为一项新生事物，磁浮列车突破了人们对于陆地交通工具的认知，而世界上又没有成功应用的先例，难免会令人产生质疑和反对。作为自动控制技术专家，常文森感到，新技术一旦开始萌芽，如果不给予充分关注和抓紧研究，就会给国家留下空白，等将来别人技术成熟了，我们就只能仰人鼻息、受制于人。

　　随着国外磁浮交通技术研发的进步，常文森毅然从机器人技术研究中逐步转向磁浮列车研究。他清楚地知道，要改变一些专家对磁浮列车研制的态度，要让人信服，必须让事实去说话，事实胜于雄辩。但是，磁浮列车研制是一项复杂的系统工程，要在短期内拿出成果，绝非易事。

　　常文森想出了一个妙招：从自动控制学科建设和培养人才的角度开始研究。他先在课程实验、课程设计等实践性环节，把一些有趣的磁悬浮实验进入课堂，让学生们去拆卸废旧变压器，获得磁悬浮实验所必需的铁芯，又以课程教学需要，领取研究所需的电阻电容、晶体管、电路板等材料，以此为基础开展磁浮原理实验与演示。这样，既加深学生对自动控制理论的理解，又可培养学生的动手能力，同时开展磁浮列车原理的研究，一举多得。

　　于无路处闯新路，越是艰险越向前，常文森率领课题组从研制磁浮衔铁、磁悬浮小球，到磁浮实验装置，一步步将研究向前推进，在多年夜以继日的探索与拼搏中，他们逐步弄清了磁浮列车的悬浮控制原理。

　　1985年春天，国际科技博览会在日本筑波举行。常文森作为国家科委参观团成员，亲眼见到了日本研制的磁浮试验列车。虽然这列展示列车只能乘坐12人，仅能在300米长的轨道上运行。这次国外参观考察，更坚定了常文森要研制国产磁浮列车的信心。回国后，常文森率领团队心无旁骛地投身磁浮列车研究中，让国产磁浮列车驰骋华夏大地，就成了常文森和团队成员的一个梦想。

顽强拼搏，奋力攻关，常文森率领团队将中国磁浮列车技术不断推进前进！

1989年，一辆80千克重的小型磁浮实验样车研制成功，初步具备悬浮、导向和牵引等功能，验证了磁浮列车原理的可行性，引起了国家有关部门高度关注。

3年后，"中低速磁悬浮列车关键技术研究"列入"八五"国家重点攻关计划。

1995年5月11日，我国第一台载人单转向架磁悬浮列车研制成功，实现了悬浮、导向、牵引等功能，初步掌握了常导、异步牵引等核心关键技术。该成果获得部委级科技进步一等奖，并入选"1995中国十大科技新闻"。

此后几年，常文森率领团队又相继突破掌握了悬浮导向控制、悬浮传感器、定位测速、转向架、车轨耦合共振、系统总体设计与集成等一系列悬浮列车核心关键技术，为国产磁浮交通发展奠定了坚实的技术基础。

成绩绝不是满意的理由，让国产磁浮列车驰骋华夏大地，还有很长的路要走。这一点，常文森比谁都清楚。让磁浮列车超出实验室，绝不是研制一辆汽车开出工厂那么简单，它的设计制造、综合集成、试验线建设、运行测试、线路规划等一系列问题，仅仅依靠国防科技大学的技术力量无法让成果走向应用，必须坚持产学研相结合，走军民融合式发展道路，推进国产磁浮交通的工程化研发和产业化应用。

2000年8月，国防科技大学与北京磁浮联姻，联合国内航空、铁路、汽车等相关领域最具优势的17家科研院所和企业打造中低速磁浮交通研发平台，合力推进中低速磁浮交通技术工程化和产业化。作为国家"十一五"科技支撑计划"中低速磁浮列车的工程化应用"总设计师，常文森率领团队推动着我国磁浮交通技术不断向前发展。

"这些年，我们就围着'四和二'转了"。常文森说的"四"，就是先后研制成功试验样车、工程化样车、实用型头车、实用型中车；"二"则是分别在长沙和唐山建成两条中低速磁浮交通试验线，解决了列车轻量化、轨道梁优化、F型导轨轧制、道岔系统、运行控制等一系列工程化难题，实现了所有装备国产化，培养出一大批能担当重任的磁浮交通技术创新人才。

在这一过程中，年近古稀的常文森始终奋战在科研试验一线，不辞辛劳地挥洒自己的心血与汗水。2001年夏天，长沙试验线磁浮列车系统联调时，他冒着高温酷暑，光着膀子一干就是10多个小时；为了磁浮交通的推广应用，他不断为磁浮交通鼓与呼，争取各方支持；为了回应外界质疑，他一边做着科普工作，一边率领团队攻关，用事实化解民众对磁浮列车安全与电磁辐射的担忧……

在推进中低速磁浮交通创新发展的同时，常文森还担任了中国高速磁浮铁路可行性研究专家组副组长、国家"十五"863高速磁浮交通技术重大专项专家组副组长，率领团队参与上海高速磁浮交通国产化研究，直接负责车辆的总体技术方案、悬浮、导向以及走行机构等核心技术攻关，主持研制了国家"863"重大专项生产的2辆高速磁浮列车的悬浮导向系统，为我国发展高速磁浮交通奠定了基础。

老骥伏枥，创新不止。这些年来，常文森始终奋战在科技创新一线，先后承担完成国家"863"重大专项、国家科技支撑计划、国家自然科学基金等课题10多项，获得国家发明专利11项，发表科技论文100多篇、SCI和EI检索30篇，多项成果获得国家和部委级科技进步奖。

走过36年激情燃烧的岁月，常文森和团队的拼搏奋斗与辛勤付出，终于迎来了瓜熟蒂落的时候。2016年5月6日，我国首条拥有完全自主知识产权的中低速磁浮列车交通运营线——长沙磁浮快线正式通车。2017年12月30日，北京首条中低速磁浮交通示范线——S1线正式开通运营。

当曾经遥远的梦想，已经变成现实之时，常文森已经整整80岁高龄了。他将人生最美好的年华献给了中国磁浮交通事业。作为中国磁浮交通技术的开拓者和领头人，人们常把常文森誉为"中国中低速磁浮列车之父"。对此，常文森只是淡淡一笑：我这大半辈子，就干了这一件事，幸运的是，在团队共同努力、企业积极参与和政府大力支持下，干成了，此生无憾！

2017 年 5 月，"中低速磁浮列车悬浮控制技术及其应用"获湖南省首届科技创新奖一等奖。在颁奖晚会上，主持人将 80 岁高龄的常文森请上舞台，全场用最热烈掌声向这位为磁浮交通倾注毕生精力的老专家表达敬意。

"莫道桑榆晚，微霞尚满天。"如今，已经退休的常文森仍关注着磁浮交通技术进步和产业化发展。让他倍感欣慰的是，他带出的团队如今已是我国磁浮交通领域响当当的"国家队"，指导培养的近百名博士、硕士，大多成了磁浮交通技术领域的专家、教授和主管领导，继续编织着新的"磁浮梦"。

"北斗少帅"

2019年9月23日5时10分，我国在西昌卫星发射中心使用长征三号乙／远征一号运载火箭，成功完成"一箭双星"发射任务，将两颗"北斗"导航卫星送上太空。

目睹火箭拖着尾焰划过夜空的壮观场面，你是否想到，托举火箭升空、让"北斗"卫星高挂天空的芸芸力量中，有着这样一位年轻人，怀牵"北斗"20年，用青春、汗水和智慧，让"北斗"导航卫星遨游苍穹。

他就是我国第二代卫星导航系统建设顶层设计专家、专项专家组组长，国防科技大学电子科学学院副院长王飞雪。

伴随着"北斗"遨游苍穹、闪耀世界的轨迹，王飞雪的人生梦想也在深邃星空中划出一个个壮美的惊叹号。他以年轻人的创造力和突出贡献而被人们誉为"北斗少帅"。

从零起步，20年攻坚克难，不舍昼夜，让中国人的梦想一步步照进了现实。这个被誉为"李云龙"式创新团队的领头人，有着怎样的信念、胆识、情怀？

450，1797。这是2015年王飞雪在自己44岁生日当天，写在笔记本上的两组数字。

它意味着什么？王飞雪坦言："前一组数字，是习主席叮嘱我和战友们'把北斗系统建设好'之后的天数，后一组是2020年"北斗"卫星导航定位系统实现全球覆盖目标要拼搏的天数。"

这是他给自己和团队的"军令状"，亦是奋起冲锋的集结号。从1995年与"北斗"结缘至今，王飞雪的日子几乎都是在这种时不我待的冲锋中运转着。

1995年，我国正在建设的北斗卫星导航系统遇到了技术瓶颈，国内专家10年攻关迟迟无法突破。刚读博士的王飞雪、雍少为、欧钢另辟蹊径，以大胆、超前的眼光拿出一个全数字化快速捕获与信号接收技术方案，请缨攻关任务。这一年，他24岁。

"这是事关国家安全和经济发展战略的重大科研项目，岂是儿戏？""这个难题别人耗费10年功夫也没有攻克，几个稚气未脱的年轻人能行？""就算这个项目能做出来，你今后的发展方向在哪儿？"各种质疑、劝说声不绝于耳。

在领导和导师鼓励下，三位年轻人揣着薄薄几页纸的技术方案，走进了我国卫星测量控制技术奠基人、中科院院士陈芳允的家中。

炎夏北京，陈芳允院士两次主持评审会，组织专家进行专题研究论证。各种意见激烈交锋。"这么重大的技术项目，几个年轻人没有任何实践经验行吗？""即便理论上没问题，工程上实现又谈何容易……"不少专家甚至认为这是一项"根本不可能实现"的方案。

这是一条从未有人走过的路，看得见远方的灯塔，却不知道要迈过多少沟坎才能抵达。

"因为很难，我很兴奋，一心想搞清楚。"王飞雪说，"最初的电路板模型大如门板，光芯片就有192块，后来芯片压缩到63块，改成了3块小板。"

这是一段激情燃烧与痛苦寂寞互相撕扯的时光，与王飞雪一起参与攻关的几个研究生担心周期太长，出不了成果相继离开。

3年后，星地对接现场，显示器上脉冲闪闪，捕捉信号成功。在场的20多位专家起身鼓掌，向王飞雪和他的同事们表示祝贺。

这个严重制约我国"北斗一号"卫星导航工程的技术"瓶颈"，被他们攻克了，最终成功研制出"北斗一号"全数字快捕与信号接收系统，成果获得国家科技进步二等奖。

"北斗"用户机存在体积大、重量大等诸多问题，只能用背包背在身上，使用、行动极不方便。王飞雪和团队又向用户机小型化、便携式梦想发起冲击。

经过两年的拼搏与积累，王飞雪和团队啃下了这块"硬骨头"，突破一系列关键技术，成功研制出我国第一款装备定型的小型化手持式"北斗"用户机。高原边防官兵说："北斗"手持机就像'无声战友'，成为我们巡逻无人区的'好助手'。"

如今，手持机已定型列装，在边防巡逻、抗震救灾、海上救援等领域都发挥着举足轻重的作用。

2007 年 4 月，我国"北斗二号"首颗试验卫星进入轨道不久，遭遇大功率复杂电磁干扰，信号接收成功率不足 50%。

茫茫太空，如果干扰问题不能及时解决，即将组网的十多颗卫星发射计划将无限期推迟，而已发射的卫星也很难达到预期目标。

难题如何解决？方案有两种：一是"躲"，改变信号频率，避开干扰，技术难度小，但前期已经建成的地面系统也得跟着重建，国家要蒙受数十亿元资金损失，且电磁环境一旦改变，卫星还要"躲"个没完。二是"抗"，增加抗干扰设备，打造电磁盾牌，保护卫星不受干扰，耗费资金少，但技术难度大，风险高，时间紧迫，能否实现，胜败难料。

这个"烫手山芋"谁敢接？

就在有关部门焦急、犹豫之时，王飞雪站出来说："我们来干！保证 3 个月内解决问题！"

军令如山，王飞雪何以这般果敢、决绝？

"躲得过初一，躲不过十五，这次躲过了，谁能保证过后频率不再受干扰？"王飞雪对当时的情景至今记忆犹新，"军人生来为战胜，时机稍纵即逝，今天不拼命迎难而上，明天就得花费更多的时间追赶。"

卫星体积有限，抗干扰设备体积大，功耗高。如何让卫星设备既小巧轻便，又有强大抗干扰能力呢？当时，这是个天大的难题。

仅仅用了 3 个月时间，王飞雪就率领团队攻克了这一难题，研制出具有超强抗干扰能力的卫星载荷，将我国"北斗"卫星抗干扰能力整整提高了1000 倍。时任我国卫星导航工程总设计师孙家栋院士感慨："你们是'李云龙'式的科研团队，关键时刻敢于亮剑，亮剑必胜！"

2009 年，我国"北斗"二代导航卫星进入二期工程紧张实施阶段，欧洲"伽利略"卫星导航系统与中国"北斗"产生了频率之争。谈判桌上，欧盟专家咄咄逼人：除非绕开欧美专利技术，否则交出频率资源！

对方的理由很简单：你们没有卫星频率编码专利技术，没有优先使用权。

王飞雪是"北斗"二代卫星导航系统建设顶层设计专家、重大科技专项专家组组长，他深知，要打赢这场频率保卫战，维护国家安全利益，不掌握属于自己的卫星导航编码技术，在国际谈判桌上就没有平等地位，也不可能让对方妥协。

此后几年中，王飞雪一边参与谈判，一边率领团队努力攻克卫星频率编码技术，一场没有硝烟的频率争夺就这样悄悄地紧张进行着。功夫不负有心人，3 年艰苦卓绝拼命攻关，他们以令人难以想象的毅力和速度，一举攻克了编码难题，并申请获得了专利。

2012 年 9 月，世界卫星导航大会在美国举行。王飞雪向世界宣布：中国掌握了卫星频率编码技术，为"北斗"系统量身定制了独一无二的无线电频率使用创新理论和机制，震惊了欧美专家。

有了自己的看家本领，在国际谈判桌上就有了说话的底气和主动权。此后，经过多轮谈判协商，欧洲航天局最终同意在国际电联框架下完成卫星导航频率协调，共同使用，中欧之间的卫星导航频率之争以携手合作画上圆满句号。

孤山寒风腊梅放，剑弩争锋撼苍穹。20 年来，王飞雪率领团队瞄准国际前沿，先后攻克了卫星导航领域一系列核心关键技术，研制出世界领先的监测接收机、主控站测量及通信系统、RDSS 业务信号收发分系统、时间同步注入站、星载上行测距终端等设备。现在，他所在团队已成为国内唯一同时承担系统核心体制、卫星关键载荷、运控主体、测试设备和应用终端等研制任务的单位。

2013 年，团队获得"北斗二号卫星工程建设突出贡献奖"，王飞雪获得"北斗二号卫星工程建设突出贡献个人"。

2017 年 1 月 9 日，"北斗二号卫星工程"荣获 2016 年度国家科学技术进步特等奖，这其中浸透着王飞雪的智慧和汗水。

巾帼总师的寂寞长跑

每隔一段时间，国防科技大学电子科学学院安玮教授就要进入一次阵地，少则一两天，多则 10 多天，一年中，她有四分之一的时间是在阵地上度过的。

外人或许难以想象，这位身材纤瘦的女教授、博士生导师与"战场"联系竟然如此紧密。对于安玮来说，"去往战场"是必须和值得的。因为，一年多在阵地上奔忙，由她领衔研制并投入使用的某信息处理系统，实现了全面优化升级，战技术性能迈上了一个新台阶。

长期往来穿梭于学校与阵地之间，"忙"就成了安玮生活的常态。尽管整天忙得像一个高速运转的陀螺，她却充实而快乐。"因为有事要做，所以很充实；做的事情有价值，忙起来就感到快乐。"安玮说。

充实与快乐，是安玮把奋斗精神融入强军事业产生的幸福感。这种幸福感，伴随着她将科技创新推向一个个新的高度。20 多年来，她从"零"起步，独辟蹊径，拼搏奋斗，从"打地基"开始，率领团队构筑起一套航天信息处理技术的"高楼大厦"，取得多项标志性的创新成果。她也从一名博士生成长为教授、博士生导师、国家某重大项目应用系统的总设计师。

回顾 20 多年创新历程，奋斗——始终是安玮人生的主旋律。20 世纪 90 年代，正处于花样年华的安玮如愿以偿地考上了博士研究生，成为我国著名雷达技术专家孙仲康教授的关门弟子。一天，年近古稀的导师把她叫到办公室。"我想好了，你的研究方向就搞航天信息处理研究吧。"

"我是学雷达的，怎么转到航天领域了？"安玮有些不解。导师告诉她：这项研究关系国家未来太空安全，必须有人去研究，否则将来再追赶就更难了！面对导师信任和不容置疑的目光，安玮应承了下来。随后她了解到，这是一个全新的研究方向，西方发达国家的研究刚刚起步，国内还无人涉足。

"这是个十足的冷门，许多人对此并不看好，我的博士学位论文写好后，能评阅的专家也很少。"安玮说。

既然是冷门，就注定了要坐冷板凳。然而，让安玮没有想到的是，冷板凳一坐就是20多年。期间，年事已高的导师已经退休，课题研究几次面临下马。然而，这一切却没有动摇安玮的信念，她一如既往地率领课题默默耕耘，将课题研究推向前进。2006年，课题研究取得阶段性成果，引起有关部门关注，但由于各种原因，仍然没有获得立项。她像球场上的一名"板凳队员"，还是没有上场的机会。

就在这时，北京一家单位向安教授伸出"橄榄枝"，表示可以将她和爱人一起调到北京。安玮却拒绝了，"如果我走了，队伍就散了，将来一旦国家需要就将'等米下锅'。"面对课题研究进退维谷的窘境和大城市生活的诱惑，安玮初心不改，咬住青山不放松，继续在没有鲜花和掌声的竞技场上，进行着寂寞的长跑。

漫漫征途，寂寞长跑。历经23载拼搏创新，安玮用奋斗的汗水，终于浇灌出美丽的花朵，更迎来了事业的艳阳天。2013年底，我国某航天项目正式启动。安玮率领的团队凭借多年的技术积累，顺利拿下其中一个系统的研制任务，并被任命为该系统总设计师。

得知安玮被任命为总师时，大家既为她高兴，又为她的身体担忧。因为过去10多年间，安玮前后做过3次肠道肿瘤手术，也许是幸运之神眷顾那些默默奉献的人，安玮一次次战胜疾病，以顽强的意志和毅力，始终奋战在攻关一线。

"她的病是累出来的。"了解安玮的人说，课题研究的压力和长年超负荷的工作，身体就是铁打的也扛不住啊。面对领导和同事的关心，安玮说："现在我的身体恢复得很好，挑起这副担子，责无旁贷。"

从此，安玮和团队又打响了一场新的战斗。作为系统总设计师，她既当指挥员又是战斗员，"两眼一睁，忙到熄灯"成了她的工作常态。把科研成果转化为实用的航天装备，不是亲历者很难想象要经历多少磨砺。

2014年夏天，在一次大系统联调联试时，数据处理出现较大误差。主管部门领导让安玮找出解决办法。安玮二话没说，率领技术人员连续奋战4个通宵，找到了问题所在：数据处理出现较大误差的原因，主要来自上游环节。数据如水流般从上传输下来，"水龙头"没能把流量控制好，致使数据溢出了下游的"水盆"外。

按常理，只要上游把"水龙头"控制好，问题就能解决了。可是上游是在天上，如老天爷下雨，把控难度相对较大。"我们来解决吧。"安玮提出，可将他们负责研制的"接水的盆子"做大、做深些，这样"不就不会溢出来了"。身边一位同志提醒她：你怎么不让别人改进水龙头呢？我们的系统达到设计指标了呀！

"要是以后又换了'水龙头'呢？我们赶紧对系统软件和算法做一次优化升级吧。"安玮率领团队连续奋战20天，最终将问题完美解决。此后，不管上面下什么"雨"，都不会再溅出水盆之外了。

2017年2月，安玮领衔研究成功的信息处理系统正式投入使用，各项战技术指标完全达到预期目标，这项填补我国航天领域空白的创新成果，使我国从此成为世界上少数掌握该项技术的国家之一。

从寂寞走进辉煌，安玮迎来一片艳阳天。她说："我很幸运，得益于导师前瞻性地指导，赶上了国家和军队快速发展的好时代，让我能在科技兴军事业中有了实现梦想的舞台。"2016年，安玮被评为全军优秀共产党员。

让安玮难以忘怀的是，2013年11月5日，习主席视察国防科技大学时，她作为科技干部代表受到习主席的亲切接见。习主席的殷切勉励，成为她在科研领域攻坚克难、追求卓越的不竭动力。

为使系统在使用中发挥出最佳状态，此后，她率领团队坚持到阵地轮流参与值班，为部队讲授系统原理和操作规程。一次，她在给部队授课时，主持讲课的领导一直称呼她为"安教授"，当知道安玮是系统"总师"时，忙说刚才介绍有误，应该称为"安总师"。安玮说："在阵地上，我们应该称为战士呢！"看似一句玩笑话，却道出了安玮的本色与追求。

近年来，安玮和团队一边参与阵地值班，一边分析总结系统使用情况。2017 年 10 月，她们根据用户对系统性能提出的更高要求，历经 4 个月的紧张攻关，再次对系统进行优化升级，将战技指标提升到一个新的水平，受到使用单位的高度评价。

如今，阵地上依然可见到安玮忙碌的身影，她一如盛开在科技兴军战场的铿锵玫瑰，绽放出奋斗者的亮丽光彩。

从"孩子王"到计算机专家

人们常把小学教师称为"孩子王"。你能想到吗？在国防科技大学，有一名曾当了 7 年"孩子王"的知名计算机专家——"天河二号"副总设计师杨灿群。

从"孩子王"到知名计算机专家的华丽转身，杨灿群身后留下一行闪光的足迹：先后主持国家"863 计划"、国防预研、国家自然科学基金等课题 10 多项，获得国家科技进步一等奖 1 项，军队科技进步一等奖 5 项。作为"天河"高性能计算创新团队主力干将，为"天河二号"超级计算机获得世界超算"六连冠"立下了汗马功劳。

"孩子王"是如何成为知名计算机专家的呢？

一位哲人说：人一旦有了梦想，就会有无穷的前进动力。杨灿群就是一个逐梦前行、不断超越的强军追梦人。

1968 年，杨灿群出生在湖南省桃江县农村，像许多农村孩子一样，最大的理想就是参军和上大学。由于家庭条件困难，初中毕业时，他为了减轻家庭负担，遵从父亲意愿报考当地一所师范学校。毕业后，杨灿群成为一名乡村小学教师。那一年，他 17 岁。

如果不是杨灿群参加了自学考试，接触到了计算机，他可能要当一辈子"孩子王"。说来也巧，在 20 世纪 80 年代，杨灿群参加的自学考试安排有计算机上机实习，当地没有机房，上机实习要到省城的国防科技大学。这样不仅使他第一次接触了计算机，而且了解到国防科技大学研制出了我国第一台"银河"亿次巨型机。

正是这次上机实习，杨灿群心中的参军梦、大学梦又一次被"激活"了——他想报考该校的研究生。可是，一名中专生怎么能考这所军中名校的研究生呢？条件明显不具备嘛。

然而，杨灿群并没有放弃自己的梦想。他通过仔细研究报考条件发现，这扇对他关上的大门还留有一条"缝"——具备本科同等学力资格可以报考。他通过自学考试大专学历后，凭着优异成绩取得教育部门认定的本科同等学力。

然而，当梦想快要变成现实时，命运又和杨灿群开了个玩笑，第一次考研名落孙山。但他没有气馁，一边继续当着"孩子王"，一边继续复习准备来年再考。这一次，杨灿群终于梦想成真，从"孩子王"变成了国防科技大学计算机学院的研究生，穿上向往已久的军装。

从考入国防科技大学那天起，杨灿群像一只不知疲倦的蜜蜂，辛勤地采集着知识的花蜜。3年后，他以优异成绩毕业留校，参与到"银河"巨型机的研制工作中。杨灿群朝着梦想又向前跨了一大步。

凭着对国防科技事业的热爱与执着追求，杨灿群很快在计算机编译系统研究领域崭露头角。在"天河一号"超级计算机研制中，他被任命为编译系统主任设计师。

"天河一号"超级计算机，创新性地采用了一种全新的体系结构，即"CPU+GPU"异构体系结构，这是它拥有优异计算性能的关键所在。

这种全新异构体系结构，带来的一个重大技术瓶颈就是如何提高GPU的计算效率。GPU只适合进行图形和视频处理，要将它与擅长运算的CPU组合在一起，融合协同计算，不仅编程很难，计算效率也很低。

总师组给杨灿群教授安排了一项任务，评测GPU的计算性能。当时，市场上宣称有通用计算能力的GPU有两种，每种型号有10多个，单独的GPU只是一颗普通的芯片，它需要与配套的存储器和外围电路构成显卡才能使用，而生产此类显卡的厂商有很多家，市场上可购买的计算显卡就有近20种。

杨灿群首先面临的一个问题，是如何从型号众多的GPU和显卡中，选择符合要求的产品，在近两个月大海捞针式地筛选中，终于选定了满足要求的GPU和显卡。

接下来就是编写代码，充分发挥GPU的运算效能。这是一项只有目标没有路的开创性工作。怎样才能找到突破口？杨灿群也是一筹莫展。他和同事采取一个科研中常用的办法：反复实验，认真观察和分析实验结果，不断进行优化验证。每天要进行上百次的分析实验，并从上百次的实验数据中，寻找"蛛丝马迹"。白天做实验，晚上躺下后脑海里仍是屏幕上那些滚动的实验数据。

整整4个月，杨灿群和同事们进行了8万多次实验，在一次次的反复实验和改进中，终于发现了GPU的内在规律，使GPU的计算效率一步步获得提高，最终达到了70%，将"天河一号"计算效能优化提高到了每秒2566亿次，计算效率达到54.6%，创造了一个世界奇迹。"天河一号"正是凭借这一数据摘得世界第一的桂冠。杨灿群也被誉为"性能优化的魔术师"。

创新无止境。2013年6月，杨灿群所在团队又研制成功"天河二号"超级计算机，连续6次位居世界超算500强榜首。作为该系统的副总设计师，杨灿群没有停止前进的步伐，他带领着同事们又向着更高的目标发起了冲击。可以预见，未来的"中国速度"将更加精彩。

从一名中专生到博士、教授，从"孩子王"到知名计算机专家，杨灿群的故事给了我们太多的启示。

给战舰插上信息化"翅膀"

2016 年农历正月初五，正和家人一起欢度春节的叶剑民的手机响了。"祝贺新年的电话真多。"叶剑民拿出电话一听，是紧急通知：明天飞往三亚，随海军舰艇前往南海，为南沙海军安装某信息化设备。

接到电话，叶剑民犹如战士听到出征的命令，当即订好机票，停止休假，收拾行装，携带相关设备与工具，第二天准时飞往了三亚。下午 4 点，登上开往南海的一艘军舰，这一去，叶剑民整整干了一个半月，圆满完成任务。

作为国防科技大学电子科学学院的科技专家，出差对于叶剑民来说，早已是家常便饭。为了给舰艇插上信息化"翅膀"，他每年出差 9 个月以上，而这项工作，叶剑民坚持干了整整 18 年，足迹遍布天南地北，汗水洒遍万里海疆，为海军信息化建设和战斗力提高做出了重要贡献。

那是 20 世纪 90 年代，叶剑民与课题组经过刻苦攻关，研制成功了一项信息化设备被批准列入舰艇装备。当成功的喜悦洋溢胸间，一个更加艰巨的任务也在等待着他们——迅速将成果转化为战斗力。

谁来承担这一任务？正当领导为此颇费心思时，叶剑民主动请缨："就让我来干吧。"

叶剑民是某学科方向的技术骨干，在人们看来，让他做这项工作有些大材小用，而他却说："作为一名科研人员，没有比将成果转化为战斗力更重要的事了。"

这项工作看似简单，其实环节很多，也很繁杂。

首先，要将系统运到工厂，与武器系统进行陆上联调；然后安装到舰艇上，进行系泊试验；最后再进行航行试验并对官兵进行操作培训，后期还有系统检测、维护、升级，工作一环扣一环，所以很难有停下来的时候。

安装设备的时候，必须钻进舰艇舱内，夏天钻进舱内就像钻进一个蒸笼里，几分钟就全身湿透；到了冬天，又如同进入了冰窟，手冻得握不住工具。最难受的是进行航行试验，舰艇需要做大幅度摇摆试验，每次都被折腾得晕头转向，五脏六腑翻江倒海。一次系统调试前，设备突然出了故障。这可把叶剑民急坏了。"绝不能因为我的工作影响整个系统的进度。"为了找到并解决问题，他与同事连续5天4夜没睡觉，直到问题查清并彻底排除。

这一条龙式的工作，来回奔波就成了叶剑民的一种生活状态。这些年，海军建设进展很快，工作量也随之增加，基本上每年出差300天以上。偶尔回来一趟，办完事就得往部队和工厂赶。领导和同事都说："小叶是海军的人，偶尔出差到科大。"

成年累月天南地北地跑，南北气候反差让叶剑民闹出不少笑话。有一年冬天，正在渤海湾某海港安装设备的他，突然接到南海舰队求援电话，叶剑民二话没说带着检测工具立即飞往海南，出了机场，行人纷纷向他投来异样的目光。叶剑民低头一看，自己还穿着厚厚的皮夹克呢！

"傻得连衣服都不会穿了！"有人这样跟他开玩笑，叶剑民却笑呵呵地说："只要我安装的设备不傻，我傻点无所谓！"

叶剑民1985年本科毕业留校，至今仍是一名只有本科学历的副研究员，在国防科技大学，像他这个年龄的科技干部，学历和职称都显得有些"落伍"了。领导早就想安排他在职攻读研究生，拿个学位，这样更有利于他的发展。然而，自从承担起这套信息化设备的调试安装工作，他就把攻读学位的事放到了一边。有人替他惋惜，叶剑民总是说："拿学位是个人小事，可以推迟，设备安装是关系打赢的大事，一刻也不能耽误！"

关系打赢的事，一刻也不能耽误！这就是为什么一项工作，叶剑民默默坚持干了18年的原因，他将自己的一切都融入到了国防和军队现代化事业中，无论遇到多大困难，都绝不退缩，勇往直前。

这次接到任务赶赴南海，叶剑民无心欣赏南海的美丽风光，全身心投入到工作中，在连续45天的航行和设备安装调试中，他克服晕船呕吐等各种困难，一一将设备安装、调试到位，让海军官兵放心使用。一次，安装调试验证时出现异常情况，而检测维修条件有限，可把叶剑民急坏了。

怎么办呢？叶剑民想，来趟南海不容易，一定要把设备调试好，才能让海军官兵更好地守卫南海。有什么条件便打什么仗，他因陋就简，因地制宜，采取各种办法进行检测，反复试验，苦战三天两夜，终于将设备调试到位，将问题彻底排除。

南沙之行虽然很苦，但叶剑民说，比起那些长期在大海航行、驻守在岛礁的官兵相比，这些苦和累不算什么，能为海军信息化建设出一份力，维护我国的海洋权益，就是人生的价值所在。

逐梦海疆 18 年，叶剑民以坚定的信念与执着，诠释了一名军人、党员、科技工作者的强军追求与使命担当。至今，叶剑民仍在继续从事着为战舰插上信息化"翅膀"的工作。"只要部队建设需要，我愿一如既往地干下去。"他说。

"海归"女博士爱上"孔雀蓝"

　　当"女博士"与"海归"结合在一起，最能让人联想的一个词可能是"高大上"，抑或是"羡慕嫉妒恨"。确实，"海归"女博士令人羡慕，对于国防科技大学文理学院文职人员姜静来说，似乎是水到渠成，又平常不过。生活中，她依然是那个有说有笑的平凡女孩，一如"邻家小妹"，极具亲和力，学员们则喜欢称她为"姜姐"。

　　这位学历与颜值俱佳的"海归"女博士，在面临人生职业选择的时候，却毅然决然地来到国防科技大学，成为身着"孔雀蓝"的文职人员。当有人对她的选择感到不解时，她却自信地说："我的选择没有错！"

　　姜静毕业于武汉大学物理科学与技术学院。攻读博士期间，被公派到日本东北大学留学一年，先后在国际顶尖物理期刊《物理评论快报》《物理评论B》上发表多篇论文，曾获得武汉大学校长颁发的"学术创新二等奖"。

　　2014年，获得博士学位的姜静面临多种选择：日本的导师热情挽留她留下来继续工作，国内某知名大学向她伸出"橄榄枝"。恰在这时，网上一则《军队文职人员统一招聘公告》，让她心里泛起波澜：到部队当一名不穿军装的"女兵"，也算圆了儿时的参军梦。经过一番了解，姜静选择了国防科技大学。"我们正需要你这样的专业人才，欢迎你加入我们的团队。"教研室马燕云主任对她说，文职人员虽然不穿军装，岗位与军人没有区别，同样有用武之地。

　　凭着良好的综合素质和优异学业表现，姜静一举应聘成功。她的这一决定，一些人对此表示不理解。姜静却有自己的想法：用所学专长，服务军队教育事业，有职业荣誉感，这里有良好的教学科研平台，只要自己努力，一定能实现自己的人生价值。

　　来到国防科技大学后，姜静先后在原广州军区某综合训练基地、石家庄陆军指挥学院参加了4个月的军训和岗前培训。对于习惯了自由自在生活的姜静来说，4个月的"兵之初"，无异于一场脱胎换骨的"洗礼"。

"这是一段难忘的人生经历，也是一次华丽转身，我完成了从一名'海归'到军校教员的转变，收获大大的。"姜静的乐观与自信，感染了身边每一个人。

走上军校讲台，姜静迅速融入团队，承担起两门本科生和两门研究生课程教学任务，与同事一起，白手起家筹建核辐射探测实验室，成为不可或缺的实验教学骨干。课堂上，姜静的授课既深入浅出，又风趣幽默，很受学员好评。比如，做实验要使用放射源时，一些学员总会担心有辐射而束手束脚。这时，她就会告诉大家："我们实验使用的放射源，都是豁免源，对人体没有伤害。当然，你不能把它带回宿舍或吃进肚子里。"一席幽默的话语，随即引来一阵轻微的笑声，也打消了学员们对放射源有辐射的顾虑。看似平常的一幕，其实是姜静基于对教学和学员的了解，精心设计的，足见姜静在教学上是何等用心。

教学之外，姜静发挥自己的专业特长，积极开展高能正电子束产生与探测相关研究，参与承担了国家自然科学基金等两项课题研究。在某重点课题申报中，她瞄准国际前沿，深入研究探索，将可能遇到的问题一一列出来，提出许多有见解的创新思路，为课题顺利通过立项做出了贡献。如今，姜静已成为该课题研究的技术骨干。

短短两年时间，姜静已在教学科研中初露头角，工作渐入佳境。身边的领导和同事对她赞许有加，学员们也很喜欢这位学识渊博、平易近人的文职教员。

回首"从军"之旅，姜静感受最深的是领导和同事无微不至的关心指导、团队中融洽和谐的氛围、校园里昂扬向上的学员。"很充实、很温暖，我庆幸自己做出了正确的选择，有了能实现人生价值的事业舞台。"说这话时，姜静话语里充满了幸福感，脸上绽放出自信的微笑。

"最狠新郎"奖

"下面，颁发'最狠新郎奖！'"

"获得'最狠新郎奖'的是——海归博士刘煜！"

在热烈的掌声中，只见一位身材高大的年轻军人大步走上主席台，向颁奖者敬礼后接过奖杯，有些腼腆却又颇为自豪地将奖杯高高举起。

掌声再次响起来，毫不吝啬地献给了这位不同寻常的获奖者。

这是 2011 年底，在国防科技大学系统工程学院一个年终总结会上出现的有趣一幕。

"最狠新郎奖"，这是怎么回事呢？

原来，刘煜所在单位在筹划年终总结表彰大会时，有人提议，大家一年到头从事教学科研工作，很是紧张忙碌，总结表彰会应该把气氛搞得活跃一些。于是，在正常立功受奖之外，出差多的就授予"铁路贡献奖"，加班吃盒饭多的授予"支持第三产业奖"。那么，刘煜又是怎样被授予"最狠新郎奖"呢？

这年 6 月，刘煜与相恋 6 年的女友准备举办婚礼，而刘煜又因工作太忙不好意思请婚假，再说，他不想大操大办。于是，就与女友商定利用一个周末时间，回老家岳阳把婚礼办了。

日期定下来了，就在刘煜准备当新郎倌的这个周六，一位与他同一个领域的知名专家来学院做学术报告，时间就定在了晚上 8 点。刘煜对这个领域最熟悉，也是最合适的学术活动主持人，更重要的是，他不想错过这次与专家当面交流的难得机会。

怎么办呢？这难不倒刘煜。当天中午婚礼结束后，刘煜安顿好亲友，获得新婚妻子"批准"后，乘车从岳阳赶回长沙，晚上按时主持了当晚的学术交流活动，与专家探讨技术交流及合作问题。

活动结束后，刘煜把专家送回宾馆，自己又从长沙赶回岳阳，回到家时，已是凌晨 2 点多钟。第二天是周一，刘煜又像往常一样出现在了实验室，继续科研工作。

本来，刘煜将此事做得十分保密，但当他向同事们分发自己的喜糖时，却真相大白——他是在举办婚礼的当天赶回学校主持学术活动的。

有人责怪刘煜"太狠了"，婚礼一结束，就把新娘抛在一边不管。到了年终总结时，"最狠新郎奖"就"非他莫属"地颁给刘煜了。

出生于军人家庭的刘煜，从小品学兼优。2005 年 7 月，他从西北工业大学毕业时，被推荐到英国东安格利亚大学留学。第二年，在英国计算机学会举办的"未来计算机"设计大赛中，刘煜的作品从来自 70 多个国家的 3000 多件参赛作品中脱颖而出，获得最佳原创作品奖，成为该项赛事历史上第一位华人获奖者。

2011 年 6 月，27 岁的刘煜在东安格利亚大学获得博士学位，人生道路上铺满了鲜花，有多个好机遇等着他选择：导师希望他留在英国工作，国内的两所大学也争着邀请他，一家上市公司则许以高薪请他加盟，但刘煜都放弃了。此时，他做出了一个令许多人不解的决定：到国防科技大学工作，携笔从戎，参军报国！

"我的想法很简单，我父亲曾经是一名军人，自小受他的影响，内心里非常喜欢军人的样子。"刘煜说。

海归博士直接特招入伍，在国防科技大学，刘煜是第一人。他能行吗？刘煜清楚地记得，第一次到学校时，前来接他的王炜教授反复提醒他："这一步将决定你一生的走向，不管你来自何处，关键要能出成果，能打胜仗，你真的想好了？"在王教授看来，只有具备军人的信念、忠诚、担当、奉献，甘守清贫与寂寞的品质，在军旅生涯中才能走得更远。

刘煜主意已决，在等待参军手续报批的日子里，他主动提出参与教研室科研工作，尽管没有任何工资，但他与别人一样，工作细致而勤奋。

一天，系主任张茂军教授交给刘煜一项任务，"这个问题你看看能不能解决？"刘煜二话没说，连续奋战一天一夜，提前完成任务。不久，张主任又给他两项任务，刘煜同样出色完成了。后来，刘煜才知道，这几次任务都是对他的考核。考核的结果是："这小子能行！"

4个月后，刘煜特招入伍被批准了，他实现了从海归博士到军校教员的华丽转身，承担了《虚拟地理环境》等4门课程的教学任务。

教学刚刚进入角色，领导又委以重任——赴北京参加某兵棋推演项目研制攻关。每周三，刘煜从北京飞回长沙，下午上完课，晚上再往北京赶。脚步匆促，像一个高速旋转的陀螺，虽然忙得不可开交，但刘煜却感到"充实而快乐！"

除了教学，刘煜还承担着国家自然科学基金、留学回国人员科研启动基金等10多项课题研究。在团队中负责多相机互补智能联运技术和超微光成像技术攻关。在匆促而忙碌的日子里，他在噪声抵制和颜色恢复等核心技术研究上实现了一系列突破，已申请获得15项国家发明专利，发表论文30多篇，出版专著4部，在摄像机高清全景摄像、超微光成像技术研究上取得了骄人成绩。

提起摄像机，大家可能感到很普通。其实，刘煜所在团队研制的摄像机却不是一般意义的普通摄像机。它能实现360度实时成像，不用旋转镜头，就能将周围四面八方景物全摄录，可以无死角监控周围整个空间，分辨率高达2500万像素，是目前国际上成像最清晰、"头脑最聪明"的全景成像系统，曾获得全国发明展览会金奖。

刘煜目前正在攻关的超微光成像技术，即便是在伸手不见五指的漆黑环境中，不用任何光源，也能让摄像机拍摄出高清晰画面。很神奇吧！

把科研成果转化为战斗力，一直是刘煜努力的方向。他的这项技术，在军事领域有着广泛的应用前景。比如，夜间使用红外成像，不仅光源容易暴露目标，且热成像成本太高。他和团队研究的超微光成像技术，就能解决这个问题，像部队开展夜训和演习，指挥员如何掌握部队山谷丛林里的训练情况，训风实不实？训练演习中有什么问题？有了它，就一目了然了。

截至目前，刘煜在该领域已发表6篇论文，申请了4项国家发明专利，2

项已获得授权。

特招入伍几年中，刘煜在军校里如鱼得水，取得了可喜的业绩。他深深地感到：自己做出了人生的正确选择。2015年，刘煜双喜临门：当年去大门口接他的王炜教授主动让贤，推荐刘煜接担教研室主任，他成为学院最年轻的教研室主任。年底，刘煜破格晋升为副教授。

如今，刘煜把"最狠新郎奖"放在家里的书架上，每每看到它，心中总会涌现一种甜蜜感：妻子的理解支持，给了他无穷的工作动力。

他没有赶上自己的婚礼

2008年1月30日，是宋振龙博士和未婚妻约好在女方家举行婚礼的日子。女方家在河南，谈恋爱几年，宋振龙因参与"天河一号"研制，只陪女友回去过一次，且只住了一个晚上，除岳母和岳父，女方的亲戚都没有见过这位"新郎倌"的面。因为，工作实在太忙了。

1月下旬，婚期临近，宋振龙仍然因为工作忙，无法提前离开，他对未婚妻说，29日晚上到河南，绝不影响30日设喜宴，宴请亲朋好友，到时与亲戚朋友们集体见面。

未婚妻理解他参加"天河一号"研制工作忙，爽快地答应了，说只要不影响举行婚礼就行。

28日，宋振龙干完了一天的工作，打算第二天晚上就去河南。可就在这个时候，一个由他负责的程序在调试时出现了问题，必须及时解决。婚礼日期临近，能不能交给别人来做呢？

宋振龙想了一下：不行。程序复杂，让别人来做，交互就需要几天时间，时间不允许；自己来完成，一天多时间也很难完成。

宋振龙思来想去，结果是：无论自己干还是交给别人来做，无法赶上婚礼日期了。

此时，婚宴的请柬已经发出，婚期来不及更改……

怎么办？宋振龙犹豫了片刻，最终决定留下来。他给未婚妻打电话，详细说明情况，请求未婚妻理解和支持。接着，又给未婚妻出主意：让她以发生冰冻灾害，没有火车和飞机为由，向家人及亲戚朋友们做个说明。

说服未婚妻的过程很艰难，但精诚所至，未婚妻最终还是同意了。这样，当宋振龙在机房潜心投入攻关时，他心爱的人只好独自一人在家完成一个没有新郎的婚礼。

也许是爱情的力量，或许是宋振龙"舍小家为国家"的精神感动了上天。30号晚上7点多，问题顺利解决，过去需要一周时间才能生成最终文件，现在只要一个小时就运行完毕，用户十分满意，对宋振龙赞不绝口。

这时，宋振龙才想起给未婚妻打电话。电话接通，正准备再次表达歉意，没想到对方第一句就问："你那边的问题解决了么？"

"解决了，解决了。"

"那你赶快来娶我！"

"明天，明天。"

一个把"天河"事业看得比自己终身大事还重的丈夫，一个支持理解丈夫干事业的妻子，他们的明天一定会更美好。

2010年11月17日，"天河一号"二期系统在国际TOP500组织发布第36届世界超级计算机500强排行榜上，以无与伦比的运算性能位居世界第一。宋振龙为此感到无比荣耀，虽然为了研制"天河一号"，没有赶上自己的婚礼，但他认为很值。

在"天河一号"工程总结表彰大会上，学校为宋振龙颁发了一枚"银质奖章"。他对妻子说："这奖章，有你的一半。"妻子会心一笑："那我继续支持你。"

事业的召唤，爱妻的支持，让宋博士感到有使不完的劲。

琪美拉姆的追梦之旅

琪美拉姆，是一位美丽的"90后"藏族女孩，出生于四川省甘孜藏族自治州康定县农村。2013年8月，她成为国防科技大学建校60年来第一位藏族女研究生。

从深居大山的藏族女孩，到全军工程技术最高学府的研究生，实现这一"华丽转身"的背后，琪美拉姆经历了怎样的人生磨砺呢？

"一波三折""好事多磨""梦想成真"，这些词就是她立志从军报国的真实写照。

1990年1月，琪美拉姆出生在一个藏族农家。小时候，她最喜欢听奶奶讲当年"金珠玛米"（藏语为解放军）进山打土匪、救济贫苦藏民的故事，电视里只要播出"金珠玛米"的节目，琪美拉姆总是目不转睛地盯着看。一次，她跟随阿爸到县城购买生活用品，在路过一处军营门口时，琪美拉姆第一次见到了她最崇拜的"金珠玛米"，她就站在那里静静地看着，任凭阿爸怎样拉她，也不肯走。

阿爸见她天真好奇的样子，就说："等你长大了，也当'金珠玛米'，好吗？"琪美拉姆这才依依不舍地跟着阿爸回家。从此，长大后当"金珠玛米"，就成了她的梦。

也许是这个从军梦想的缘故，渐渐长大的琪美拉姆，不像其他女孩那样喜欢穿花衣裳、爱跳皮筋，而是喜欢拿着玩具枪与男孩一样"战斗"，最爱看的图书也都是军事类书籍。上学后，她更喜欢看《士兵突击》《女子特战队》等影视剧。在琪美拉姆的梦里，《士兵突击》里的史今班长，像带着许三多一样带着她，在训练场上操练，好过瘾哟！

然而，一位大山里的小女孩，要成为一名"当代花木兰"，在常人眼里是多么可望而不即的事啊。

事实上，琪美拉姆的从军之路充满了坎坷，要不是她有着坚定的信念和不达目的不罢休的精神，真不可能实现。

2005 年，琪美拉姆以优异成绩考上了康定县中学。读高二时，她从老师和同学那里，知道了军队里有一所著名的国防科技大学。于是，琪美拉姆为自己编织了一个"入伍、入学"两全其美的梦想，她在每一个笔记本的扉页上，都写上了"GFKD"（"国防科大"的拼音缩写）4 个字母。

琪美拉姆知道，要考上被誉为"军中清华"的国防科技大学，一定要品学兼优。为此，她铆足了劲刻苦学习，早晚坚持进行身体锻炼，成绩一直在班里名列前茅。

2009 年高考时，她毫不犹豫地填报了国防科技大学，结果以几分之差名落孙山。琪美拉姆感到非常失落。她把自己关在房子里，忍不住大声哭起来。

后来，琪美拉姆被成都电子科技大学录取，但儿时的参军梦却始终萦绕在心中。大二时，她听说成绩优异的学生可转为国防生，毕业后可以直接参军。琪美拉姆兴奋极了，毫不犹豫报了名。

琪美拉姆天天盼望着转为国防生的好消息。不久，国防生的名单公布了，她却没有找到自己的名字。因为，当年没有女生名额。那一刻，琪美拉姆感到茫然无措。她一个人来到图书馆后面的小湖边，走了一圈又一圈，直到筋疲力尽，她失望极了。

同学们见琪美拉姆茶饭不思的样子，就安慰她："学校每年都有保送到国防科技大学读研的名额，你成绩好，也许还有希望。"

"对啊！不能成为国防生，我可以凭成绩保送到国防科技大学读研究生。"从此，一度情绪低落的琪美拉姆又振奋起来，一如往常地勤奋学习，每天下晚自习后，坚持到操场上跑步，像校园里的国防生一样进行体能锻炼。大三时，各方面优秀的琪美拉姆，光荣地成为一名中共党员。

然而，尽管琪美拉姆很努力，成绩也不错，但在要求很高、名额有限的保送读研竞争中，她又一次名落孙山。这一次，琪美拉姆没有气馁，她决定考研，并且报考国防科技大学。

功夫不负有心人，考研成绩公布了，琪美拉姆终于接到了国防科技大学的复试通知，她很高兴，参军梦就要实现了！

可老天爷又和这个藏族女孩开了个玩笑，琪美拉姆后来才知道，她参加的是非军人类研究生复试。虽然有些美中不足，但琪美拉姆想：即便不能参军，能进入这所军校与军人学员一起学习，也就朝着梦想向前跨进了一大步。她，似乎听到了绿色军营的召唤。

这年4月，琪美拉姆带着几份喜悦、几份好奇，第一次走进了国防科技大学。校门上那鲜艳夺目的"八一"军徽、校园里充满活力的绿色方阵、和蔼可亲的军校考官……啊！这里的一切，都让她感到兴奋。

专业复试很顺利。研究生复试结束后，琪美拉姆向负责面试的教官讲述了自己的从军梦想，她的执着追求和曲折经历，令在场的人十分感动：一个藏族农家女孩，为了从军报国经过了那么多的刻苦努力，历经挫折却初心不改，多么不容易呀！国防现代化建设不正是需要琪美拉姆这样的优秀青年么？

负责复试考核的几位教官向上级领导汇报了琪美拉姆的情况，同时建议调整录取为军人学员。研究生院对此很重视，经过认真研究并按照有关政策，最终将琪美拉姆录取为军人研究生。真可谓"山重水复疑无路，柳暗花明又一村"。

接到国防科技大学研究生录取通知书的那一刻，琪美拉姆竟不敢相信自己的眼睛。她把录取通知书仔细看了两遍，一汪热泪随即顺着脸庞流了下来。

"阿爸阿妈，我的从军梦想终于实现了！"琪美拉姆迅速拿出手机将这一消息告诉了远在四川甘孜藏族自治州康定县的父母。

2013年9月1日，琪美拉姆穿上梦寐以求的军装，成为学校历史上第一位藏族女研究生。站在新生军训的队列中，琪美拉姆不禁热泪盈眶。她告诉自己：从现在起，必须将个人梦融入中国梦、强军梦，让自己的梦想飞得更高、更远。

琪美拉姆入学后，很快完成了从一名地方青年到军校学员的转变，因为各方面表现突出，入学第一年，她3次获得嘉奖。完成专业基础课学习后，琪美拉姆在导师指导下，加入到国家"863"计划课题攻关队伍中。

导师信任，使命催征，琪美拉姆仿佛有使不完的劲。学算法、编代码、做仿真、反复调试验证……几乎达到了废寝忘食的程度。一年后，琪美拉姆不负众望，出色地完成了导师交给的研究任务。2014 年底，项目在北京进行系统联调考核，琪美拉姆负责的部分实现了零差错平稳运行，技术指标达到了国内先进水平。为此，她受到该领域专家的高度称赞：一名入学刚一年的女研究生，能把课题做得这样好，真不简单。

面对取得的成绩，琪美拉姆说："我只是站在导师的肩膀上迈出了一小步，今后的路还很长，但我会朝着自己的梦想走下去。"

2016 年 1 月，琪美拉姆在国防科技大学顺利完成硕士学位学习，分配到空军某部，在新的工作岗位上，她开始了新的长征。

三对孪生兄弟的同一个梦想

相貌相似，志向相同，高考分相差无几，同时被国防科技大学录取。

在国防科技大学 2014 级新学员中，三对孪生兄弟携手进入绿色方阵。他们为什么不约而同地选择了军校呢？答案是，他们有一个共同的强军梦。

李非、李凡，是一对来自河南开封农村的孪生兄弟。哥哥李非身高 1.76 米，弟弟李凡身高 1.75 米。今年高考，兄弟俩分别取得 671 分和 673 分的好成绩，高出河南一本线 120 多分。

高考成绩出来后，浙江大学和中国科技大学都希望能录取兄弟俩，并表示可以免除他们 4 年的学费。虽然条件诱人，但兄弟俩却不改初衷，坚持选择了军队院校。

"我们向往航天，所以都报考了国防科技大学空天科学学院。"李非说，兄弟俩的专业分别为"飞行器系统与工程"和"导弹工程"，对此，他们感到十分满意。

据李凡介绍，兄弟俩从小就有一个绿色的军营梦想，看过《亮剑》等军事题材的影视剧，很崇拜李云龙式的英雄人物，中学阶段虽然学习很紧张，但每次载人航天发射都十分关注。每当这个时候，兄弟俩就希望将来也能投身到航天事业中，去探索太空的奥秘。上高中时，他们了解到国防科技大学是我军高素质新型军人培养的重要基地，为我国载人航天工程培养输送了大批担当重任的航天科技人才，更是坚定了他们投身航天事业的理想信念。填报高考提前批志愿时，两人都选择了国防科技大学空天科学学院。

"学校比自己以前了解的还要棒。"李凡说，参观学校校史馆后，让他们对学校有了新的认识，也更加坚定了自己的选择。报到后，兄弟俩穿上向往已久的军装。"感觉自己突然之间长大了，身上似乎就有了一种责任感。"

对于李非、李凡兄弟俩来说，考上军校迈出了实现理想的第一步，成为一名航天技术专家则是他们的奋斗目标。

另一对孪生兄弟是来自湖南常德的周凯、周旋，他们的父母很巧妙地将"凯旋"这个美好的词汇融入名字中。"我们高一时就来国防科技大学参观过，从那时起，就决定要报考这所军校。"身材略显单薄的周凯，言谈中透出同龄人少有的成熟。

周凯、周旋的家境并不算好，父母一直在广州打工，从小由爷爷奶奶带大，是典型的农村"留守儿童"，每年只有春节或暑假时才能与父母团聚。也许正因为如此，兄弟俩十分懂事，很小就能体会到父母在外打工的艰辛，学习十分用功，成绩一直名列前茅。上高一军训时，学校组织他们到国防科技大学参观，从那时起，一颗从军报国的种子就在兄弟俩心中发芽了。

原本文科成绩十分优秀的他们，在高二分班时都毅然选择了理科，因为，国防科技大学是一所军事高科技学府。

今年高考，哥哥周凯考了 645 分，弟弟周旋临场发挥欠佳只考了 607，但也超过湖南重点线 80 多分。哥哥被录取为工程技术类，弟弟录取为军事指挥类。"其实，我们俩的理想志向都一样，就是要上军校，将来投身国防现代化建设。"他们所在的湖南桃源一中，今年有 39 人被军校录取，其中 5 人到了国防科技大学。

收到国防科技大学的录取通知书，兄弟俩立即打电话告诉远在广州打工的父母。报到时，他们的父亲特意请了几天假赶回来送他们到学校。兄弟俩很想穿上军装和父亲照张相，好让妈妈早点看到他们的"新面貌"，遗憾的是，军装还没有发下来，父亲要急着赶火车提前离开了学校。兄弟俩一致表示，在军校一定要好好学习训练，掌握过硬本领，在部队建功立业，将来要用优异的成绩回报父母，报效国家。

还有一对孪生兄弟，是家在吉林延边的梁国超、梁国旭，别看他们开学才短短一周时间，而一身迷彩、扎着腰带的兄弟俩的一举一动已经有了军人模样，晒黑的脸庞透出几分刚毅和自信。

如果不仔细分辨，你很难将兄弟俩分辨出来，相貌极为相似，身高都是 1.74

米，就连高考成绩也只相差 3 分，哥哥梁国超考了 617 分，弟弟梁国旭考了 620 分。谈到自己的理想，兄弟俩也是异口同声：参军报国。

"我们的名字中都有一个'国'字，父母就是为了我们长大后能为国争光呀！"梁国超说，他们的爷爷曾参加过解放战争和抗美援朝，立过战功，父亲希望他们能成为像爷爷一样的人。

兄弟俩的童年有些苦涩，在他们很小的时候母亲就因病去世了，是奶奶和父亲将他们拉扯大的，兄弟俩从小就有很强的生活自理能力，学习上相互帮助，相互竞争，从小学到高中，兄弟俩同在一个学校不在一个班，但两人都是班里的第一名。

这次上军校，是兄弟俩第一次出远门。来到国防科技大学，他们很喜欢这里的学习环境和严格正规的军校生活。哥哥梁国超认为，校园里到处充满了正能量，弟弟梁国旭则说，这里的干部和教员很和蔼，时刻感受到军营大家庭的温暖。兄弟俩的目标是刻苦学习、严格训练，将来成为一个能担当重任的科学家或指挥员。

共同的梦想，让三对孪生兄弟做出了同一个选择。这个选择也一定能让他们梦想成真。

使命在肩

北京开往长沙的 T1 次列车，风驰电掣一路向南急驰，远处忽闪的灯影不时从车窗外掠过。夜深了，黄海风心潮起伏，辗转难眠。在医院探望妻子的一幕幕在脑海里浮现——

"妈妈病成这样了，你才来，我恨你！" 10 岁的儿子见到久未露面的爸爸，言语中充满了埋怨。

"唉！你既不带兵，又不戍边，在国防科技大学当个老师咋就这么忙呢？" 母亲不能理解，搞个科研竟然忙得连妻子住院手术也抽不开身。

"我没事，有妈妈在这里陪护，你就不用操心了。早点回去吧，别误了你的大事。" 倒是妻子仍像以往那样理解他、支持他，尽管面容憔悴，鼻子里插着食物导引管，眼神里却充满了爱意……

列车一路向南奔驰，夜更深了。黄海风依然无法入眠，思绪将他拉回到 15 年前——

他觉得他和妻子的命运，有些像文学作品中的男女主人公。那年秋天，在部队带了 3 年兵的他，又考入母校国防科技大学攻读博士学位，从训练场走进高科技殿堂，从一线带兵人到研究生，角色的转换、学业的压力，让他忙得脚挨后脑勺，每天宿舍、实验室两点一线，加班加点做实验、写论文。

2001 年，经人介绍，她走进了他的生活，两年后，他有了一个家。从此，她用柔弱的肩膀挑起了生活的重担，用关心和体贴支撑起他事业的精神支柱，使他能心无旁骛地潜心于自己的学业。

他的博士课题，是一个太空信息获取与处理的全新研究方向，当时国外研究刚刚起步，国内还无人涉足。研究从何入手？体系怎样构建？当时他一头雾水，压力山大。有人劝他：搞这个课题，很难！弄不好博士学位都拿不到。他想换一个方向，却被导师顶了回来：现在不研究，以后再追赶就更难了！落后就要挨打的道理还不懂吗？

作为军人，他哪能不懂呢？迈入 21 世纪，太空已成为继陆地、海洋和空中之后的第四维活动空间。一位战略家断言：下一场战争，将是太空领域的争夺！

仰望星空，他又一次被那浩瀚无垠的天际吸引了，那是未来军事竞争的战略制高点，一场太空优势争夺战已悄然打响，作为军队科技工作者，怎能置身度外？想起这些，他又踌躇满志，跃跃欲试，为了祖国的太空安全，他决定跟着导师在太空领域与西方大国展开一场寂静的赛跑。

从此，黄海风更忙了，一年到头，他就像个高速旋转的陀螺，根本没有停下来的时候，很难得和妻子逛一次公园，看一场电影。

他不知道妻子是怎样安排日常生活的，也不知道孩子是如何在不知不觉中就长大了。他只知道，妻子总是默默地全力支持他的工作，每当他一身疲惫地回到家，妻子已做了一桌热腾腾的饭菜在等候他。

博士毕业，他留校继续开展研究，经过几年的探索与攻关，课题被列入国家"973"重大基础研究项目，研究虽有起色，但无数的难题仍在考验着他。随着我国航天事业的发展，国家对这个研究领域极为重视，重点课题一个接一个，时间一个比一个紧迫。在他的日历上，已没有节假日，没有寒暑假，一年有 100 多天在外调研和开展科研试验，周周"5+2"、天天"白＋黑"成了生活的常态。

结婚两年后，爱情之花开始结果，妻子身体不是太好，怀孕后时常呕吐，以为是正常的妊娠反应。儿子出生后，妻子吃任何食物都出现呕吐，可能是消化不好吧，并未引起重视，直至 2008 年才被确诊为胃食管反流病。

2014年冬天，妻子病情复发，已濒临胃癌的边沿。黄海风急了，他打听到北京一家部队医院可以治疗这种病。于是，他托人联系好住院事宜，准备带妻子去北京治疗。就在这节骨眼上，他承担的某国家重大课题研究也进入到联调联试关键阶段，作为项目技术负责人，他使命在肩，说什么也不能离开。

黄海风只好让岳母陪同妻子到北京看病，自己率领课题组一头扎进实验室继续攻关，内疚的他只能在心里默默为妻子祈祷。

大约是第 3 天的晚上，岳母打来电话："海风，我想来想去，还是给你打这个电话！下午医院检查过了，明天手术，如果可以的话，你就赶过来吧。"

放下电话，想到手头的工作，黄海风内心十分纠结：真是很为难啊！系统正在调试，项目验收在即，课题组全力以赴地展开了最后冲刺。上级主管部门寄予厚望：这个项目成功了，我国与西方发达国家在技术上的差距就大大缩小了。

作为星地一体化技术专家组组长，黄海风清楚自己的使命与责任。实验场就是战场，攻关如同打仗。作为军人，国事与家事，他掂量得出孰重孰轻，他只得再当一次"负心郎"了。

项目调试验收如期完成，黄海风和课题组又打了个胜仗。

投身这一领域研究 14 年，黄海风身后留下了一串闪光的足迹！率先提出的某构形理论体系，其效率比国外高出 20%，观测时间缩短 150 余天；领衔研制的某新型航天装备成功应用于我军某工程型号；承担完成的某系统列入我军航天装备研制建设规划，并正式启动建设……

黄海风明白，没有妻子的支持，他是不可能取得这些成绩的。这么多年来，妻子始终默默地支持他，家里的事从不让黄海风分心。

课题顺利通过验收，寒假也到了。黄海风放下手头的工作，匆匆赶往北京，探望已做完手术正在康复中的妻子。

黄海风没有想到，走进病房，儿子冲他说出了"我恨你"这样的气话。在他眼里，孩子是十分乖巧懂事的，这次寒假后，他就来到妈妈身边，每天陪伴着妈妈，想尽办法逗妈妈开心，仿佛一下长大了。医生护士都夸他小小年纪就十分懂事。只是，每当有人问起"怎么没见到你爸爸呀？"的话时，他就对爸爸渐渐心生"怨恨"。

让黄海风欣慰的是，妻子从未埋怨过他，知道他忙着国家的大事，这次也没让他操心。几天后，妻子就催着他回去：不要因为我的病影响了工作，我没事，你就放心忙你的去吧。

列车一路向南急驰，第二天一早到达长沙。黄海风想起儿子的话，喉咙有些哽咽，自己太不称职了，无论是作为父亲还是丈夫。

　　回到家，黄海风打开手机，想给儿子发个信息。在翻看儿子微信朋友圈时，他看到一张儿子戴贝雷帽的照片，下面写有一段文字："周末，爸加班，兄弟连打镭战的计划，再次泡汤。若要问我，我会毫不犹豫说恨他。可是我又敬佩他，敬佩这个穿着飒爽军装的爸爸！"

　　黄海风笑了，泪水再次模糊了双眼。

一位青年博士的家国情怀

隆冬时节，塞外某科研试验场寒风凛冽。一群科研人员正紧在张而有序地进行某重点型号项目试验：安装调试、功能测试、性能测试、大系统联试……

经过一整天的紧张忙碌，试验取得圆满成功，现场一片欢呼。项目主管部门领导喜出望外，当即决定：下午开个庆功会吧。

速战速决，真是好极了！大家为此项目已没日没夜干了好几年，现在试验成功了，开完庆功会，也好及时休整一下。

中午，该项目青年科研骨干陈浩订下当天傍晚的一趟航班，只等下午庆功会结束，就飞回重庆，探望身患重病的父亲。

这一天，是 2012 年 12 月 22 日。一个平常的日子，却成了陈浩脑海中永远抹不去的记忆。

30 出头的陈浩，是国防科技大学电子科学学院科研骨干。博士毕业3年，他很快成为卫星规划与智能控制技术领域的一名佼佼者。这个重点型号项目，是陈浩第一次作为项目的技术负责人，在科研攻关中取得的阶段性创新成果。

庆功会开始了。许多人与陈浩握手庆贺，他被会场上的喜悦氛围感染着。此刻，他多么想让家人分享试验成功的喜悦啊！

庆功会正进行中，陈浩的手机响了：是妈妈打来的。他想告诉妈妈，项目外场试验成功了，正在开庆功会呢；机票订好了，晚上一家人就见面了。

陈浩话未出口，电话那一头，妈妈早已泣不成声："你爸……他……刚刚走了！"

"他怎么了，不是说好……"陈浩走出会场，任凭泪水模糊了双眼。

作为家中的独生子，陈浩一直是父母的骄傲，从小学到博士毕业，他品学兼优，成绩始终名列前茅。毕业留校后，他承担着繁重的科研任务，寒暑假也难得有时间回家一趟。"国家培养你不容易，你要把自己的工作做好，千万别为家里的事操心。"每次通电话，父母总是这样叮嘱陈浩。有父母的全力支持，处于事业上升期的他，更加心无旁骛地投入到科研攻关中。

然而，天有不测风云。这年6月，一向身体硬朗的父亲病倒了：肺癌晚期。医生根据病情诊断，留给他的时间恐怕不多了。

妈妈从重庆老家给陈浩打来电话："有时间就回来一趟，陪陪你爸爸吧。"陈浩应允着，泪水禁不住溢出眼角，心仿佛要碎了。

放下电话，想到手头的工作，陈浩为难了。此时，科研项目正进入攻关的关键阶段。作为系统的核心设计人员，如果此时离开，与多家研制单位制定的试验计划将因此而推迟，系统联试也不能顺利开展，他真是一天也离不开啊！

思前想后，陈浩给父亲打去电话，一番安慰之后，如实告诉了自己的科研情况：项目研制已进入联调联试阶段，如果进展顺利，年底就进行外场试验，等忙过了这半年，就马上回来看您。父亲说："我暂时没事，你安心忙工作吧，我等你试验成功的好消息。"

又是一场披星戴月、披荆斩棘的攻关战斗，项目研制紧锣密鼓向前推进，陈浩和课题组终于按时间节点完成研制任务，外场试验如期进行。陈浩想象着：当他将试验成功的消息和庆功会的场景向重病中的父亲当面报告时，父亲该会怎样地欣慰和高兴，病也许就会好起来呢。

然而，"子欲孝而亲不待"，父亲最终没能熬过这半年时间，哪怕最后再坚持半天。这天，当陈浩赶回重庆时已是深夜，此时父亲与他已阴阳两隔，再也听不到儿子的深情呼唤，再也不能分享儿子科研试验成功的喜悦了。

12月的重庆，寒风呼啸，陈浩的心如同室外的天气，冰凉到了极点。他在父亲遗体前长跪不起，泪水再一次夺眶而出。

妈妈告诉陈浩："你爸快不行了时候，眼睛不停地向病房门口张望，他想要等你回来，可他实在是坚持不住了啊！"

父亲安详地走了，留给陈浩无尽的思念。在陈浩的成长记忆里，父亲就像是一座大山，支撑着这个家庭，激励着他走到了今天。如今，他在国防科技领域刚刚取得一点成绩，父亲却离他而去。

陈浩能够回报父亲的是，他没有辜负父母的期望。凭着对国防科技事业的满腔热爱和执着追求，陈浩已经从一名青年博士成长为科技专家，在卫星任务规划与智能控制、计算智能机器学习等方面取得一系列创新成果。

这些年，陈浩作为项目负责人和技术骨干，承担完成了国家自然科学基金、"863"计划、军队重点型号工程、武器装备预研课题等多项国家和军队的重要课题研究，部分成果已转化为实实在在的战斗力。2014年，陈浩当选为学院"强军标兵"。

如果父亲在天有灵，相信他一定会为儿子科技创新成果感到欣慰，为有这样一位把事业看得比什么都重的儿子感到自豪。

"江声不尽英雄恨，天意无私草木秋。"亲情无限，事业无悔，在忠孝之间，陈浩用自己的行动诠释了一名军人的责任担当和家国情怀。

挥泪送别父亲之后，陈浩又踏上了新的科技创新之路。他知道，父亲那充满爱和期待的目光会一直注视着他……

把党建优势转化为攻关"拳头"

2018年9月14日，出差归来的中国工程院院士、国防科技大学计算机学院院长廖湘科征程未洗，又出现在学校"学习贯彻中央军委党的建设会议精神暨团以上党委书记集训"的课堂上。

谈起党建工作，这位专家型领导快言快语："攻关如同打仗，必须发挥党组织在科研中的重要作用。"眼下，他正率领团队紧锣密鼓开展新一代超级计算机研制，向着每秒百亿亿次"E级"超算迈进。

廖湘科所在团队是高性能计算领域一支响当当的"国家队"。从实现我国巨型机"零"的突破，到两代"天河"超级计算机7次跃上世界之巅，40年来，始终红旗不倒、队伍不散，不断创造出一项项震惊世界的骄人成果。"关键就在于学院历届党委重视发挥党组织在重大工程项目研制中的组织领导作用。"廖湘科说，这是学院的优良传统，更是团队攻无不克的制胜法宝。

1985年，从清华大学毕业的廖湘科，加入到国防科技大学高性能计算团队。从一个普通程序员成长为著名计算机系统软件专家、"天河"事业的"掌门人"。一路走来，他最大的感触是，一个人离开了组织干不成大事，一个团队没有党的坚强组织领导，打不了硬仗、胜仗。

2009年，廖湘科走上计算机学院党委副书记、院长领导岗位。此时，团队刚刚研制成功我国第一台千万亿次超级计算机系统——"天河一号"，运算速度位居亚洲第一、世界第五。当大家为此感到无比高兴而有"歇口气"的想法时，廖湘科和党委一班人认为，必须抓住机遇，乘势而上，抢占世界超算制高点。学院党委随即做出决策：对"天河一号"进行优化升级，争取一年内夺取世界超算冠军。

从世界第五到世界第一，看似只有一步之遥，却犹如攀登珠穆朗玛峰，每前进一步都十分困难，一些人对此信心不足。

关键时刻，院党委召开誓师动员大会，下达攻关动员令，廖湘科带头签下"军令状"。在他的带领下，从总师组到各系统主任设计师、每个团队成员层层签订责任书，同时成立"党员突击队"，开展关键核心技术攻关，迅速打响了一场没有硝烟的战斗。

一年后，经过升级优化的"天河一号"，以优异性能登上世界超算500强榜首，将五星红旗插上世界超算之巅，震惊世界。

然而，仅仅过了8个月，"天河一号"就被挤下冠军台，一路滑落到第8名。团队能否东山再起？外界一时议论纷纷。廖湘科和党委一班人分析得出结论：相互超越是国际超算领域的常态，只要发挥好党组织的坚强领导作用，调动广大党员的攻关积极性和创造性，丢掉的"冠军"就可以拿回来。

此后，廖湘科责无旁贷担起"天河二号"总指挥、总设计师重任，率领团队攻克一系列关键核心技术，不到3年，圆满完成"天河二号"研制任务。中国超算"王者归来"，连续6次在世界超算500强排行榜上位居第一。

组织强则团队强。多年的科研实践，让廖湘科深深感到党建工作的重要性，作为团队领头人，他提出"抓党建促科研，攻难关育人才"的团队建设思路。院党委为此制定一系列人才激励机制，将政治强、业务精、攻关能力突出的年轻骨干放到科研一线挑大梁，培养选拔一批创新拔尖人才担任领导职务，使团队建设薪火相传，生生不息，平均年轻始终保持在36岁左右。2012年，著名数学家邱承桐参观"天河"团队后，十分感慨：想不到这里有一支如此年轻、专心干事业的团队。

近年来，随着"天河"超级计算机在国家超算天津中心、广州中心投入应用，团队一些专家长期在外执行任务，廖湘科及时提议设立临时党支部，加强对流动党员的教育管理。每次到两个中心检查指导工作，他总是特别关心临时党支部建设和党员思想情况，并多次利用出差机会为科研人员讲党课，为他们送去组织的关怀和温暖。

廖湘科长期从事高性能计算机系统软件与通用操作系统的科研工作，获国家科技进步特等奖1项、一等奖3项，荣立二等功2次、三等功1次。作为一名专家型领导，他的领导风格一如他从事的系统软件研发，讲逻辑、守规则。廖湘科说，讲逻辑就是讲原则，做工作其实很简单，就是按原则办事。近年来，学院研究生招生和留校名额有所减少，许多考生因此希望投奔领导干部"门下"，以便获得优待。作为博士生导师，廖湘科主动提议院党委做出规定，减少领导干部招收博士生和留校名额。有人对廖湘科说："你这是什么逻辑？"他回答："这个逻辑就是领导干部要严于律己。"

坚持原则、严于律己。廖湘科以自身模范行为赢得了群众的信任和好评，在全院营造出风清气正的好风气，学院全面建设呈现出蓬勃发展势头。2018 年"七一"前夕，这位计算机软件系统专家被评为了"全军优秀党员领导干部"。

追梦的人生最精彩

电梯门打开，随即传出一串银铃般的笑声："程老师来了！"

在国防科技大学某研究所见到程湘爱教授，记者便被她那极具亲和力的笑声所感染。虽然已是执教30年的"老教授"，程湘爱依然保持着匀称的身材，姣好的面容，岁月似乎没有给她留下什么痕迹。

教授、博士生导师、科技专家……程湘爱有着令人羡慕的头衔，30余年强军路上的追梦奔跑，她的军旅人生别样精彩。先后主持多项"973"、"863"和重点型号项目研究，成果获得国家科技进步二等奖、军队科技进步一等奖等奖励；立足三尺讲台，培养出一大批优秀拔尖人才，被评为军队院校育才奖金奖、全军优秀教师。2021年，她又获得"全国三八红旗手标兵"荣誉称号。

逐梦军旅，巾帼不让须眉。1984年，出生在安徽桐城一个穷乡僻壤的程湘爱，以优异成绩考入国防科技大学。从小好学上进的她，又先后在中国科技大学、国防科技大学取得硕士、博士学位，最终走上三尺讲台，成为学员眼中的"女神"老师。

"我很喜欢教师这个职业，为军队建设培养人才是多么有意义呀！"1998年，正当程湘爱潜心于教书育人时，领导决定将她调到某研究室，从事一项前沿技术研究。这是一个全新的课题，国内还是一片空白，却与打赢未来信息化战争密切相关。领导看中的是她扎实的物理基础和做事认真执着的劲头。

尽管这项研究与程湘爱所学专业并不完全对口，但她二话没说，立即投入新的研究中。这年寒假，回家过春节的程湘爱整天捧着书本认真研读。母亲心疼女儿说："你都是大学老师了，咋还要这么用功读书呀！春节就要耍耍吧！"

没有上过学的老母亲怎么知道，此时，女儿有着更大的梦想和目标，她要为科技强军做出更大贡献。

一切从零开始。程湘爱与团队成员从基础理论研究起步，一干就是20多年。期间经历的艰难困苦，常人是难以想象的。

西北大漠，一辆越野车在坎坷的砂石路上奔驰，颠簸、摇晃让坐在车上的程湘爱感到一阵阵眩晕，胃里开始翻江倒海，她强忍着不让自己呕吐出来。此刻，她和团队承担的某重点型号装备研制已进入试验验证阶段，白天辗转多地做试验，晚上整理数据资料，每天忙得像旋转的陀螺，一刻也不能停歇。

"也真是为难你了，这么漂亮的女同志，却要在荒无人烟的大漠'吃风沙'。"团队负责人对程湘爱说。"女同志怎么了，创新为战还有男女之别呀！"她微笑着回答。

2004年中秋节，程湘爱接到通知，第2天要在西北某地进行技术会商，她拎起行李立刻赶往机场。候机厅里，几乎都是提着月饼回家团圆的旅客，而她心里却清楚，自己作为一名军人肩负的使命。

"你们不知道吧，在飞机上赏月，能看到最大最圆的月亮。"在程湘爱眼里，这不过是小事一桩，也平常不过。2014年底，程湘爱随团队赶赴东北某地进行试验验证，地点选择在一栋尚未完工的28层楼顶。大冬天，气温零下20度，楼顶北风呼啸，楼里也没有暖气、空调和热水。盒饭送到试验场，都快冻成冰砣砣了。就是在这种恶劣条件，她和团队成员一起，连续奋战多天，圆满完成试验任务。

艰难困苦，玉汝于成。经过20多年拼搏创新，程湘爱和团队在该领域突破一系列关键技术，获得多项国家发明专利和国防专利授权。2020年1月，程湘爱在北京人民大会堂捧回了国家科技进步二等奖证书。如今，她所在团队入选国家创新人才推进计划重点领域创新团队、教育部创新团队、军队高水平科技创新团队，成为国防科技领域不可或缺的"国家队"。

20多年来，程湘爱虽然承担着繁重的科研任务，而她却始终没有离开三尺讲台，先后主讲《应用光学》《热力学统计物理》《固体物理》等多门课程。"一门课就像一道菜，不但要营养丰富，还必须有滋有味好消化。"程湘爱说，教无止境，没有最好只有更好。

《应用光学》这门专业基础课，程湘爱讲了10多年。按说，一门专业基础课的内容和基本原理，几乎一成不变，教案、课件也可以用很多年，每次开课并不需要重新备课。尽管程湘爱对教学内容了如指掌，信手拈来，但每次开课她都重新进行备课，不断迭代优化教学内容。

"科技进步日新月异，教学不能'啃老底、吃剩饭'"。每次开课，程湘爱都将学科前沿动态、最新科研成果、武器装备应用等合理地穿插到各章节讲授中，那些与课程内容相关的新成果，都成了她教学的源头活水，将一门课常讲常新。

"听程教师的课，真是一种享受，从内容编排、方法设计，到课件与板书配合，再到内容归纳与军事应用，如行云流水，生动精彩，深受启发"，程教授的学生、如今已成长为团队骨干的邢中阳说。

一次，程湘爱正在给大二学生讲授《应用光学》课，上课才10多分钟，遭遇罕见的教学区停电。面对无法按照课件讲授的窘境，她不慌不忙，娴熟地运用板书，并配合自编的云教材继续讲课，整节课没有受到任何影响。"如果没有扎实的教学基本功，很难做到"，此事也受到教学督导组专家好评。

2020年春天，新冠肺炎疫情来袭，学校通知开展线上教学。网络教学对于程湘爱来说，还是"大姑娘坐轿——头一回"。自嘲是"网络小白"的她，立即着手准备，重新制定教学方案、查阅相关文献资料、收集近百个视频动画。一切准备就绪后，她就在家里进行备课试讲，让爱人和孩子当评委，先后试讲了8遍，又借鉴各类平台的特点，整理出10余份实操总结和5种应急预案，直至自己满意才过关。

充分细致、精益求精的准备，让程湘爱这个"网络小白"一跃晋升为"网红主播"，每次直播课结束，网上好评如潮。"没想到一堂网课能讲得如此极致，太过瘾了。"学员们说。

三尺讲台倾注着程湘爱的真情与奉献。在长期的教学实践中，她和教学团队构建起"基础理论-军事应用-专题拓展-课程实验"的"四阶递进"式教学方法，探索形成了"思政教育、军事应用、科研成果、前沿知识"进课堂的教学特色。先后获得军队和省部级教学成果奖5项，在全国和校级教学能力比赛中名列前茅。培养出一大批创新拔尖人才。

年仅34岁的江天，先后将军队科技进步一等奖、国家科技进步二等奖收入囊中。江天取得的这一成绩，离不开程湘爱的悉心培养。

江天是程湘爱指导培养的硕士和博士，他并不属于天资非常聪颖的那一类。硕士毕业时并不想马上读博，他的父母也担心读博难以毕业。然而，在程湘爱眼中，江天勤奋好学，能吃苦耐劳，很有潜力可挖，不读博很难有大发展。

"你继续读博吧，将来的你一定会大有所为。"在程湘爱的劝说下，江天成了她的第一个博士。让江天没有想到的是，导师将一个很难的课题作为他的研究方向。"我恐怕完成不了，前面几个成绩比我优秀的师兄、师姐都做得并不理想呢。"江天产生了畏难心理。

"正因为难才让你做，因为我相信你能做好。"程湘爱说，路是人走出来的，只要找到正确的方法，把冷板凳坐热，就没有攻克不了的难题。

面对导师信任与关爱的目光，江天别无选择，只能硬着头皮向前冲。还别说，江天的创新潜力在导师的鼓励鞭策下被充分激发出来了。在程湘爱的悉心指导下，江天出色完成了这一课题，仅3年就拿到博士学位，成为学校迄今为止用时最短的博士生。他的学位论文入选湖南省优秀博士学位论文，并获得教育部博士学术新人奖。

"继续做这个方向吧，你绝对行！"江天博士毕业就这样被留在程湘爱课题组。两年后，在所里一次会议上，程湘爱提出让江天接替自己担任课题组长。此建议一出，不少人表示反对。原因很简单，江天太年轻了。

"年轻不是问题，我相信他能行。"面对质疑，程湘爱据理以争，最终将江天推到了前台。在她看来，只有给年轻人压担子才能让他们尽快成长起来。

江天果然不负众望，带领课题组经过5年奋力创新，突破一系列关键核心技术，使团队在这方向的研究往前推进了一大步，获得国家和军队科技进步奖也就水到渠成。"没有导师的爱和信任，我难以取得今天的成绩。"江天说。

情似甘露育英才。程湘爱先后培养指导的50多名硕士、博士，如今大多成为了科技创新骨干力量和优秀基层干部。"看到他们成长成才，我有说不出的自豪。"程湘爱说这话时，一脸幸福，而幸福都是奋斗出来的。

后 记

  "讲好中国故事，传播好中国声音。"是习主席对全国宣传思想战线提出的要求，也是新闻工作者肩负的使命。作为一名军事记者，讲好强军故事，传播好强军声音，职责所系，责无旁贷。

  新闻传播的本质特征是用事实说话，因为事实胜于雄辩，事实具有不容置疑、无可辩驳的说服力。怎样用事实说话，一个重要的方法就是讲故事，《人类简史》一书作者认为：人类创造了故事，故事养育了人类，讲故事的独特能力才使人类成为地球之主、站上食物链的顶端。

  好故事蕴含着大道理。故事里的事，往往生动曲折，因果关联，扣人心弦，蕴含其中的理想信念、人生追求、价值取向等人生哲理与智慧，具有鞭策激励作用，特别是那些曲折的经历、生动的情节、向上的精神、向善的品格，更能打动人、感染人，起着潜移默化、成风化人的功效。

好故事胜过千言万语。讲道理不如讲故事，讲故事远胜于讲道理。通过故事传播先进文化、弘扬主旋律、传播正能量，如春风化雨、润物于声，能产生深刻而历久弥新的影响，甚至能影响人的一生，讲好故事，事半功倍。

好故事存在于生活中。德国著名电影导演德里希说："故事只存在于故事中，存在于时间的流逝、生命的继续中，无须制造故事。"如同生活中不缺少美而缺少发现一样，生活中的故事比比皆是，不需要制造，但需要去发现，需要下功夫挖掘出来、传播出去。新闻界有一个共识：采访就是听故事，新闻要善于讲故事，用讲故事的方法写新闻。新闻史上的那些名篇佳作，无一不是因为好故事而让人记住并流传下来。国外一家颇有影响力的报纸，其报道受读者欢迎的原因，就在于很会讲故事，它对记者有一条最基本的要求，就是"给我讲一个故事，看在老天爷的份上，让它有趣一点。"

会讲故事，是新闻工作者的一项基本功，是传播好中国声音的最佳途径。如何在新闻采访中挖掘故事，怎样在新闻传播中写好故事，这是记者的采写之道和永恒追求。在长期的新闻采写中，我从注重事实到注重挖掘事实本身背后的故事，逐步领略到了故事之于新闻的重要性，采访本身冲着故事去，努力让受访者说出故事，在新闻中讲好故事，特别是在采写科技新闻和科技专家时，更注重挖掘其中的创新故事，向读者介绍他们自主创新的使命担当、攻坚克难的拼搏精神、追求卓越的创新品质、勇于挑战的创新智慧，从而受到思想激励和思维启迪，产生对科学的热爱和对科技专家的敬佩之情，营造激励创新、推动创新的良好舆论氛围。国防科技大学是我军新型军事人才培养和国防科技自主创新的高地，在强军实践中，广大科技工作者紧贴国家和军队重大战略需求，坚持走中国特色自主创新之路，不断攀登世界科技高峰，在高性能计算、卫星导航定位、激光陀螺、超精密加工、微纳卫星、磁浮交通、无人驾驶、指挥自动化等领域，取得了一大批标志性自主创新成果。他们锐意创新的勇气、敢为人先的锐气、蓬勃向上的朝气，形成了自主创新"于斯为盛"的可喜局面，也孕育了独具特色的创新文化。近两年来，我将自已在长期新闻采写中掌握的大量第一手素材，特别是那些生动感人、可歌可泣的创新故事，写作形成《抢占制高点——一位军事记者讲述的强军故事》一书，以期能给人以思维启迪和榜样激励，为读者提供一本了解国防科技创新、激励强军实践、启迪创新思维的读物。

本书讲述的故事，有关内容曾出现在我为《解放军报》《科技日报》等媒体采写的报道中，有的故事曾在《半月谈》《军事故事会》等杂志刊出。创作本书时，根据故事的叙事特点进行了重新写作，补充了许多细节，着力增强故事性、可读性和激励性。这是讲好中国故事的一次有益尝试，更是对科技创新的由衷赞美。

在本书出版付梓之际，感谢国防科技大学领导和政治机关给予的大力支持，感谢湖南科学技术出版社为本书出版付出的辛勤劳动，感谢所有给予我支持帮助的领导、专家、同事和朋友。

王握文

2021 年 3 月 20 日